그때는 귤이 없었단다

그때는 귤이 없었단다

．∵

김인정 소설집

아작

차례

그때는 귤이 없었단다

죽어버리고 싶을 때면 귤을 생각했다.

1997년 겨울. IMF 사태가 연일 신문 지상을 장식하던 시절이었지만 겨우 다섯 살인 나는 아무것도 몰랐다. 분식집 뒤에 붙은 단칸방에서 이불에 발을 끼고 앉아 텔레비전을 보던 내게 아빠가 손짓했다. 문간에 엉덩이만 붙이고서 아빠는 무릎 걸음으로 다가간 내 손을 끌어 귤을 하나 까서 올려주었다.

맛있니?

반달 모양 귤 알맹이를 입에 넣고 우물거리며 나는 고개를 끄덕였다.

그래. 잘됐다. 좋네.

아빠는 그렇게 말하고, 내 머리를 쓰다듬고, 그러고는 자그맣게 덧붙였다.

"아빠 갑자기 어디 좀 간다."

"어디 가는데?"

"먼 미래에. 먼 미래…… 아빠가 꼭 가야 되는 데가 있어서."

우습게도 그것이 내가 본 아빠의 마지막 모습이었다. 원체 바람 같던 아빠는 그 길로 바람처럼 사라졌다. 열세 살이던 언니는 불같이 화를 냈지만 엄마는 꼭 그런 날이 올 줄 알았다는 양 담담했다.

다음 해가 다 가기 전에 우리 집은 빚더미에 올랐다. 분식집은 통째로 남의 손에 넘어갔고 엄마는 얼굴이 까매서 돈을 꾸러 다녔다. 언니는 방구석에서 훌쩍훌쩍 울었다. H.O.T. 포스터가 붙은 벽을 멍하니 올려다보고 있었던 기억이 난다.

"아빠가 너한테 뭐라 그랬니?"

언니가 울다가 물었다.

"먼 미래에 가야 되는 데가 있대."

나는 되풀이했다. 언니는 오랫동안 생각에 잠겼고 엄마는 몇 번이고 몇 번이고 내게 되물었다.

"아빠가 귤을 줬어."

답하면, 엄마는 희미하게 웃었다. 까칠한 입술이 벌어졌다. 누런 이빨이 귤 같았다.

엄마는 귤을 좋아했다. 형편이 안 좋아도 한두 개씩 귤을 얻어 왔다. 딱 한 봉지씩 사 오기도 했다. 껍질이 얇고 알이 자잘한 귤을 까서 표면의 흰 거스러미까지 일일이 떼어낸 다음, 엄마는 그걸 쪼개 나와 언니에게 주었다.

"맛있니?"

아빠처럼 물었다.

"맛있어."

엄마는 귤 같은 이빨을 드러내고 웃었다. 웃어주었다.

"잘됐다. 좋네."

아빠도 그렇게 말했다. 잘됐다. 좋네.

세 여자가 이고 지고 이사를 다녔다. 관악산 자락을 타고 깎아
지른 경사를 타고 올라 신림동을 가로지르기도 했고, 노고산 쪽
으로 돌고 또 돌다가 어떻게 100에 20만 원짜리 방엘 들어가기도
했다. 장판이 우그러진 자리를 꾹 누르자면 바닥의 울퉁불퉁한
부분이나 벽의 기울어진 각도 같은 게 어린 내 손에도 훤히 보이
는 집이었다.

옆방에 할머니가 살기도 했고 대학생이 살기도 했다. 머리가
덥수룩한 대학생 오빠는 운동화 뒤축을 꺾어 신고 나가다 말고
나한테 먹던 과자 한 움큼을 덜어주어서 좋았다. 몇 살? 물을 때
방긋방긋 웃으면서 일곱 살! 여덟 살! 대답만 커다랗게 하면 됐
다. 털도 안 난 새 새끼처럼 쨱쨱 울면 입안의 붉은 부분이 엄마
아니라 오빠들의 맘을 자극하는지 부러 뜯지 않은 과자 봉지를
던져주는 날도 있었다.

너네 아빠는 어데 갔는데?

집주인 아줌마가 물었을 때, 나는 '멀리. 외국에' 하고 대답해야
만 했다.

먼 미래에. 가야만 하는 데가 있어서.

그렇게 대답하는 건 아주 이상한 일이라는 걸 나는 금방 깨달
았다. 머리가 굵고, 언니가 대학생이 되고, 내가 교복에 익숙해진
무렵엔 슬슬 불만과 증오가 의문만큼 속을 가득 채웠다. 방 두 칸

짜리 반지하 집은 서향이라 해 질 무렵에만 얼마큼 볕이 들어설 뿐 하루의 반절 이상을 곰팡내와 습기와 동거했다. 축축한 장판을 눌러보면 꼭 어디가 튀어나왔고 편평하지가 않았고 어디선 벌레가 튀어나왔다. 문짝이 틀어진 싱크대를 닦는 엄마에게 나는 드디어 물었다.

"엄마. 아빠랑 왜 결혼했어?"

엄마는 돌아보지도 않고 답했다.

"저기 식탁에 귤 놔뒀다. 먹었니?"

"아니. 엄마도 하나 까줄까?"

"그럴래?"

나는 까만 봉지에 든 귤을 하나 꺼냈다. 초록색 물이 덜 빠져 꼭 멍이 든 것 같았다. 엄마 얼굴처럼. 어디 주방에 나가 일을 하는 엄마가 시비에 끼어들었다가 퍼렇게 멍이 들어 돌아온 날, 잘 연락이 닿지 않았던 큰이모가 달려왔다가 울면서 하는 한탄을 했다. 초록색 멍. 초록색 귤. 초록색 소주병. 이모는 끅끅 울었다. 가슴을 쳤다.

너 보내는 게 아니었는데. 너 학교도 그만두고 그놈 따라갈 때, 그때.

나는 방에서 잠결에 그걸 들었다. 이불 저쪽에 모로 누운 언니의 등이 어둠 속에서 떨린 것 같았다. 언니, 자? 나는 쪼그맣게 물었다. 문 바깥 주방에서 신문지를 깔고 마주 앉은 자매는 두런두런 밤을 새웠고 나는 어느샌가 잠들어버렸다.

너 보내는 게 아니었는데.

그 말을 나는 잊지 않았다. 귤을 까서 하얀 실 같은 걸 꼼꼼하게 떼어내고 반으로 쪼개 엄마한테 가져가 내밀었다. 엄마는 싱크대를 다 닦고 행주를 빨아 꼭꼭 짜 깨끗한 싱크대 모서리에 널어놓고는 귤을 받아 한 개씩 한 개씩 입에 넣었다.

아이고, 셔라.

나는 능청을 떠는 엄마 옆에서 반 남은 귤을 먹지도 않고 물었다.

엄마. 아빠랑 왜 결혼했어?

그러자 엄마는 주름 잡힌 눈가를 누그러뜨려 웃고는 명랑하게, 꼭 스무 살 여학생처럼 입을 열었다.

"내가 네 아빠 청혼을 받아주어서 이 세상엔 귤이 있는 거란다."

의외를 넘어 기가 막힌 대답에 나는 인상을 팍 썼다.

"엄마 장난해?"

하긴 '먼 미래로 간다'며 가출한 남자와 결혼한 여자라면 아마 그 비슷한 어떤 사고방식을 가지고 있는 게 당연한 일일지도 모른다.

"네 아빤 말이지, 실은 도사란다."

점입가경이라는 게 이럴 때 하는 말이지.

"세상을 바꿀 만큼 대단한 힘을 챙겨서 하산했는데 엄말 만난 거야. 그래서 어느 날 내게 청혼을 해주었지. 그때 가져온 게 귤이었어. 그때까진 귤이 없었단다. 세상엔 귤이 없었어."

젊은 도사—아빠는 길게 땋은 머리카락을 휘날리며 수줍게 귤을 내밀었다고 한다. 이 세상에 귤이 처음으로 생기는 순간이었다고. 그러니 엄마 말에 의하면 귤은 적어도 1985년 이전에는 존재한 적이 없었다는 게 된다.

"말이 돼?"

당장 조선왕조실록을 뒤져도 귤이 나온다. 중국 삼국시대 어느 누군가의 일화에도 귤이 나왔던 거 같다. 그게 아니라도 좋다. 옛날 영화, 드라마, 책, 아무튼 널리고 널린 게 귤 이야기 아닌가 말이다. 멀리 안 가도 1984년 자료를 10분만 뒤져도 거기 귤이 떡하니 나올 거라는 데 내 용돈을 통째로 걸 수 있었다.

"왜 말이 안 되니?"

엄만 웃었다.

"귤이 그 순간 생겨났어. 마치 오래전부터 있어왔던 것처럼, 세상은 전과 다르지 않은 것처럼, 모든 것이 뒤집히고 바뀌고 부서졌단다. 그래, 그때까진 귤이 없었어. 네 아빠가 내게 청혼하기 전까지는."

맙소사.

엄마는 착실한 여대생에게 주어질 수 있는 수많은 밝은 미래를 때려치우고 자칭 도사와 결혼했다.

"아빠는 정말 어느 미래인가로 갔을 거야. 그러니까 언젠가 만날 수 있어. 아주 중요한 순간에 우리를 도우러 오시려고 간 거니까."

나는 표면이 마르기 시작한 귤을 내려다보았다. 입안에 한꺼번에 욱여넣어 씹자 신맛이 훅 올라왔다.

"너무 셔."

나는 엄마를 믿지 않았다.

그러나 완전히 믿지 않을 수도 없었다.

당당하게 무신론자를 주장하던 사람이 압도적인 절망 앞에서 저도 모르게 신의 이름을 되뇌듯 모든 의아한 가설은 오히려 그 비현실성 때문에 완전히 놓을 수 없게 마련이다. 절대로 그럴 리 없다는 것도 반드시 그러하리라는 것만큼이나 검증 불가능하기 때문에.

"언니는 알고 있었어?"

그렇게 물은 것은 2008년 가을이었다. 언니가 직장 동료의 아이를 갖고, 배가 산더미만 한데 결혼식을 올린 해. 스물세 살짜리 신부는 배를 감싸고 웃었다. 일견 찡그린 것처럼 보이는 미소였다. 열여섯 살의 나, 신부의 하나뿐인 여동생은 휴대폰 카메라로 언니를 몇 번 찍었다.

"아빠가 도사라는 거? 그럼 믿지."

"그걸 믿는다고?"

"믿고 싶어."

언니는 배 속의 아이에게 들려주려는 듯 천천히, 조용히 말했다.

"믿고 싶어. 우리가 아주 힘들 때 도와주러 오실 거라고."

나는 헛구역질을 하는 언니를 위해 밤새 귤을 잔뜩 까서 락앤락 통에 담아 왔다. 신혼여행은 무리해서 동남아로 간다는 언니에게 통을 건네주었다. 식을 마치고 머리 가득 실핀이 박혀 우스운 모양새였던 언니는, 진하다 못해 기괴해 보이는 눈화장을 한 눈으로 나를 물끄러미 바라보았다.

"귤을 만들 정도로 대단한 도사라잖아. 그러면 참 좋겠어."

언니는 귤이 든 락앤락 통을 꼭 안고 사람들의 배웅을 받으며 떠났다.

몇 개월 후에 태어난 아이는 예쁘게 컸다. 엄마도 나도 아이 재롱을 보는 재미로 살았다. 아이는 다른 애들과 비슷한 속도로 뒤집었고, 옹알이를 했고, 어음마아, 하고 첫 말문을 텄으며 한 해가 지나자 제법 걸었다.

"아빠는 귤을 만들었잖아."

언니가 흐느끼며 그 말을 다시 입에 올렸을 때는 아이가 세 살 되던 해였다.

2012년 봄. 벚꽃이 만개한 여의도 광장을 비추는 텔레비전 뉴스 소리가 병원 로비를 메웠다. 언니는 구겨진 신문지처럼 몸을 접고 울었다.

"분명 이 순간을 위해서 아빠 가버리셨던 거야. 그렇지, 그렇지?"

아이가 쓰러졌다.

잘 놀고 잘 걷고 잘 먹던 아이는 짧은 팔다리를 버둥거리며 길을 가로지르다 갑자기 튀어나온 차에 툭 치였다. 차의 보닛 위를 데굴데굴 굴러 팔팔 끓는 아스팔트 위로 팽개쳐졌을 때 아이는 이미 의식이 없었다고 한다.

"아빠 지금 돌아오려고 가신 거야! 그렇지!"

먼 미래로 간다던 아빠가 귤을 만들어냈듯 아이를 살려주리라 믿고, 언니는 버텼다. 아이는 십수 번의 수술을 거치며 달을 넘겼고 여름을 맞기 전에 죽었다.

아빠는 오지 않았다.

나는 더워진 귤을 만지작거리며 대기실에 앉아 있었다.

그땐 귤이 없었단다. 귤은 네 아빠가 내게 청혼하는 순간부터 세상에 존재하기 시작한 거란다.

엄마의 그 노래하듯 경쾌한 음색이 떠올랐다. 언니는 혼절해서 울며 실려 나왔다. 아이를 화장해 납골당에 안치한 날 언니는 고래고래 고함을 치며 엄마와 다퉜다. 나는 귤을 까서 락앤락 통에 가득 담아 두 사람 옆에 서 있었다.

"아빠 안 왔어! 아빠 안 왔다고!"

애가 죽었는데. 그만 죽어버렸는데. 이제 아무 소용이 없어.

언니는 울며, 울며, 울며 내 품에서 통을 빼앗아 냅다 던져 버렸다. 깨진 통이 헤벌어지자 안에서 귤이 굴러 나왔다.

오렌지색으로 물든 반달들.

"진정해라. 네 슬픈 맘 내가 왜 모르니. 그렇지만······."

엄마는 몸을 굽혀 귤을 주우려다 털썩 주저앉았다.

아이고.

아직 늙지도 않았는데 오랜 세월 고생하느라 삭아버린 팔다리가 엄마의 의지를 배반했다. 엄마는 얼굴을 찡그렸다.

"아이고, 내가 요즘 왜 이러는지."

자조하려다가 엄마는 비틀비틀 일어섰다.

"엄마 병원 좀 가봐요."

내가 말했다. 엄마는 고개를 저었다.

"가서 큰 병이면 늦었지. 병 없으면 맨 소용이 없다. 그러니 안 가련다."

엄마 말이 맞았다.

엄마 말이 언제나 맞았다. 아빠 돌아오지 않았지만 엄만 언제나 귤껍질을 까며 아빠를 떠올렸다. 당장 죽어버리고 싶을 때 귤을 생각한다고 했다. 이제 끝내고 싶을 때 귤껍질을 벗겨내면서 '그때는 귤이 없었지.' 하고 중얼거린다고.

모든, 죽고 싶은 순간에 엄마 곁엔 귤이 있었다.

보험 일을 그만두기로 하고 사표를 낸 후에 돌아오다 쓰러진 엄마는 눈을 뜨지 못했고, 나는 아이의 죽음으로 경황이 없는 언니를 대신해 이리저리 뛰어다녔다. 어린 계집애가 눈이 퉁퉁 부어 깨어나지 못하는 엄마 곁에 붙어 앉아 있으니 병원 사람들은 안쓰러운지 여러 가지로 돌봐주었다.

뭐 먹고 싶은 거 없니?

같은 병실 아줌마의 남편이 물었다.

귤…… 귤이요. 오렌지 말구, 귤.

귤은 흔했다. 흔해서 금방 쌓였다. 초록색 멍이 든 귤. 껍질이 얄팍한 귤. 구멍이 송송 난 곰보투성이 귤이 새콤달콤한 냄새를 풍기며 내내 눈 감은 엄마 곁을 지켰다.

— 그때는 귤이 없었단다. 그때는. 그때까지는 말이야.

웃음 짓던 엄마를 떠올리며 나는 귤껍질을 벗겼다.

언니는 그 귤 치우라고 말할 테지만 나는 언젠가 엄마가 눈을 뜨기를 기대하며, 마치 아빠가 오기를 기다리던 엄마의 십여 년 인생처럼, 과연 그게 뭔지도 모를 흥분에 몸을 맡긴 채 귤껍질을 벗겼다.

나는 생각했다.

태어나지 않는 것이 좋았을지도 모른다고.

나는 울며 생각했다.

엄마는 죽을지도 모른다고.

그러나 나는 귤껍질을 벗기며 그 상큼한 과육의 맛을 떠올리는 것만으로도 입안에 솟는 침을 삼키며, 다만 기다린다. 그날이 오기를. 귤이 없었던 세계가 뒤집힌 순간처럼 모든 것이 부서지고 망가지고 달라지고 그리하여 남은 긴 생애 붙들고 떠올릴 어떤 기적을.

그때는 귤이 없었다.

아빠가 엄마에게 청혼하기 전의 세계에는 이 작고 말랑말랑한 과일이 존재한 적 없었다. 아빠는 엄마 손에 귤을 쥐여주었고 그 것이 '귤'이라고 말했다. 엄마는 웃었다.

웃었을 것이다.

언젠가 당신을 떠나 귤과 함께 그리워할 남자를 향해서.

"맛있지?"

아빠는 묻고,

"맛있어요."

엄마는. 나는. 언니는. 고개를 끄덕인다.

"잘됐다. 좋네."

여기 귤이 있다.

초콜릿을 먹어버린 마법사

초콜릿을 먹어버린 마법사가 있다는 이야기를 처음 들었을 때, 준섭은 곧장 희원 누나의 자취방으로 달려왔다. 나는 썰렁한 방에 덩그러니 놓인 소파에 늘어져 시계 위를 흐르는 시간을 구경하다 가 준섭을 맞았다. 마법사 협회에서 들러 벌써 누나의 물건들을 거둬가버린 후였다. 마법사의 증표며 문장 따위도 거둬갔고 누나 가 쓰던 일지, 보고서, 컴퓨터까지도 전부 가져갔다. 남은 것은 험 한 손을 타 부서지거나 속엣것이 사라진 물건뿐으로, 하나 남은 소파도 날카로운 칼 따위로 난도질당한 채 형상만 유지하고 있었 다. 그 외에 방에 남은 거라곤 처음 위치에서 손을 댄 듯 뒤틀려 놓인 탁자와 그 위에 얹힌 네모반듯한 수족관 하나, 그뿐이었다.

"벌써 휑하구만. 싹 거둬간 거지? 쳇, 빌어먹을 영감들 같으니 라구! 도대체 어떻게 생겨먹은 게 적당히라는 걸 모른다니까, 그 협회란 덴."

"앉아, 준섭아. 좀 불편하긴 해도 무너지진 않아."

자리에 앉으며 숨 돌릴 틈도 없이 준섭이 말했다. 소식을 듣자마자 희원 누나 이야기란 걸 짐작했다고. 왜냐고? 글쎄, 희원 누나가 아니라면 나와 준섭이 아는 한 그런 짓을 굳이 저지를 서울 마법사는 없다. 오직 희원 누나만이, 내게는, 오로지 그녀만이,

두려워 어쩔 줄 모르면서도 초콜릿을 먹을 수 있는 마법사다.

"초콜릿을 먹는다는 건 굉장히 위험한 일이라고."

이야기를 마치면서 준섭이 흥분한 목소리로 외쳤다. 물론 알고 있다, 고 나는 답했다. 마법사에게 초콜릿은 대단히 위험한 식품이라는 것 정도 모르는 마법사는 없다. 모른다면 마법사가 아니겠지.

"하지만 초콜릿을 먹으면 뭔가 변형이 일어난다는 거 말고는 알려진 게 없잖아. 죽는지, 사라지는지, 아니면 뭐 거북이라도 되는 건지……."

나는 무심하게 고개를 돌려 수족관 안의 거북이를 바라보며 말했는데, 준섭은 그것이 자신을 향한 위협이나 되는 것처럼 어깨를 으쓱 해보였다.

"거북? 거북이라고?"

그리고 준섭은 앞주머니를 엉정벙정 더듬더니 구겨진 담뱃갑을 꺼내 쥐고는 한 개비 꺼내 물었다.

"담배 피우지 마. 마법사 주제에 목 상하면 영창은 뭐로 할래?"

"하, 거북이라…… 그래 서북이일지도 모를 일이지. 아, 씨발, 정말 돌아버리겠다. 희원 누나가 그런 짓을 하다니."

제길. 준섭이 욕지거리를 뱉었다. 하긴, 너도 희원 누나를 꽤

좋아했지. 나는 웃었다.

마법사는 그렇게 수가 많지 않다. 마법사라는 단어에 관해 구구절절한 정의까지 내릴 생각은 없지만, 일단 '초콜릿을 먹으면 큰일을 당하는' 우리 종족에 한정 짓는다면 한국 땅에 사는 마법사는 내가 아는 한 백 명이 채 안 될 것이다. 희원 누나와 나와 준섭은 그 백 명이 안 되는 한국 마법사 소속이다. 또래인데다 마침 어린 시절 살던 곳이 가까웠던 탓에 계속 친근하게 지내왔고 누나가 서울로 대학 진학 후 두어 해 격차가 진 것을 제외하자면 아직 오래도록 헤어져본 기억이 없다.

그런 희원 누나가 초콜릿을 먹고 사라져버린 것이다. 아무도 모른다, 죽었는지 살았는지 어디에 가서 무엇이 된 건지. 그 누구도 알 수 없다. 희원 누나가 초콜릿을 먹었을 때 곁에는 아무도 없었다―라고 보고된 모양이니까.

"그럼, 누나가 초콜릿 먹은 건 어떻게들 알았대?"

내가 묻자,

"참 빨리도 묻는다. 너도 알고 온 거 아냐? 누나 유서가 협회 앞으로 배달됐다고. 젠장."

내가 이 여자 언젠가는 일 칠 줄 알았어, 라고 준섭이 말했다. 그야 그렇지. 희원 누나가 조용히 여생을 즐긴다든가 하는 건 상상도 안 되거든. 그것보다는 어디서 번지 점프라도 하다가 품고 있는 줄을 뚝 끊어본다든지 헬리콥터에서 뛰어내린다든지 하는 쪽이 더 현실성 있지.

"웃을 일이 아니야. 너, 그 누나 그렇게 좋아해놓고 웃음이 나오냐?"

"하지만 이미 벌어진 일이잖아. 이제 와서 뭘 어쩌겠어?"

"아아."

그렇지.

준섭은 목이 타는 것처럼 담배를 빨아댔다. 연기가 막 자란 덤불처럼 솟아 그의 이마를 건드렸다. 준섭은 초조해 보였다. 어쩔 줄 몰라 소파에서 일어났다 앉았다 반복하더니 괜히 수족관 유리에 대고 담뱃갑을 집어 던졌다.

"어디로 간 거야, 대체! 제기랄!"

"그거야 아무도 모르지. 마법사가 제아무리 천기를 읽는 법칙까지 안다고 해도, 초콜릿 먹고 사라진 마법사 찾는 법칙은 없으니까. 아, 마법사 명부에서는 벌써 지워졌지? 누나 이름."

"후우."

답이 없다는 건 긍정이겠지. 나는 쓰게 웃었다.

"어쩔 수 없잖아. 옛날부터 그랬어. 희원 누나 인생에 참견할 수 있는 건 아무도 예측할 수 없었다고."

무슨 가수가 3집 앨범을 낸 기념으로 지망 대학을 바꾼다든지, 정치인 누가 탈당한 기념으로 여행을 간다든지, 혹은 남미 어느 소도시에서 열차 탈선 사고가 일어나 7명이 다친 것을 애도하는 뜻에서 7일간 줄넘기를 700개씩 한다든지. 희원 누나는 그런 사람이었다. 나는 희원 누나가 좋았다.

"유선이 너 말이야."

"응."

"너 누나 좋아한댔지?"

대놓고 물어 오는 말에 답을 해야 하나. 나는 머리를 긁적이며 고개를 끄덕였다. 준섭은 삼분지 일 정도 남은 담배를 재떨이에 눌러 끄며 다시 물었다.

"왜?"

"왜라니? 누굴 좋아하는 데 왜 같은 게 있냐, 애초에?"

"그래도 말이야. 처음 그렇게 생각한 순간이 있을 거 아냐."

"그게⋯⋯. 글쎄, 양치질할 때 양치컵을 쓰지 않아서였던가."

"그게 뭐냐?"

언제더라. 또래의 마법사끼리 모여서 술을 마시다가 차가 끊긴 김에 모두 그녀의 집에서 밤을 새우기로 했던 것. 여자 둘에 남자 셋, 좁은 방에 어깨를 부비며 앉아 맥주며 소주며 가리지 않고 마셔대고 남은 음식을 햄이든 김이든 참치든 오이 호박 양배추든 마구 먹어 치웠다. 적당히 새벽녘에 차곡차곡 쌓여 잠이 들었다가 낮이 되어서야 정신이 들었는데 두 사내 녀석을 구겨두었던 작은 방 문을 빠끔 열고 그녀가 소리치던 것을 기억한다.

— 안 일어날 거야? 씻으려면 저쪽 문이야. 혹시 새 칫솔 필요하면 이야기하고.

그러고도 한참 만에 간신히 정신을 차리고 화장실로 기어들어 갔다가 문 앞에서 숙취로 눈앞이 흐려져 주저앉은 나를 사뿐 뛰어넘어, 그녀가 먼저 화장실로 들어섰다. 입에 칫솔을 문 채로, 나 입 헹구고, 하고 말했다. 단발머리 끄트머리가 찰랑거려서 끝에 치약 거품이 묻었다. 들어서자마자 문을 닫지도 않고 세면대에 힘차게 입에 머금은 치약을 내뱉더니 비누로 꼼꼼히 손을 닦고 그 손으로 물을 받아 입을 헹궜던 것이다. 바로 곁에 벅스 바니가 그려진 분홍색 양치컵이 놓여 있는데 눈길 한번 주지 않고.

— 누나, 양치컵 안 써요?

물었더니 입에 막 머금은 물을 탁 뱉어내고 뒤를 흘깃 돌아본다. 속눈썹을 붙이지 않은 왼쪽 눈이 할끔 일그러지면서 잔주름을 만들었다. 눈썹 끝을 슬쩍 들어 올려 주름을 만드는 것은 그녀가 말할 때의 버릇이었다.

— 컵, 더럽잖아.

— 손이 더 더럽지 않아요? 세균 덩어리라고.

그러자 그녀는 막 닦아내어 유난히 새하얀 이를 드러내고 웃었다. 입술 끝에 치약 거품이 남아 있었다. 다시 물을 틀어 입가를 닦고 그 김에 세수도 다시 한번 한 후에 돌아서서 새 수건을 꺼냈다. 병아리 날개 색깔 수건으로 얼굴을, 드러난 목덜미까지 두드려 닦은 다음에야 그녀는 말했다.

— 나는 내 손을 믿어. 똑같이 세균투성이인데 내 손보다 컵을 믿는다는 게 어쩐지 웃기지 않니?

'어쩐지.'

그것도 희원 누나의 말버릇이었다. 그녀에게서 어쩐지 이게 더 좋지 않니, 라든가 어쩐지 이걸 하고 싶은 기분이야, 같은 말을 들어보지 못한 사람은 본 적이 없었다.

— 누나. 나, 어쩐지 누나가 좋아요.

— 눈곱 떼고, 술 깨고 나서도 그렇게 이야기하면 나도 어쩐지 네가 좋을지도 몰라.

나는 희원 누나를 좋아했다. 그녀의 반짝반짝 빛나는 눈동자, 뭔가 재미나는 걸 생각할 때면 입술 끝을 씹는 버릇, 새침하게 입술을 비죽이며 흰 이를 드러내는 웃음, 찡그려 잔주름을 잡는 눈매와 콧잔등, 앞머리가 몇 가닥 흘러내린 이마, 상처가 많고 못생긴 손가락까지 좋아했다. 하늘로 날아오를 것처럼 상체를 위로 들어 올려 한 걸음 내디디는 독특한 걸음, '어쩐지' 하고 서두를 꺼낸 다음 폭죽이 터지는 것처럼 화려하고 재빠른 목소리로 '어쩐지 나, 이걸 해보고 싶어!' 하는 식의 말버릇, 그리고 그녀가 마법사라는 것마저도 나는 좋아했다.

마법사는 모험가가 아니다. 타고난 모험가인 그녀가 타고난 마법사라는 것처럼 부조화한 것은 없을 테지만 희원 누나가 자신의 신세를 한탄하더라는 이야기는 꿈에서도 들은 일이 없다. 희원 누나는 꿈속에서조차 시원시원했고, 밝았고, 잘 웃고, 자주 모험을 벌였다. 지구 끝으로 갈 수 없으니까 서울 변두리까지 기차를 타고 나가보고, 화산 폭발을 구경하러 갈 수는 없으니까 꼭 설악산에서 아침을 맞아봐야 하고, 고래를 만져볼 수 없으니까 고등어라도 주물러야 한다는 식이다. 마법사는 모험가가 될 수 없다. 이 땅에서 마법사가 하는 일은 별이 뜨고 지고 해가 뜨고 지고 지구가 자전하고 태양을 공전하고 풀과 나무를 자라게 하는 일이니까. 모든 것은 지극한 신비이며, 또한 마법사에게는 인수분해만큼이나 지루한 공식이다. 그렇다, 공식은 신비한 만큼 지루하다.

— 마법사한텐 지루할 뿐이지, 뭐. 이런 이런 법칙에 따라 이런 이런 주문을 영창하면 이렇게 되고 저렇게 된다…… 그런 거잖아. 그렇다고 안 할 수도 없고.

눈 앞에서 꽃이 피어나고 구름이 흐르는 것은 다시 말할 수 없는 신비다. 바람의 굽이를 계산할 수 있고 해류를 타고 지나는 어류의 움직임에 관해 해석할 수 있다는 것 또한 신비다. 그러나 그 모든 신비를 알고 있다는 것만큼 만물을 지루하게 만드는 것도 없다.

마법사는 감탄하는 법을 쉽게 잊는 종족이며, 그렇기 때문에 좋은 모험가가 될 수 없다. 마법사는 파스테논 신전을 보고 기하학을 읽고 피라미드에서 돌 수를 예측해내며 스핑크스의 제작법을 알아내는 종족이다. 별이 지는 것을 보면 어느 인간의, 혹은 국가의 운명을 짚을 수 있고 민들레 꽃잎 수를 헤아려 날씨를 점칠 수도 있다. 그 모든 것이 인수분해 공식처럼 마법사들의 공식에 의해 계산이 가능한 것이다.

— 그러니까 수가 줄어드는 거야. 정말 멋없지 않니? 상대를 보는 순간 그가 마법사 종족인지 아닌지 알 수 있고, 마법사 종족이라면 그가 어떤 아이를 낳을지까지 순식간에 파악해버린다는 거. 수상 관상 족상까지 법칙을 만들어놓다니, 대체 나는 이 마법사라는 종족에 갖은 정이 떨어지고 만다, 얘.

— 하지만 난 누나가 좋아요.

— 내가 자식 운이 없다는 걸 알면서도? 내 수명이 길지 않다는 걸 벌써 읽었으면서도?

— 응. 그래도 나는 누나가 좋아요.

마법사는 모험가가 아니다. 하지만 희원 누나는 좋은 모험가였다. 그렇게 생각한다. 양치컵을 두고 힘차게 물을 틀어 자신의 맨손, 상처가 많고 못생긴 손가락과 운 나쁜 손금이 박힌 손바닥으로 수돗물을 받아 입을 헹구던 그녀를 좋아했다. 운 나쁜 눈썹, 귀엽지만 어쩐지 인상이 나빠 보이는 코와 뼈가 슬쩍 도드라져서 아무리 봐도 매끈하지 못한 뺨 근육을 마음껏 움직여 터뜨리는 웃음, 나는 희원 누나를 좋아했다. 그것은 준섭도 마찬가지였을 것이다.

"그래, 뭐, 나는 토 달 생각 없어. 도무지 이해할 수 없지만 상관없겠지. 응?"

새 담배를 꺼내 한 개비 뻑뻑 피워대서는 온 방을 너구리굴로 만들어놓고, 이내 준섭을 몸을 일으켜 서성거렸다. 방은 넓지 않고 탁자 위에는 거북이가 두어 마리 든 수족관 하나. 희원 누나가 한때 살았던 이 방은 이제 을씨년스럽기까지 하다. 짐은 가지런하고 책장에는 끈으로 묶어놓은 책 짐이 총 다섯 꾸러미. 옷장 문은 열린 채 세탁소 비닐이 씌워진 붉은색 코트 하나가 덩그러니 걸려 있었다. 나는 주위를 새삼 둘러보았다. 준섭은 입에 물고 열심히 빨아대던 담배를 다시 오른손 집게손가락으로 쥐고 한참이나 벽을 보고 서 있었다.

"재 떨어진다."

"괜찮아. 카펫이고 뭐고 협회의 영감들이 싹 거둬갔으니까."

"그래도 못 찾을 텐데. 초콜릿 먹은 마법사가 어떻게 되는지는 법칙도 없지?"

"그래."

"무능하네, 마법사라는 거."

준섭은 내 말에 짜증을 부리는 것처럼 눈가를 잔뜩 찌푸리고, 그러나 입은 비죽이 웃음을 흘리는 채로 다가와 담배를 수족관 유리벽에 비벼 껐다.

"무능하고말고. 법칙을 모르면 아무것도 알 수 없는 주제에 세상 모든 걸 아는 것처럼 재미없고말고."

"미안."

준섭의 말이 희원 누나의 말버릇이었으므로, 나는 고개를 떨궜다. 그는 알고 있는 것이다. 초콜릿을 먹은 희원 누나가 어디로 가버린 것인지.

"미안할 거 없어. 난, 울어야 하는지 웃어야 하는지 모르겠다. 이런 것도 법칙이…… 법칙이 있으면 좋을 텐데. 제길."

"미안해. 말리지 못해서."

"그거 말리라는 법칙도 없어. 괜찮아. 아마 나였어도 못 말렸을 거다."

간다, 라고 한쪽 손을 들어 보이고 나서 준섭은 수족관 유리벽에 들러붙은 제 담뱃재를 툭툭 문질러 털었다. 손끝으로 유리벽을 툭툭 두드리며 씨익 웃었다. 거북이 세 마리가 일제히 목을 빼고 준섭의 손가락 쪽을 돌아보았다. 퐁, 퐁, 퐁, 신선한 물방울이 솟는 물레방아 곁에 돌멩이가 가득 차 있고 물은 거북들이 움직이는 대로 잔물결을 자았다. 준섭은 옆구리에 검은 가죽 가방을 끼고 방을 나갔다. 나는 따라 일어서서 멍하니 준섭이 나간 방향으로 서 있었다.

언젠가 그녀가 말했다.

— 덮인 상태의 양변기 뚜껑을 들어 올려볼 정도의 용기만 있으면 되는 거야, 살아간다는 건.

그건 무슨 의미냐고 나는 묻고, 그녀는 귓등을 스쳐 목덜미에 닿은 곱슬머리 끝을 손가락으로 훼훼 감아 돌리면서 눈가에 잔주름을 잡았다. 웃는다, 흰 이가 드러나고 뺨이 일그러진다. 생기가 돌고 주위가 환해진다. 그녀는 타고난 마법사, 그러나 천성으로

부터 우러나오는 강렬함이 그녀를 좋은 모험가로 자라게 했다. 나쁘지 않잖아. 나는 그렇게 생각했다. 그녀는 좋을 대로 사는 것이다. 다른 마법사 어른들처럼 혀를 차고 인상을 찌푸리며 그녀의 장래, 마법사답지 않은 행동을 질책하고 걱정할 이유는 없다. 그녀는 그녀 좋을 대로 살아가고 있다. 지극히 모험가답게.

— 무슨 의미냐고? 그냥 말 그대로야. 고등학교 다닐 때 화장실이 양변기였거든. 그런데 이따금 말이야, 꼭 한두 개씩 양변기 뚜껑이 내려가 있는 게 있었어.

— 헤에?

— 그거, 실제로 보면 상당히 놀란다고. 뚜껑에 발자국이 나 있다든지 핏자국이 있는 경우도 있는데 갖은 상상을 하다 보면 기가 막힐 지경이란 말이지.

— 으음, 누나, 여자 화장실에 관해서 조금은 환상 품고 싶은데.

— 됐어, 됐어, 그런 거. 없어도 돼. 환상이라든가 그런 걸 품을 데는…… 다른 데에도 얼마든지. 응, 그렇지, 많이 있잖아?

아무렇게나 지껄이고는 입술을 비죽거리면서 기지개를 켜는데 찡그린 눈매며 입매, 뻗은 손 따위가 진저리쳐지게 예뻐서 나는 말을 잃곤 했다. 나는, 희원 누나를 좋아했으니까. 마법사로 태어난 운명을 두고 불평하는 그녀를, 불평하면서도 절망하지 않는 그녀를, 모험가가 되기 위해 '바람이 부니까 오늘은 반드시 만 오천 원짜리 퐁듀를!' 같은 규칙을 멋대로 정해보는 그녀를. 나는 좋아했으니까.

— 여하튼 그렇게 뚜껑이 내려진 양변기를 보면 나는 심호흡을 한 번 한 다음에 그걸 슬쩍 들춰봐.

― 우엑? 그런 짓 하지 말아요!

― 아, 이건 정말 '그런 짓'이긴 한데 그래도 꼭 열어보게 된단 말이야. 잘못 열면 사흘은 식사를 못 할 정도로 끔찍한 걸 보게 되지만 운이 좋으면, 아무것도 없을 때가 있거든. 그러니까⋯⋯ 음, 잘은 모르지만⋯⋯ 옷 갈아입거나 그러려고 뚜껑을 닫고 앉았다든지 섰다든지 그러는 일이 생기니까. 응.

사는 것도 그런 거야, 라고 또 밑도 끝도 없이 말했다. 마음에 드는지 고개까지 넉넉하게 끄덕여가면서 그녀는 만면에 미소를 머금었다. 나는 한숨을 쉬며 말했다. 저기, 누나, 그건 용기라기보단 그냥 호기심 아닐까요.

― 응, 그래? 그치만 좋잖아, 호기심이라도? 그 호기심이 고양일 죽여도, 그만한 리스크를 감당할 정도의 호기심이라면 꽤 목숨을 걸만 하다고 봐.

― 양변기 뚜껑을 들어 올리는 거에 목숨 걸지 말아줘요, 제발. 힘 빠지니까.

― 아아, 물론이지. 내가 목숨을 걸 건 따로 정해놨으니까.

그리고 희원 누나는 주머니에서 초콜릿을 꺼내 들었다. 내 눈앞에서 팔락팔락 흔들고는, 천천히 껍질을 벗겼다.

그래, 분명 그랬다. 그녀는 타고난 마법사였으나 또한 모험가였고, 모험가로 죽기를 바랐다. 그래, 분명 그랬다. 그녀는 타고난 모험가였으므로, 죽음을 각오한 만큼이나 살기를 바랐다. 나는 모험가이자 마법사인 그녀를 동경하는 마법사일 뿐이므로 자세한 것은 알 수 없다. 하지만 그녀가 초콜릿에 감긴 금박을 벗겨내며 처음으로 손을 떨었다는 사실만은 확실하게 기억하는 것이다.

― 양변기 뚜껑을 들어 올려보는 거랑 똑같은 거야, 모험은. 최악을 상정해놓고 미친 짓을 하는 거야, 하지 않아도 되는 일을 반드시 꼭 하는 거야. 하지만 마음속으로는 말이야, 아주 깊은 곳에서는, 가장 최선의 것이 나오기를 바라는 거라고. 난 그 괴상한 이중성이 마음에 들어. 죽음을 향해 달리는 것처럼 산꼭대기에서 뛰어내리면서 살기를 바라는, 그런 거 말이야.

― 나, 말리면 안 될까?

그녀는 답하지 않고, 파랗게 질린 입술을 핥았다. 그리고 최선을 다해 마지막으로 웃었다. 그녀가 초콜릿을 씹어 삼킨 후 우리는 나란히 앉아 천장을 보고 있었다. 전등불이 깜박이는 것은, 방 안에 존재하는 두 명의 마법사가 불안하기 때문이었다. 마법사가 흔들리면 계산에 착오가 생긴다. 틀리는 건 법칙이 아니라 언제나 사람이므로.

― 그러니까 모험가가 되는 마법사는 나 하나로 족해.

― 마법사 사상 최초의, 마법사 출신 거북이군요.

― 언제까지 말할 수 있을지 시험해보자.

온몸이 등껍질과 녹색 피부로 덮이고 가만가만 느긋한 눈동자가 튀어나오고 입술이 다른 빛깔로 물들어 사라질 때까지 그녀는 끊임없이 자기 이야기를 해주었다. 나는 그녀의 이야기를 듣고 듣고 들었다, 열심히. 그녀는 마지막으로 말했다, 굳어가는 입술로 지극히 평온하게.

― 양치컵이 더러우니까 버려줘. 아, 뭐랄까, 난 만족해. 한 컵의 용기와 한 컵의 호기심, 그 정도면 딱 적당하잖아?

"만족한다고 말해서 다행이에요. 울 뻔했으니까."

수족관 안에서 유유히 걸음을 옮기는 거북이를 향해 나는 말했다. 거북은 나를 향해 주름 많은 목을 돌리고 뭉툭한 다리를 흔들어 보였다. 이런, 나는 그래도 울 것 같았다. 좋아했다고요, 누나.

왼손의 백룡

태이는 홀로그램 뉴스에 온 정신을 집중했다. 보통 열두 살짜리 아이들은 뉴스보다는 다른 다채로운 즐길 거리에 흥미를 쏟게 마련이지만, 상황이 영 좋지 않았다. 태이를 무릎에 앉힌 보모 로봇은 연신 라파엘라 지구의 긴급 속보를 전해주고 있었다.

난서는 태이의 맞은편 의자에 앉아 눈에 들어오지도 않는 버츄얼 게임을 틀어놓고 있었다. 하지만 난서의 모든 신경은 아까부터 태이가 끼고 있는 보모 로봇, 시엘라에게 가 있었다. 시엘라에 내장된 체험형 게임의 수는 237가지로, 난서가 가진 최신형 보모 로봇이나 게임 단말기에 비하면 적은 수였지만 구형 로봇이라 가지고 있는 그 레트로한 게임이 난서의 취향에 들어맞았던 것이다.

아니, 취향이라기보다는 그저 항상 색다른 것, 새로운 것에 혹하게 마련인 아이들 특유의 습성 때문일 터다. 난서가 시엘라의 벽돌 깨기나 해변 배구 같은 게 정말로 대단한 게임성을 가져서 좋다고 여기는 게 아니라, 단지 그 낡은 듯한 디자인과 느릿한 진행을 처음 봐서 너무나 재미있게 느끼는 것에 불과했다. 난서도 각종 게임 단말과 교육용을 더해 스무 대쯤 되는 로봇을 가지고 있었고, 그중 일부는 충전도 업데이트도 하지 않은 채 창고에 처박혀 있었다. 멀리 제2은하 지구에서 방문한 여자 사촌의 낡은 로봇의 내장 게임 따위, 실은 별로 굉장하지도 않았다.

"저기, 태이야. 시엘라 말고 아까 본 다른 로봇을 빌려줄까? 나 세 대나 있어. 걔들도 뉴스 잘 읽어주는데."

난서는 눈물을 머금고 자신의 최신형 로봇을 데려가 태이에게 내밀었다. 그러나 태이는 몸을 둥그렇게 웅크리고는 시엘라의 반들반들한 금속제 허벅지 위에 걸터앉아 꼼짝도 하지 않았다. 난서는 어르고 달래며 온갖 감언을 늘어놓았지만 태이는 시엘라의 옷가슴에 달린 장식을 잡아당기며 다시, 다시, 하고 뉴스를 재차 확인할 뿐이었다.

"제2은하 지방정부는 지금 막 3차 브리핑을 통해 라파엘라 돔과 게이브리스 돔의 대기 조정장치에서 부식이 확산되었다는 사실을 확인하고……."

태이가 초조하게 다시, 다시! 를 외쳤다.

"엄마. 태이가 나랑 안 놀아줘."

난서는 마침 방으로 들어선 어머니에게 조르르 달려가 냉큼 하소연했다. 그러나 난서의 어머니는 평소처럼 난서의 말에 귀를 기울이거나 공정한 판단을 내려주는 대신 머리카락을 성의 없이 쓰다듬으면서 이렇게 말했다.

"그러니? 자, 난서야. 태이 괴롭히지 말고 저리 가서 다른 거 가지고 놀아."

난서는 너무나 화가 났다. 아니, 어떻게 엄마까지 이럴 수가? 누가 그깟 낡아빠진 보모 로봇이랑 시시하게 생긴 사촌에게 집착이라도 할까 봐?

태이 칼로는 난서의 사촌이었다.

조그만 몸집에 길쭉한 얼굴은 속껍질이 고스란히 붙은 땅콩 색이었고 길쭉한 눈매는 항상 잠자는 것 같았다. 태이의 아버지는 난서 아버지인 율파의 형이었는데, 굉장히 똑똑해서 무슨 무슨 관제사 같은 걸 한다고 했다. 난서에게 큰아버지가 되는 그 사람은 일 때문에 제1은하부터 23은하까지 온 우주의 위성 거주지를 돌아다니며 일을 했고 도중에 태이를 낳았다. 그가 낳은 것은 아니고, 여러 조건상 자연임신도 출산도 어려운 17은하 지구의 유피테르 돔에서 일할 때 인공자궁과 로봇을 이용해 낳았기 때문에, 그것을 도와준 담당 과학자의 성을 땄다고 했다.

태어나서 지금껏 쭉 지구를 똑같이 본뜬 제1은하에 머물 뿐인 난서에게 있어 태이는 좀 신기한 존재였다. 엄마와 아빠가 있고 하루하루 비슷한 풍경을 보면서 자라난 난서는 처음 태이를 만날 때 굉장히 흥분했다.

"우주인을 만나는 거야!"

그렇게 외쳤다가 같은 인간이라고 엄마에게 야단을 맞기도 했다.

"난서야. 태이와 난서는 남매나 다름없단다. 너희는 매우 비슷한 유전정보를 지니고 태어났어."

그야 둘의 아버지가 형제니까.

하지만 난서는 태이를 처음 만난 순간, 도대체 이 특이하게 생긴 아이가 어떻게 자신과 형제라는 건지 의아했다. 태이는 너무 작았고, 얼굴도 너무 길었으며, 피부색은 완전히 다른 두 종류의 짐승처럼 달랐다. 적갈색의 산발한 머리카락을 길게 기른 난서와 달리 태이는 아무리 애를 써도 손아귀에 잡히는 게 없을 만큼 머리를 짧게 자른데다, 색도 꼭 덜 익은 알밤같이 어중간했다.

"잘 대해주렴."

"사이좋게 지내야 한다."

낡아빠진 보모 로봇만 덜렁 데리고 날아든 태이는 낯설었지만, 그래도 생각보다 재미있는 구석도 있었다. 어릴 때 여러 은하 지구를 돌아다녀 괴상한 말도 많이 알았고, 제2은하의 라파엘라 돔에 정착한 후로는 그곳을 오가는 수송선 사람들의 아이들과 자주 어울려서 특이한 습관이나 표정도 흉내 낼 줄 알았다.

"그 구닥다리 로봇 말고 여기서 뭐 새로 사서 가는 거 어때?"

난서가 선심 쓰듯이 자신의 로봇 컬렉션을 자랑하자, 태이는 잠시 마음을 빼앗기는가 싶더니 이내 고개를 흔들며 자기 보모 로봇인 시엘라의 손을 꼭 잡았다.

"아니야. 난 시엘라가 좋아. 시엘라는 내 부탁을 정말 잘 들어주거든."

두 아이는 자기 로봇의 장점을 서로에게 자랑하면서 같이 게임도 하고 산책도 하고 서로 바꾸어 명령어를 입력하고 어느 쪽이 빨리 반응하는지 내기도 했다. 난서가 보기에 시엘라는 물론 잘 관리를 받은 로봇이긴 했지만 굉장히 굼떴고, 부품이나 겉모

습도 여기저기 닳아서 영 볼품이 없었다.

"혹시 뭐 그런 거야? 시엘라가 네 엄마를 모델로 삼은 로봇이라든가."

"아니야. 난 엄마가 없어."

"엄마 없는 애가 어딨냐? 네가 모르는 거지, 엄마는 다 있다고."

"정말 없는데? 난 아빠 혼자 만들었댔어."

알고 보니, 정말로 태이에겐 엄마가 없었다. 하지만 태이의 아빠, 그러니까 난서 큰아버지의 유전정보를 기반으로 삼아 여러 사람의 세포를 조합해 만든 것이니까 난서의 생각엔 태이에게 여러 명의 부모가 있다고 해야 될 것 같았다.

"봐, 내가 이겼지."

난서는 뻐겼다.

"이기다니, 뭐를?"

"태이 너는 엄마 없다고 했는데 사실은 여러 명 있는 거잖아. 그러니까 내가 이겼지."

"엄마가 아니야. 그리고 내가 엄마가 있다고 쳐도······."

"치는 게 아니라 있는 거라니까? 나처럼 한 명만 있는 게 아니고 여러 명 있는 거지."

"아냐. 엄마 아니야. 그리고, 아무튼, 그게 왜 네가 이긴 건데?"

"내기했잖아!"

"내기한 적 없어."

둘은 유치하게 우겨대며 싸웠다. 그러는 동안에도 태이는 시엘라의 곁에 꼭 붙어 앉아 있었다. 난서는 원래의 피부를 대부분 잃고 새로 보수를 한 듯 얼룩덜룩한 시엘라의 오렌지색 목덜미를 빤히 쳐다보았다. 신형 보모 로봇이라면 훨씬 매끄럽고도 폭신한 촉감의 피부를 붙여 나올 텐데 역시 오래된 것이라 그냥 보기에도 딱딱하고 거칠었다. 얼굴은 태이처럼 길쭉하고, 별로 아름답지도 않은데다 밋밋하기까지 한 코와 거의 깜박거리지 않는 눈. 시엘라는 명령을 내리지 않으면 숨도 쉬지 않고 거기 있었다. 태이가 편해 보이지도 않는 그 넓적다리 위에 올라앉아, 목과 어깨를 얼싸안고 무언가 '부탁'을 하는 그 순간만을 기다리며.

"시엘라. 말이랑 결혼한 공주님 이야기를 해줘."

"시엘라, 시엘라. 예전에 사과를 잔뜩 싣고 가던 수송선 기억해? 거기서 본 례세 팔다트의 가을 노래를 듣고 싶어. 응?"

"시엘라, 나하고 놀자. 공 던지고 놀자."

그리 대단할 것도 없는 기능만을, 느릿느릿 실행하는 낡은 시엘라. 태이가 하도 만지고 당겨서 반들반들한 유리구슬처럼 보이는 장식이 주렁주렁 매달린 원피스를 입고 웃지도 울지도 않는 입술로 다정하게 대답하는 시엘라.

"시엘라는 내 부탁을 뭐든지 다 들어줘."

난서는 정말로 그럴까? 하고 생각했다.

보모 로봇 시엘라는 자료를 찾아보니 20년쯤 전 여러 은하 지구에 널리 판매된 중저가의 보급형 로봇이었다. 정말 대단할 게 하나도 없는 구닥다리였던 것이다. 난서의 탐구심에 발동이 걸렸다. 자신의 최신형 로봇들이나 광고로 떠오르는 다른 로봇들보다도 익숙한 시엘라만이 대단한 줄 아는 태이의 눈을 뜨게 해주고 싶기도 했다.

태이에게 자신의 최신형 비행 시뮬레이션 장비를 구경시켜준

후, 그 아이가 생전 처음 보는 과거 원시림의 상공을 나는 일에 흠뻑 빠져 있는 동안 난서는 슬그머니 시엘라의 무릎에 앉아보았다.

난서의 예상대로 무릎은 딱딱했고, 시엘라는 멀뚱멀뚱 난서를 쳐다볼 뿐 웃거나 어르거나 즐거운 이야기를 건네지도 않았다.

"시엘라."

부르자, 시엘라는 듣기 좋은 목소리로 답했다.

"네. 시엘라예요. 뭘 할까요?"

난서는 자기 로봇으로 정보망을 뒤져 찾아낸 시엘라 로봇의 매뉴얼을 열고, '보호자를 위한 해제 모드'를 찾아 실행해보았다.

시엘라가 정말로 태이의 부탁을 무엇이든 다 들어줄까?

보호자 모드로 메뉴를 정렬시켜보니 역시 그렇지 않았다. 법적 허가를 요한다는 경고가 붙은 파괴, 삭제 모드 같은 걸 빼더라도 몇 개인가 메뉴가 꺼져 있었다.

"뉴스 및 속보 브리핑 기능입니다."

왜 그런 걸 막아놨을까? 뉴스처럼 흔해 빠진 정보도 또 없었다. 너무 흔해서, 아무도 일부러 찾아 듣거나 보지 않을 정도로. 난서는 비죽비죽 웃으면서 기능을 활성화했다.

그리고 하나 더.

"백룡 기능입니다."

백룡.

대체 그게 뭔지 알 수 없었다. 난서는 시엘라의 회색 눈동자를 가만히 들여다보았다. 반들반들한 표면에 자신의 모습이 제법 선명하게 비쳤다.

"백룡 기능이 뭔데?"

자존심이 상했지만 옛날 자료를 검색하려니 이것저것 잡다한 정보가 한꺼번에 쏟아져 구분하기가 쉽지 않으므로, 그는 시엘라에게 직접 물었다. 시엘라는 막힘없이 답했다.

"어디로든 가는 기능입니다."

"어디로든? 그건 그럼……."

질문에 제대로 된 답을 얻기도 전에 원시림 비행 체험을 끝낸 태이가 달려오고 말았다. 난서는 백룡 기능은 해제하지 못한 채로 물러나야 했다.

"뭘 하는 거야?"

"아무것도 안 했어. 이런 낡아빠진 로봇한테 누가 관심이나 있을까 봐?"

의심의 눈초리를 보내며, 태이는 얼른 시엘라의 무릎으로 기어올랐다. 태이가 시엘라의 옷가슴에 매달린 장식을 버릇처럼 잡아당기자, 시엘라는 갑자기 사무적인 목소리로 말했다.

"제2은하 지구의 정례 브리핑에서는 이러한 소식을 들을 수 없었습니다. 그러나 이미 공공연히 봉쇄에 준하는 비상조치가 시행된 것으로 미루어보아, 암암리에 거주지역을 벗어난 주민이 있을 것으로……."

해제된 뉴스 기능이었다. 태이는 원시림 위를 비행하며 실컷 즐긴 덕분에 양 뺨에 발그스름하게 달아오른 채로 그 이상한 목소리에 귀를 기울이다가, 표정을 굳혔다.

"시엘라. 다시 말해줘. 집이 어떻게 됐다고?"

"집. 제2은하 지구 라파엘라 돔 북32 거주지역 제어센터413."

"라파엘라 돔에서 무슨 일이 일어났어?"

"제2은하 지구 뉴스 채널을 수신하시겠습니까? 수신 가능한 채널은 현재 121개 있으며, 구독자 수가 많은 채널은……."

그 후, 태이는 더 이상 새로운 시뮬레이션에 흥미를 보이지도 난서의 부름에 응하지도 않았다. 그저 아주 심각한 표정으로 입을 꽉 다물고는 시엘라에게 안겨 창가로 옮기더니, 거기에서 꼼짝도 하지 않았다.

그리고 오직 뉴스만을 들었다.

시시했다.

사흘이 아주 시시하고 심심하고 재미없고 유치하게 흘렀다. 난서는 호시탐탐 시엘라의 남은 기능을 해제해보고 싶어 안달이 나 있었다. 백룡 기능이라는 게 뭘까? 어디로든 갈 수 있다는 건, 구식 워프 시스템 같은 걸까? 아니면 그저 어린애를 데리고 지정된 놀이방이나 교육센터, 실습관 같은 곳으로 이동하는 기능일까? 보모 로봇, 그것도 20년쯤 지난 제품에 탑재된 기능이니 보나 마나 또 시시한 것일 게 틀림없었다.

'그래. 어디든 간다고 해놓고 실행해보면 뭐 게자리 성운을 탐사하는 체험 영상을 틀어준다거나…… 우리 엄마 때 유행했다는 모험 게임 같은 걸지도 몰라.'

난서는 그렇게 이야기 속의 여우가 손에 닿지 않는 포도송이를 올려다보면서 '저건 신 포도일 거야' 하듯 자신을 설득하려고 애썼다. 하지만 손에 들어올 듯 들어오지 않은 것은, 아주 별거 아니라고 해도 마음에 남게 마련이었다. 난서는 자신의 창고에 처박힌 신형 로봇이나, 광고로 계속 전송되어 오는 최신 로봇 예약 정보의 가공된 영상들보다도 낡은 시엘라의 '백룡 기능'이 궁금해 미칠 지경이었다.

태이가 시엘라의 품에 들러붙어 잠도 제대로 자지 않고 내내 뉴스만 듣고 있는 걸 어떻게든 할 수 있다면…….

"엄마, 태이랑 같이 비행 체험 센터에 가면 안 돼?"

원시림 위를 나는 시뮬레이션을 즐겁게 했던 태이라면, 실제로 비행정을 조종해볼 수 있는 센터로 가면 시엘라에게서 떨어질 것이다. 난서는 자기 생각이 너무나 기발해서 좀 우쭐거렸다. 갑자기 돈을 쓰는 일에는 엄격한 부모님이었지만 두 사람은 웬일인지 너무나 쉽게 아들의 요구를 들어주었다. 아버지는 기뻐하기까지 했다.

"아주 좋은 생각이야, 이난서. 태이 기분이 안 좋아 보여서 너도 신경이 쓰였구나?"

"기분전환도 되고 좋지. 계속 뉴스만 듣는 게 걱정스러웠는데."

"뉴스만 귀에 들어올 수밖에 없지. 태이도 벌써 열두 살이니 알 건 다 알고……."

"무슨 말이야? 여보, 율파 씨. 태이는 아직 아기라고. 난서하고 똑같아."

"아니, 자기야. 얘는 형님을 복사하다시피 해서 만든 아이니까 열두 살이라고 해도…….'

"아기라니까? 혼자 지내라고 팽개칠 수가 없어서 데려온 거잖아."

"그건 그렇지만…….'

두 사람이 입씨름을 하든 말든 난서는 신나게 태이에게 달려갔다.

그리고 시엘라에게 다시, 다시, 하고 속삭이는 그 아이에게 말했다.

"태이야! 비행 센터 가자! 가면 진짜 비행정 탈 수 있어!"

태이는 들은 척도 하지 않았다. 며칠 새 그 길쭉하고 볼품없는 얼굴이 더욱 시커멓고 거칠거칠하게 변해버렸다. 눈 밑이 푹 꺼진 꼴이 가엾기까지 해서 난서는 그 아이에게 뭘 좀 먹여야 할 것 같았다.

"야, 사탕 먹을래?"

역시 대답이 없었다. 난서의 부모가 굉장히 꾸며낸 웃음을 지으며 다가와 태이를 달랬다. 일부러 더 부드러운 목소리로, 더 낮은 자세로, 두 사람은 태이가 툭 치면 푹 꺼질 비눗방울이나 되는 듯 행동했다.

"태이야. 태이 칼로. 비행정에 타보는 게 어떠니?"

"우리 돔의 제어 센터하고 정비 타워 같은 것도 다 보일 거란다."

"당신도 참. 얘가 제어 센터니 하는 거에 흥미가 있겠어? 차라리 수목원이나 씨네그라피 센터 같은 게 더 그럴싸하지."

"태이가 누구 아인데 그래? 형님은 이 나이에 정비 타워만 보면 아주……."

태이가 고개를 반짝 들었다. 난서의 부모는 갑자기 말끝을 얼버무리더니 더욱 활짝 웃으면서 태이의 낯을 살피기 시작했다. 난서는 왠지 부모를 빼앗긴 기분이 들어서 입을 삐죽거렸다. 그래도 참았다. 어떻게든 태이를 시엘라의 무릎에서 내려오게 만들어야만 했다. 보모 로봇은 담당하는 아이가 있는 앞에서는 절대로 매뉴얼이나 조정 모드를 노출하지 않게 돼 있었으므로.

일행은 영 뜨뜻미지근한 반응을 보이는 태이를 거의 끌다시피 하여 어린아이들이 비행정을 체험할 수 있는 센터로 갔다. 여러 안전장치가 달린 비행정은 사실상 자동조정을 하게 돼 있었고, 전문가가 동반 탑승한 채로 지정된 경로를 따라 근처를 비행하며 노는 곳이었다. 난서는 태이가 집에서 가지고 놀았던 비행 시뮬레이션 이야기를 떠벌떠벌 늘어놓으며 환심을 사려고 애를 썼다.

"아주 재밌을 거야. 이건 실제잖아. 그건 실감 나게 만들었어도 가짜거든."

그러나 마침 돔 내부의 대기 질이 영 좋지 않은 날이었다. 강우량 조정 예보가 떠오른 안내판을 스쳐 지나가며 비행 센터 꼭대기로 올라가 전면 창을 통해 내려다보니, 딱딱하고 지나치게 세련되어 보이는 도시 풍경이 펼쳐졌다. 난서조차 살짝 실망하고 말았다. 시뮬레이션 속의 풍경은 아주 좋은 날씨에, 보정이 들어간 모습이라 바람도 선선하고 풀 냄새도 잔뜩 나고 새와 동물들도 가까이에서 볼 수 있었다. 모든 것이 체험하기에 완벽했다. 하지만 진짜 도시는 시시하고 별로 새로울 것도 없는 냄새가 나고, 이따금 오염된 대기가 덜 정화된 채로 시야를 덮었다. 매일 보던 건물과 매일 보던 색채뿐이었다.

'태이가 재미없어하면 어쩌지?'

난서는 덜컥 두려워져서 태이에게 '직접 비행하면 재밌을 거야.' 하고 덧붙여보았다. 하지만 난서 자신이 듣기에도 꽤나 자신 없는 목소리였다.

"시엘라하고 같이 탈래."

태이는 시엘라의 옷자락을 꼭 쥔 채로 몇 번이나 졸랐다. 그러나 어린이용 체험 비행정에는 전문가가 탑승하는 만큼, 보모 로봇을 싣기엔 공간이 부족했다. 시엘라는 요즘식 로봇도 아니라서 어떤 위험요소가 될지 모르니 허가가 없으면 조종간에 앉힐 수도 없었다. 태이는 그렇다면 비행정에 타지 않아도 된다고 조그만 소리로 말하다가, 난서의 부모 얼굴을 슬그머니 살폈다.

모처럼 자신을 배려해서 체험 센터에 데려와준 어른들의 호의를 무시하는 건 태이에게 굉장히 부담스러운 일이었다.

"그러면…… 그럼, 얼른 타고 올 테니까 시엘라를 부탁해."

비행정으로 향하면서 태이는 연신 시엘라를 돌아보았다. 보호 장비를 갖춘 그 조그마한 몸이 비행정의 열린 문으로 사라지고 관제사의 안내에 따라 이윽고 비행정 자체마저 매끄러운 움직임으로 멀어진 후, 난서는 냉큼 시엘라를 향해 섰다. 그리고 저장해 두었던 매뉴얼을 꺼내 보호자 모드의 코드를 입력했다. 난서의 부모는 태이가 조종하는 비행정의 움직임을 모니터로 들여다보면서 그 아버지에 대해 옛 추억을 늘어놓고 있었다.

"백룡 기능이 뭔지 알고 싶어."

"백룡 기능은 어디로든 가는 것입니다."

로봇 같지 않은 불완전한 대답은 꼭 누군가 미리 기록해놓은 정보만을 읽는 것처럼 들렸다.

"상세한 설명이 필요해. 무엇을 위한 기능인지, 어떻게 발동하는지, 그런 거."

"무엇을 위한 기능인가? 질문에 답합니다. 백룡 기능은 이재서가 보모 로봇 시엘라의 기능 개선과 함께 제작한 매크로 시스템으로, 피보호자인 태이 칼로의 안전을 위한 비상 탈출 기능입니다. 어떻게 발동하는가? 질문에 답합니다. 백룡 기능을 실행하려면 우선 피보호자인 태이 칼로가 심각한 위협과 불안감을 느끼고, 시엘라와 함께 도주해야 하는 상황이 필요합니다. 태이 칼로가 '돌아가기 위해' 시엘라의 손을 잡고 태이의 왼손에 저장된 백룡을 부르면 시엘라는 명령에 따라 기능을 수행합니다."

백룡이 태이 칼로의 왼손에 있다.

난서는 호기심과 함께 실망감을 느꼈다. 내심 기대했던 백룡 기능이라는 것이 시엘라의 것이 아니라, 어디까지나 태이에게 장치되어 있는 기능을 수행하게 돕는 것뿐인 듯 했으니까.

'그래서 그 백룡이 뭐 어떻게 탈출한다는 걸까? 눈 앞에 백룡이 나타나나? 그래서 태이를 태우고 비행정처럼 날아가는 걸까?'

상상의 나래를 펼치는 난서의 시야에 멀리서 되돌아오는 태이의 비행정이 보였다. 모니터에 비친 풍경은 여전히 낯익은 도시였고 뿌연 먼지가 구름처럼 뭉쳐 이리저리 흘러 다녔다. 거대한 돔의 정화 기능장치가 이따금 과순환하며 기분 나쁜 경고음을 냈다.

삐. 삐 삐삐! 삐!

그에 이어 합창하듯이 부웅, 하는 온갖 기계 소리가 들렸다. 소리들은 물론 오래가지 않고 곧 고요해졌지만 그럴 때마다 난서의 부모는 자신들이 항상 보수가 필요한 기계들에 둘러싸여 살고 있다는 사실을 상기했다. 난서는 그 모든 소리와 낡아가는 기계들 사이에서 태어났기에, 경고음에도 별로 놀라지 않았다.

"라파엘라 돔이 그렇게 되는 걸 보면 여기도 안전하지 않은 거 아냐?"

난서의 엄마, 제나가 태이를 맞으러 가기 위해 소지품을 챙기며 자신의 반려에게 말했다.

"요즘은 11은하 쪽이 한참 개발되는 중이라 살만하다던데. 더 늦기 전에 이사해야 하나?"

"어딜 가든 낡고, 그럼 또 리모델링 하는 데를 찾아가야 하고, 마찬가지잖아. 그래도 이쪽은 안정감 있게 오래 개발된 이력이 있으니까 괜찮지만, 11은하는 예전 같으면 변방이라 위험하다고 별의별 소문이 다 돌았는데……. 새로 돔 했다고 좋다고 하기엔 너무 불안하단 말이야."

"제2은하는 뭐 전통적인 거주지 아니었나? 거기도 돔 개선사업 차일피일 미루더니 결국 일 터진 거라고. 생각 좀 해보자. 우리 가족, 이사."

"당신이야말로, 적응할 순 있고? 5은하 밖으론 나가본 적도 없다며."

태이가 시엘라의 이름을 부르며 쏜살같이 달려왔다. 동반했던 전문가가 결과 리포트를 예쁘장한 데이터로 가공해서 내밀었다. 난서의 아빠가 태이의 머리에서 아직 쓰고 있던 보호 헬멧을 벗겨냈다. 그러는 동안 태이는 시엘라와 수십 년은 못 만난 사람처럼 아주 애틋하게 허리를 얼싸안는 중이었다.

"시엘라, 시엘라. 나 뉴스 들을래."

"게이브리스 돔과 라파엘로 돔에 정식 피난 명령이 떨어졌습니다. 긴급 피난용으로 수배된 우주 셔틀의 수는 금일 열한 대로, 각각 9은하 지구의 카맛, 17은하 지구의 헤스티아, 3은하 지구의 저우제로 임시 운행합니다. 각 관제소는 일시 폐쇄되었으며 지방정부의 연합 관제센터의 가이드를 준수하여……."

"시엘라…… 우리, 이제 못 돌아가는 거야?"

조그만 목소리로 태이가 시엘라에게 속삭였다. 바로 곁에서 촉각을 곤두세우고 있던 난서만이 그 불안정한 목소리를 들었다. 난서의 부모는 태이를 앞으로 어떻게, 어디에 머물게 해야 할지 고심하느라 여념이 없었기 때문이다.

"금방 데려갈 줄 알았는데. 큰일이네."

"형님도 갈 자릴 진작 찾아두시지 이렇게 될 때까지……."

"이럴 줄 알았겠어? 그래서 태이는 어떡해? 교육과정도 다시 시작해야 하는 거 아냐? 이쪽에 등록해, 말아?"

"곤란하네……."

두 사람이 태이에게 다가와 다시 부드럽게, 그리고 몹시도 조심스러워서 오히려 껄끄러운 어조로 물었다.

"태이야. 비행정 체험은 어땠니? 미래에 비행사가 되고 싶니?"

물론 태이는 모처럼 자신을 데려와준 어른들에게 고르고 골라서 즐거운 표정을 지어 보였다.

"재밌었어요. 속도도 빠르고, 집이 작게 보이고, 노란 구름 사이를 지나가는 것도 재밌고."

난서만이 태이의 기분을 알았다. 전혀 재밌지 않다는 것을. 대개 그랬다. 잘 가공된 시뮬레이션에 비하면 실제 체험은 너무 제약이 많고, 시도할 수 있는 것이라곤 하찮을 정도로 적고, 긴장을 떨쳐낼 만큼 경이로운 순간과 조우하기도 전에 끝나버리게 마련이었다. 그래서 난서는 실재하는 경이를 기대하지 않았다. 무언가 굉장한 것보다는 작은 호기심을 충족시킨 후 그것을 팽개치고 금방 다른 것으로 옮겨가는 방식이 좋았다. 즐길 거리는 얼마든지 있고 손짓 한 번에 수천 가지 가공된 경이가 펼쳐지는 시대의 어린이였으니까.

"다음에는 굴착 로봇을 조종해보는 것도 좋겠구나. 바다에도 갈 수 있다던데."

"배를 타는 것도 좋지. 자기야, 왜 그런 데 있었지? 그치? 옛날 범선을 재현해서 띄우는 데가 있었지 않아?"

"태이야, 아니면 뭐 배우고 싶은 거 있니? 긴 코스 말고 짧은 코스도 많아."

"제나, 자기야. 긴 코스면 또 어때서? 태이야, 부담 느끼지 말고 오래 배울 거 말해도 돼. 알았지?"

"아, 아니…… 율파 씨. 태이도 언제까지 남의 집 있을 건 아니잖아."

난서의 부모 사이에 미묘한 기류가 흘렀다. 태이는 고개를 푹 숙인 채 시엘라의 품에 안겨 네, 네, 하고 적당히 대꾸했다. 난서는 느릿느릿 주위 구경을 하면서 역시 시엘라의 그 '백룡 기능'이 뭔지 보고 싶다는 생각을 했다. 태이의 왼손에 숨겨져 있는데다, 비상용 탈출 기능이라면 그건 대체 뭘까?

'실제로 보면 별거 아닐 거야. 분명해.'

네트워크를 뒤져봐도 나오는 게 없는 걸 보면 틀림없이 이재서, 그러니까 태이의 아버지가 이름을 붙인 개인적인 매크로 시스템일 것이다. 어떤 조건 하에 특정한 기능 몇 개가 연달아 실행되는 방식의.

'비상시 탈출 기능이라면 정말 급박한 상황용이니까 거기 뭐

꾸미고 그러지 않죠. 낙하산이라도 튀어나올 거 아니면 딱 1인용 보호 캡슐 같은 것일 확률이 높습니다.'

비상 탈출 기능을 검색하면 그 비슷한 이야기만 가득했다.

— 시엘라의 손을 잡고.

그래도 난서는 궁금했다.

그 작은 호기심처럼 흥미진진한 일도 없었고, 그 작은 호기심을 충족시키고 싶은 마음처럼 시급하고 못 견딜 일도 없었다. 난서의 세계는 풍요롭고 평온했다. 위기에 흔들려야 할 마음이 호기심을 참는 것만으로도 사정없이 흔들렸다. 난서는 어지럼증을 느꼈다.

알고 싶었다.

알아야 했다.

— 태이의 왼손.

난서는 집으로 돌아오자마자 자기 방으로 달려갔다. 그리고 창고의 문을 활짝 열어젖히고 거기 틀어박혀 배터리가 나간 로봇을 충전하고 데이터를 읽어 들였다.

창가에 시엘라와 함께 앉아 뉴스만 듣는 태이를 걱정하느라, 그리고 태이가 돌아갈 곳을 고심하느라 난서의 부모는 난서가 자기 로봇들을 어떻게 고치는지 신경 쓰지 못했다.

난서는 네트워크를 뒤져 자신이 원하는 모든 정보를 얻었다.

이재선이라는 기술자가 딸을 위해 낡은 로봇에 넣은 '백룡 기능'이 뭔지만 빼고 세상의 모든 비밀이 거기 있는 것 같았다.

그렇기에 난서는 오로지 그것만 알고 싶었다.

사촌의 가느다랗고 까무잡잡한 왼손에 무엇이 들어 있는지, 칼로 잘라서 알 수 있었다면 난서는 망설임 없이 그렇게 했을 것만 같았다.

"시엘라, 우리 이제 어떡해?"

태이가 시엘라의 옷 장식을 꼭 잡았다. 응석을 부리듯 그것을 잡아당기자, 하필이면 뚝 하고 장식이 분리되어 떨어져버렸다. 태이는 울먹거렸다.

"미안해. 시엘라."

"장식을 다시 연결하는 방법을 설명해드릴까요? 아니면 장식을 실과 바늘로 직접 연결하는 기능을 실행하시겠습니까?"

"맨날 아빠가 달아줬는데."

"태이의 아빠는 지금 여기에 없습니다. 과제를 수행할 수 없답니다."

"그래서 나는 너무 슬퍼, 시엘라."

태이의 아빠는 태이에게 '잠깐 작은아버지 집에 가서 지내라'고 말했다. 시엘라와 작은 가방 하나만 들고 먼 길을 떠난 태이는 불안했지만 처음 잠깐은 즐거웠다. 시뮬레이션으로 수십 번 해본 심부름이나 여행이나, 심지어는 모험보다도 심심한 여정이었지만 진짜라는 건 별 것 안 해도 너무나 두렵고 불안한 것이었다. 혼자 셔틀을 갈아타는 동안 태이가 직접 한 거라고는 안전벨트 버튼을 누르는 일이라든가, 홍채 인식으로 대신한 티켓 체크 정도였지만 하도 가슴이 쿵쾅거려서 몇 번이나 눈물이 날 뻔했다. 무사히 난서의 엄마와 아빠를 만났을 땐 안도와 함께 피로에 가까운 기쁨이 온몸을 감쌌다.

'그땐 즐거웠는데.'

그 감각이 일종의 기쁨이라는 걸 희미하게 깨달을 즈음, 시엘라가 뉴스를 전해주었다. 곧 돌아갈 수 있을 줄 알았던 고향의 돔에 문제가 생겨서 폐쇄와 수리를 반복하더니 급기야 피난 명령이 떨어졌다고 했다. '피난 명령'이라는 말은 어려운 표현이었지만, 시엘라에게 묻자 '모든 사람이 그 돔을 떠나는 것'이라고 했다.

'아빠는 어떻게 됐을까?'

집은.

거리는.

익숙한 이웃들은.

집에 두고 온 장난감과 옷들은.

매일 보던 장미나무는.

태이는 시엘라가 전해주는 뉴스를 들으며 로봇의 차가운 목을 꽉 끌어안았다.

"태이야!"

자꾸 주위를 맴돌아서 성가시기만 한 사촌, 난서가 불쑥 태이를 불렀다. 태이는 무시했다. 그러자 난서가 삐, 삐, 소리를 내는 손바닥만 한 드론 장난감을 띄워 보내 주의를 끌었다.

"저리 가."

"뉴스 들었어?"

"계속 듣고 있잖아."

"아니, 너네 동네 말고 우리 동네 뉴스. 들었어? 이거 못 들었지?"

난서의 손가락이 움직이는 방향으로 드론 장난감이 날아, 태이의 정수리 근처에서 멈추었다. 태이는 등을 고양이처럼 말고 눈동자만 옆으로 돌렸다.

"삐!"

드론이 비상 경고음을 냈지만, 그건 어딘가 다른 기계들이 내
는 것과 조금 더 높고 짧았다. 난서는 자신이 네트워크를 뒤져서
찾아 만들어낸 그 소리가 태이의 주의를 빼앗기를 기대했다.

"제2은하 지방정부의 정기 브리핑을 전해드립니다. 외부 은하
와 각지에 흩어져 계신 제2은하 지구 거주민 여러분. 합동 거주지
가 정해졌으니 금일 내로 각 거주지 관리 센터에 등록을 마쳐주
십시오. 다시 알려드립니다. 제2은하 기준시각 7시까지 반드시
등록을 마쳐주십시오. 등록이 완료된 거주민은 기준 주소지별로
통합해 이동할 예정입니다."

난서는 요즘 태이가 심각한 얼굴로 듣고 있는 뉴스의 내용을
정확히는 알지 못했다. 그걸 전부 듣고, 타임라인별로 분류하고,
다시 정리해서 이해하기에는 너무 오랜 시간과 정성이 필요했다.
난서에게는 그럴 시간이 없었다. 그래서 네트워크를 뒤져 거주자
를 소집하기 위한 안내 뉴스를 따와 적당히 정리해보았다. 상세
한 지명과 설명을 쓰기는 어려웠지만 얼핏 듣기에는 그럴싸한 것
같았다.

"제2은하 지구 거주민 여러분. 반드시 금일 내로 등록을 마쳐
야만 사랑하는 가족과 함께 이동할 수 있습니다."

태이가 떨리는 목소리로 시엘라에게 물었다.

"시엘라, 지금 몇 시야?"

"제1은하 지구 알파7 돔 111 거주지역 99-8 기준시각은 현재
오후 4시입니다. 제2은하 지구 라파엘라 돔 북32 거주지역 제어
센터 413 기준시각은 현재 오후 6시입니다."

"7시까지 돌아가야 돼……."

난서의 심장이 사정없이 뛰었다. 불안으로 흔들거리는 태이의 눈동자가 시엘라의 옷 장식보다 더 반질반질했다. 불그스름하게 물든 눈가를 바라보며, 난서는 얼른 제안했다.

"나 빨리 가는 법 아는데."

"어떻게?"

"시엘라한테 집에 빨리 가는 기능이 있어. 내가 알아."

"정말?"

"그래, 정말."

태이가 뉴스를 듣기 시작한 후 처음으로 활짝 웃었다. 눈매가 일그러지자 맺혀 있던 눈물이 후두둑 양쪽 뺨으로 흘러내렸다. 시엘라는 보모 로봇답게 다정한 목소리로 왜 우는지, 기분이 어떤지, 하나씩 하나씩 태이에게 물으며 눈물을 닦아주었다. 태이는 고개를 절레절레 저었다.

"집에 갈 수 있어서 우는 거야. 시엘라. 우리 이제 돌아가자."

태이는 난서가 알려준 대로 시엘라의 손을 잡았다. 그리고 자신의 왼손을 향해 속삭였다.

"내 왼손의 백룡."

속삭임은 중얼거림이 되었고 모르는 노래를 따라 부를 때처럼 쭈뼛거리는 목소리로 변했다가, 다시 가성으로. 그리고 더욱 크고 절박한 외침이 되었다. 난서의 부모가 다른 방에서 제2은하 지구에 남아 있을지도 모를 지인들을 수배하다가 태이의 고함을 들었을 때, 드디어 난서는 그것을 볼 수 있었다.

"백룡!"

태이의 왼쪽 팔에 실금이 가더니 가무잡잡한 피부처럼 보였던 표면이 걷히며 매끈한 기계장치가 모습을 드러냈다. 그것은 어린 태이의 온몸으로 퍼져 나가 이윽고 길고 구불거리는 형태로 뒤바뀌었다. 시엘라는 소란을 듣고 달려온 난서의 부모와, 그 앞에서 멍하니 이쪽을 바라보기만 하는 난서를 향해 유리알 같은 눈동자를 돌리고는 수천수만 개의 비늘로 변해 태이의 길쭉한 몸을 뒤덮어 나갔다.

그 길고 낡은 것이 태이의 머리를 매단 채로 집의 관리 기능을 조작하여 비상 탈출구를 활짝 열고는 마치 체험 센터의 비행정이 그러했듯이 날아가기 시작했다.

"인간이 아니었던 거야."

난서의 아빠가 나름의 결론을 내렸다. 로봇도, 로봇과 결합한 인간도, 로봇이 되기로 한 인간도 얼마든지 있었으므로 난서의 아빠와 엄마는 놀라지 않았다. 두 사람은 머릿속으로 태이의 정체에 대해 결론을 지었다. 그래서 난서만이 쭉 그 자리에 붙박이로 남았다.

"제나. 자기야, 이제 걱정거리가 사라졌네."

"그래서, 태이는 어디로 간 건데?"

"형님이 불렀겠지? 아마도 정해진 지점으로 가지 않았을까?"

"그럼 아주버님 연락처 찾아서 더 헤맬 필요 없는 거지?"

두 사람은 어른다운 대화를 나누며 사이좋게 다음 할 일을 찾아갔다.

난서만이, 망가진 드론을 안고 그 자리에 서 있었다.

태이의 왼손에서 깨어난 백룡은 그 아이의 머리만 빼고 온몸이 아름다운 용으로 변해서 돌아갔다. 제2은하 지구의 라파엘로 돔으로. 그러나 그곳은 이미 사람이 거주할 곳이 아닐지도 몰랐다. 난서는 그제야 뉴스를 찾아볼 마음이 들었다. 누가 남았는지 언제까지 떠나야 할지, 로봇이라도 머물고는 있을지.

생각할수록 움직일 결심이 서지 않았다.

돌이킬 수 없으면 어떻게 하지?

난서는 그래서 눈을 느리게 깜박인 후, 탈출구로 향하는 길목에 흐트러진 옷가지를 하나씩 주워들었다. 마지막에 발견한 것은 시엘라의 옷에 붙어 있던 예의 그 장식이었다.

큰 잘못을 저지른 것이면 어떻게 하지?

그제야 그는 진짜 뉴스를 들어봐야 한다고, 스스로에게 말했다. 하지만 꼭 진실을 확인해야만 할까? 반드시 알아야만 할 이유는 없는 것 아닐까? 태이도 뉴스를 듣기 전까지는 괜찮았다. 난서도 백룡 기능을 모를 때는 초조하지 않았다.

"그래. 아무도 나한테 뉴스를 보라고 하진 않았잖아."

난서는 드론을 다시 분해해서 다른 어떤 기능을 장착해볼까 계획했다. 삐, 하는 그 비상 알람을 좀 더 진짜처럼 고치는 것도 좋을 터였다.

"걔의 왼손에 백룡이 있었어. 하지만 뭐…… 실제로 보니까 별 거 아니네."

곧 비상 탈출구는 복구 기능에 의해 천천히 닫혔고, 난서의 집은 조용해졌다. 역시 실재는 상상만큼 재미있거나 신기하지 않은 법이다.

내게는 '그 방면'으로 조예가 깊은 소꿉친구가 있다. 흔히 점술이나 신비주의에 흥미를 가진 정도가 아니라, 그 애의 고모인가 이모인가 아니면 육촌의 사돈의 팔촌인가가 진짜 마법사였다는 거다. 그 이야기가 황당하지 않았던 건 아니다. 하지만 걔가 딱히 내게 실없는 장난을 칠 이유도 없고 해서, 진지하게 "마법사 얘긴데…" 하고 상담해왔을 때는 들고 있던 콜라 컵을 내려놓고 끈적거리는 패스트푸드 점의 흰 테이블에 바싹 몸을 당겨 앉는 수밖에 없었다.

　그 애, 그러니까 내 소꿉친구 이풀잎은 장래 경찰대를 졸업해 수사관이 되려 했다. 나야 체육 시간에 30분만 열심히 달려도 근육이 일주일 내내 찌뿌드드해지는 한심한 사람이었으므로 현장에서 범죄자와 힘을 겨뤄가며 사회에 공헌하겠다는 그 애가 다만 눈부셨을 뿐 더 자세한 내막은 모르겠지만, 여하간에 경찰대학인지에 진학을 희망하는 데 여러모로 힘든 점이 있었던 모양이다. 성적은 노력해서 올리면 된다. 내신도 체력 문제도 전부 노력하면 된다. 그래서 몇 년간 열심히 노력해왔다. 그런 기특한 이야기 끝에, 풀잎은 한숨을 쉬며 털어놓았다.

"키가 작아서 원서를 낼 수 없을 것 같아."

지금은 입시 규정이 바뀌었지만 그때는 그랬다. 수사관이 되어 범죄를 소탕하겠다는 기특한 청소년에게 이 나라가 머리를 쓰다듬어주지는 못할망정 그런 가혹한 기준을 들이대고 있을 줄은 꿈에도 생각 못 했던 나는, 풀 죽어 있는 그 애 대신 한 시간 정도 나라 욕을 해주었다. 교육부와 국방부와 경찰청을 싸잡아 비난하느라 콜라 컵 속의 얼음이 몽땅 녹는 것조차 몰랐다. 그런 나를 미미한 웃음을 띤 채 바라보던 친구가 갑자기 입을 열었다.

"그래서 마법사한테 가보려고."

"마법사?"

헌법소원을 내거나 경찰청을 항의방문 하는 게 아니라 마법사를 찾아간다니. 내 예상은 물론 현실감마저 지나치게 벗어난 해결책이었다.

아무튼 그 애의 말에 따르면 세상 어딘가에는 소원을 들어주는 마법사가 있다고 했다.

현직 마법사였던 친척이 숨을 거두었을 때, 장례식장 구석에서 울고 있는 그 애를 향해 누가 소리도 없이 다가와서는 "이소원의 가족이시죠?" 하고 말을 붙였단다. 엄청나게 얄밉게 느껴질 만큼 정확한 발음으로, 그러니까 꼭 사건사고 소식을 전하면서 '효과'를 '효꽈'가 아니라 '효과'라고 제대로 발음하면서 표정 하나 변하지 않는 아나운서같이 심상하게. 고모인지 이모인지 육촌의 아무 개인지도 명확하지 않지만 망자의 혈연이긴 했으므로 이풀잎은 고개를 끄덕였다. 좀 이상했지만, 아무튼 간에 조사에 찾아와줄 정도라면 어지간한 교류가 있었을 거라고 여기면서 말이다. 그래 서 찾아와준 데 감사 인사를 하기 위해 울던 걸 멈추고 통통 부은 눈으로 그 사람을 향해 고개를 들어 올렸더니, 상대는 풀잎의 어 깨를 꼭 한 번 조심스럽게 어루만져주면서 "이소원에게는 빚이 있으니 곤란해지면 찾아오십시오." 하며 연락처를 알려주고 갔다 는 것이다. 너무 열심히 울고 있었던 탓에 눈앞이 뿌예서 얼굴도 잘 보지 못했지만 아무튼 믿을만한 목소리였단다.

"수상하다." 나는 그렇게 말했다. "어마어마하게 수상하다. 누 가 봐도 사이비 종교…… 그런 거 아니야? 아니면 다단계."

"아니야."

"야, 진짜 마법사일 확률이 높겠니 아니면 사이비 종교에 연루 되었을 가능성이 높겠니? 누가 봐도……."

"아니라니까. 이소원이라는 이름을 나도 알고 있었단 말이야."

"이소원…… 이소원 씨가 누군데?"

"그분의 마법사 이름이야."

"흐음."

"나, 그분이 마법사라는 거 알았어. 친척 중에서도 알고 있는 건 나 하나였을 거야. 그치만 진짜였어. 그분이 결혼을 하지 않은 것도, 아이가 없었던 것도, 전부 마법사였기 때문이야."

아니, 마법사가 뭔데 결혼도 안 하고 아이도 없단 말인가. 가톨 릭의 성직자들 같은 맹세라고 하는 족속들인 건가?

'그쪽 방면'과는 연이 없는 탓에 나는 식어 빠진 콜라를 버릇처럼 빨아들였다가 단박에 후회했다. 그 애는 한숨을 폭 쉬며 쭈뼛 쭈뼛 말을 이었다.

"있잖아…… 사실 이제 와서 몇 센티미터나 되는 키가 갑자기 클 리 없어. 원서 낼 때까진 몇 달 남지도 않았고. 그래서 한번 찾아가 소원이나 빌어봤으면 싶은데……."

"싶은데?"

"좀 무서워. 왜, 소원을 비는 덴 대가라는 게 있다잖아. '그분'도 그 대가로 평생 가족을 이루지 못한 거였대."

"아하."

성직자들의 맹세 어쩌고라는 설명보다는 이쪽이 더 '그쪽 방면'답고 이해가 쉬웠다. 소원을 이루어주는 마법사가 있지만, 그 소원의 대가로 무언가를 지불해야 한다니 그것참 명쾌하고 공정한 이야기 아닌가.

"야, 걱정하지 마. 내가 같이 가줄게!"

그래서, 이렇게 되었다.

나는 반쯤은 호기심을 품고 이풀잎과 동행했다. 나머지 반은 물론 그 애를 염려하는 숭엄한 우정.

"근데…… 김지완한텐 말했어?"

도심 한복판에 위치한 주상복합 오피스텔 엘리베이터에 몸을 실으며 내가 물었다. 풀잎은 스케줄러의 메모를 몇 번이나 다시 확인한 후 신중하게 버튼을 눌렀다. 23층. 이상하게도 나는 그 애가 버튼을 누르기도 전에 그 층수에 불이 들어온 것을 미리 본 듯

한 착각에 빠졌다. 이런 걸 기시감이라고 하던가. 자그마한 체구에 고양이처럼 새침한 눈을 한 그 애가 나를 바라보지도 않은 채 무심히 답했다.

"아니."

"왜?"

"왜는 무슨 왜야. 걔가 나한테 뭐라도 되니?"

"그럼 난 너한테 뭐라도 돼?"

"너 말 웃기게 한다. 지완이랑 나랑은 그냥 소꿉친구야. 이런 거로 걔한테 마법이니 뭐니 구질구질 설명하는 거, 좀 별로야. 걔가 날 이상하게 보는 것도 싫고."

풀잎이 고개를 폭 숙이며 이맛살을 찌푸렸다. 나는 그 애 쪽을 생경한 눈으로 돌아보았다. 이상하리만큼 담담했다. 나를 편하게 생각해줘서 기쁘다든가, 김지완보다 나를 가볍게 보고 있는 거 아닌가 싶어 화가 난다든가, 그런 불만은 무엇 하나 들지 않았다. 마치 이 모든 일을 미리 알고 있었거나 한 것처럼.

엘리베이터가 23층에 도착했다. 평범한 층계참 옆으로 평범한 복도가 있고 평범한 문이 평범한 명패도 없이 그냥 거기 있었다.

"여, 여긴데…… 이거 믿어도 괜찮은 거 맞겠지?"

풀잎이 내게 확인하듯 물었다. 그걸 내가 아니? 나는 그렇게 답하려고 입을 열었다.

"믿어도 돼."

분명 내 목소리였다. 내가 그렇게 말했다. 처음 보는 낯선 문 앞에 서서, 이야기로만 전해 들은 수상한 '마법사'를 만날 작정인 채, 담담하기까지 한 목소리로 "믿어도 돼"라고 말이다. 더하여 얼른 입을 다물지 않았다면 틀림없이 이렇게 덧붙였을 것이다.

나, 여기 알아.

설명할 수는 없지만 나는 정말로 이곳을 알고 있었다. 기억날 리 없는데 실은 기억한다. 와본 적 없는데 분명히 여기에 있었다. 입장한 적 없는 방에서 유유히 퇴장하는 상황에 처한 듯한, 그런 이상한 기분이었다. 나는 꼭 닫힌 문을 노려보았다. 아무도 손을 뻗지 않았는데 저절로 벨이 울리고 문이 덜컥 열렸다.

문 안쪽엔 아무것도 없었다. 난쟁이도 쥐 요정도 저승사자나 혹은 개량한복을 입은 돌팔이 점쟁이조차. 먼지 한 톨 없는 현관에 들어서며 풀잎과 나는 허공에서 울리는 인사말을 들었다.

"어서 오십시오."

안쪽은 매우 넓고 깨끗했지만 마법사 사무실이라기엔 의외로 소박했다. 고급 오피스텔인 만큼 주거와 사무 양쪽 모두의 조건을 충족시킬 만한 규모와 인테리어를 갖춘 대신 마법의 구슬이나 점술 카드 비슷한 소품 하나도 없는, 말하자면 '심심한' 모습이라고나 할까. 건조하고 단순하고 깨끗했다. 봄인데도 일순 춥게 느껴질 만큼 황량하고, 불필요한 것이 하나도 없어 보이는 건 둘째 치고 실은 필요한 것도 열에 서넛은 없지 않을까 싶었다.

'이상하지.'

정말 이상한 일이었다.

그 삭막하고 특징지을 것 없는 모습에도 불구하고 나는 한눈에 그곳이 마음에 들었다. 왠지 낯이 익어서가 아니라 그냥 무작정 사랑스럽고, 아무튼 귀여워서 견딜 수가 없었다. 손바닥만 한 시골 강아지나 토끼 새끼가 꼬물거리는 걸 봤을 때도 이만큼 몸서리처지게 안아주고 싶진 않았는데.

"뭘 넋을 놓고 있니?"

내 친구, 마법사의 지인의 혈육인 풀잎이 내 옆구리를 툭 쳤다.

"그냥. 좀 좋아서."

"대체 뭐가? 그나저나 마법산지 뭔지 왜 안 나와?"

풀잎이 초조하게 주위를 두리번거렸다. 거실과 부엌을 겸한 널찍한 공간에 소파와 테이블과 책상 등속이 갖춰져 있고 옆으로 침실이나 서재로 쓸 법한 방이 하나 따로 나 있는 듯했다. 닫힌 방문에는 아무런 표식도 없었다. 벽면도 달력은커녕 액자나 레터링 장식 하나 없이 새하얀 빛깔로 가득 메워져서 손자국이 날까 싶어 보는 사람이 위축될 지경이었다.

"이소원은 아이를 아주 예뻐했습니다."

마법사는 방도 문도 창문도 아닌, 우리들의 등 뒤에서 불쑥 나타나 맞은편 소파에 앉았다. 인사도 뭣도 없이 첫 마디가 그거였다. 과연, 풀잎이 말했던 대로 쓸데없이 정확한 발음이다. 나는 등 뒤를 괜히 돌아보았다. 그냥 벽인데 어디에서 어떻게 튀어나온 걸까?

'와! 진짜 마법사 맞나봐.'

비식비식 웃음이 새어 나왔다. 나부터 마법에 걸린 거 아닐까?

풀잎이 그를 향해 심술궂은 표정으로 툭 쏘아붙였다.

"전 그분의 아이가 아니에요. 모르셨어요? 그분, 혼자셨던 거."

그 말에 마법사는 한쪽 눈썹을 살짝 찌푸리며 "아, 그래요?" 하고 반문했다. 몰랐던 모양이다. 심드렁한 표정 한쪽으로 잠깐 실망감이 서리는 듯도 싶었지만 이내 그는 담담한 얼굴로 돌아왔다.

"그래서 부탁하고 싶은 건 뭡니까?"

"키를…… 5센티미터 정도 키울 수 없을까 해서요. 하고 싶은 게 있거든요."

"키? 흐음, 좀 생각해봅시다."

"생각해본다뇨? 당연히 해주셔야죠!"

풀잎이 날카롭게 소리쳤다. 얘가 이런 성격이었나, 하고 새삼스러운 기분이 들어서 나는 걔의 옆얼굴을 바라보았다. 뾰족하게 입을 내민 채 노려보는 양이 지금 당장에라도 달려들어 잡아먹을 기세다.

"안 한다고 한 적은 없습니다. 이거 언제까지 해드리면 될지?"

그제야 표정을 누그러뜨리며 풀잎은 얼른 스케줄러를 펼쳤다. 그리고 기나긴 설명이 시작되었고 나는 물끄러미 바라보았다. 내 소꿉친구가 아니라, 마법사의 사무실도 아니라, 마법사 본인을.

지나치게 깨끗한 사무실만큼이나 깔끔한 남자였다. 외모는 대학생쯤 돼 보이는데 그 나이대라기엔 지나치게 창백하고도 피로해 보였다. 그냥 세상사에 질린 듯한 인상이었다. 곧 사라질 것 같은 남자. 만사에 질려서 한숨을 한 번 쉬곤 훌쩍 허공으로 떠올라 구름 너머로 흩어질 것만 같은, 그런 사람이었다. 머리카락부터 눈동자, 피부까지 죄다 보통 사람들보다 희미한 것이 손바닥으로 쓱 문지르면 덜 마른 수채화 물감처럼 지워질 것 같다. 그래서일까, 가느다란 눈매며 나른한 느낌의 그 입매를 보고 있자니 그 남자의 긴장감 없는 몸동작까지 위태롭기만 했다.

'마음에 드는 사람이야.'

나는 당돌하게도 그런 생각을 하고 있었다. 첫눈에 호감을 품을 만큼 미남인 것도 아닌데 이상하리만치 눈이 떨어지지 않았다.

이 사무실도 그도 어쩐지 잘 알고 있다는 생각이 들었다. 나는 내 길지 않은 인생의 온갖 기억을 다 헤집었다. 어디에서 이런 사람과 마주쳤던 걸까? 도대체 언제?

곰곰이 생각해봤지만 답은 나오지 않았다.

그사이 '계약'이 끝났다. 풀잎은 5센티미터의 키를 약속받았고 '무엇인가'를 그에게 주기로 협의했다. 계약서에 도장 대신 물 묻힌 엄지손가락을 가져다 댄 후 그는 고개를 끄덕이며 어깨를 으쓱거렸다.

"그쪽의…… 친구분은 소원을 빌 생각 없습니까?"

"없어요."

반사적으로 답했다. 그는 내가 여기 온 후 처음으로 내 얼굴을 바라보았다. 놀란 듯 동그랗게 뜬 눈이 한 찰나 흔들렸다. 술렁이는 그의 심장 소리가 건너편까지 들린 듯도 싶었다. 나는 똑바로 그와 시선을 맞췄다. 그러자 마법사가 얼른 눈을 돌렸다.

"너 진짜 소원 없어?"

풀잎이 대신 물었다.

"없어. 난 너처럼 하고 싶은 게 딱 있는 것도 아니고."

"진짜 웃기네, 너. 지금 나 비꼬니?"

"왜 그렇게 생각해?"

"그렇잖아. 나 같은 게 뭐 되겠답시고 소원 빌러 오고, 좀 그렇다고 생각하는 거 아니야?"

"진짜 아니거든?"

기가 막혀서 본의 아니게 정색하는 나를 향해 풀잎은 지지 않고 큰 목소리로 외쳤다.

"그럼 소원 빌어! 아이돌이라도 만나게 해달라고 하든지, 복권 당첨이라도 시켜달라고 해."

"관심 없다니까. 나는 별로…… 아! 그렇지."

불쑥, 소원을 빌 건 없지만 부탁할 거라면 하나 있었다.

"이런 것도 되나요?"

"뭐든 말씀해보세요."

그가 반색해서 재촉했다. 나는 가능한 한 가볍게 답했다.

"저, 여기에서 일하게 해주세요. 제자가 안 되면 조수도 괜찮은데."

어이가 없었는지 마법사와 풀잎이 동시에 나를 바라보았다. 마법사는 풀잎의 계약서를 돌돌 말아 다른 쪽 손에 든 커다란 통에 막 넣으려던 참이었는데, 꼭 정지 버튼을 누른 동영상처럼 멍하니 행동을 멈추었다. 동시에 두 사람이 눈도 깜박이지 않고 날 주시하는 바람에 난 꽤 머쓱해서 헤헤헤 바보처럼 웃었다.

"그게 아가씨 소원이라면 들어주겠지만……."

"너 되게 엉뚱하다."

마법사와 풀잎이 차례차례 말했다.

"일단 시험 삼아 써보세요. 의외로 쓸 만할 수도 있고 저도 의외의 재능을 발견하게 될지도 모르잖아요."

"아가씨. 마법은 대개 타고나는 거라서 '의외의 재능'일 수가 없습니다. 아가씨가 마법사가 될 사람이었다면 여기 들어서는 순간 알았을 겁니다. 아가씨도, 나도."

"음…… 그렇지만 마법사 조수의 재능은 있을 거예요. 이마도요!"

"여긴 직업훈련소가 아닙니다."

딱 잘라서 거절당하자 아무리 나라도 마음이 상했다. 울적한 얼굴로 어깨를 늘어뜨린 채 반쯤 떠밀리듯 마법사 사무실에서 쫓겨났다. 돌아오는 길에 풀잎은 반은 꿈에 부풀었고 반은 근심에 짓눌렸다. 나는 이럴 거면 같이 갈 필요도 없었지 않나? 하고 혼자 고개를 갸웃거렸다.

그리고 다음 날 패스트푸드점의 익숙한 하얀 테이블을 사이에 두고 이풀잎과 마주 앉았을 때, 나는 무엇을 대가로 주기로 했는지 물었다. 솔직히 그거 하나만 내내 궁금했다. 그 애는 대답하는 대신 어색하게 웃었다.

"너는 이해하지 못할 거야."

"뭘?"

"뭐든."

"내 이해가 무슨 상관이야? 그냥 뭔지 이야기 좀 해봐."

"안 돼."

"왜?"

"미리 말하면…… 부정 타."

"에이, 거짓말."

"거짓말인지 아닌지 어떻게 알아? 네가 뭐 마법사라도 되니?"

요즘 내 다정한 소꿉친구는 이상하게 날카롭다. 할 말을 잃고 먹다 남은 햄버거를 내려놓자, 풀잎이 좀 머쓱했던지 화제를 돌렸다.

"너, 너야말로! 대답 좀 해봐. 갑자기 마법사 조수는 왜 하겠다는 건데?"

"그러게. 그 마법사 얼굴이 내 취향이라선가?"

"미…… 미친 거 아니야?"

"와, 말 심하다."

나는 울컥 화가 났다. 나, 진짜 상처받았거든? 하고 쏘아보았더니 풀잎은 눈살을 찌푸리고 목소리를 낮췄다.

"너 진심이니? 그냥 해본 소리지?"

"아니야. 진짜 할 거야. 진심, 진짜거든?"

"어차피 안 받아줄 거야."

"해봐야 알지! 나 어차피 학원도 관뒀어. 오늘부터 매일 찾아갈 거야."

"돌았다, 정말. 너 완전 제정신이 아니야."

또 그런 날카로운 소리가 돌아왔다.

그러는 넌, 마법사한테 소원 빌어서 키 크게 해달라고 한 주제에!

라는 말이 목구멍까지 올라왔다가 시뻘건 불이 되어 배 속으로 푹 꺼졌다. 나는 혼자 끙끙 앓았다. 그때 가게 안으로 얼굴만 몇 번 본 남자애가 들어왔다. 김지완. 옆 학교 남자애. 이풀잎과는 흔히 친구도 아닌 것이 연인도 아니라고 말하는, 뭐 그렇고 그런 어중간한 관계였다. 같은 초등학교를 나와서 같은 중학교에 진학했고 고등학교는 나란히 같은 재단의 남고와 여고. 집으로 돌아갈 적엔 똑같은 번호가 붙은 버스를 타고 산책을 할 때면 반드시 마주친다. 주말엔 함께 영화를 보기도 하지만 한 번도 손을 잡은 적이 없고, 대신 한쪽이 손을 잡으려 들면 절대로 상대가 거절하지 않을 걸 알고 있는, 그런 사이. 누군가 무슨 사이냐고 묻는다면 그냥 동네 친구라고 대답하지만 모두가 당연히 사귀고 있으려니 착각할 만한 거리에서 둘은 지냈다. 김지완은 제법 머리도 좋고 성격도 괜찮아서 몹시 인기 있었으니까, 풀잎도 딱히 싫진 않은 눈치였다.

아니, 틀림없이 둘은 서로 좋아한다.

"김지완 왔으니까 난 갈래."

"어, 가. 그 이상한 아저씨 만나든 말든. 잘 해봐라, 어디."

"아저씨 아니거든."

아저씨, 라는 의외의 단어 때문인지 인사를 건네던 김지완의 눈이 커졌다. 나는 모른 척하고 둘을 남겨둔 채 가게를 나왔다. 김지완의 시선이 내 뒤통수로 따라붙었다가 이내 풀잎에게로 되돌아가는 것이 여닫히는 유리문에 비쳤다. 내가 풀잎에게 했던 말은 정말이었다. 나는 이미 점심시간에 전화를 걸어 매일 다니던 학원의 등록을 철회한 참이었고, 며칠쯤은 마법사 사무실로 찾아가볼 작정이었다. 그렇게 세월을 허비해도 괜찮았다. 아깝지 않았다. 나는 곧바로 지하철과 버스를 갈아타 어제 갔던 오피스텔로 향하면서 스스로의 행동력에 감탄했다.

'공부를 이렇게 했어봐. 나도 참 나다.'

어제와는 달리 당당하게 벨을 눌렀지만 마법사는 문을 열어주지 않았다. 예약하지 않은 손님이라는 걸, 구태여 목소리나 얼굴을 확인하지 않고도 알 수 있는 모양이었다.

과연 마법사다.

다시 벨을 눌렀다. 그러자 한참 만에 인터폰으로 목소리가 흘러나왔다.

"아가씨. 소원 빌 겁니까?"

풀잎과 왔을 땐 몰랐는데, 인터폰이 붙어 있었구나. 정말 무슨 사무실 같다.

아, 사무실 맞구나.

"소원 안 빌어요."

"그러면 돌아가십시오."

뚝, 인터폰이 꺼졌다. 나는 더 이상 그가 답하지 않을 것을 알았다.

"내일 또 올 거예요."

정말로, 나는 다음 날 또 갔다.

그렇게 사흘간 같은 일을 반복한 후, 나는 드디어 인터폰에 얼굴을 들이밀고 소리를 지르기 시작했다.

"왜 이렇게 융통성이 없어요? 제가 소원 빌지도 모르잖아요! 일단 조수로 받아주면요!"

"아가씨 아니라도 소원 빌 사람은 많으니까 돌아가십시오."

"이런 식으로 오는 사람 또 있죠? 그 왜, 좋은 말씀 들어보라든가 아니면 뭐 정수기라도 팔러 오든가. 조수가 있으면 그런 사람들을 직접 상대하지 않아도 된다고요. 어때요, 좋죠?"

"그런 사람들 상대 안 하니까 괜찮습니다. 아가씨. 나는 예지력이 있는 마법사거든요."

"그래도 귀찮잖아요. 그렇죠?"

"저기 말이죠…… 본인이 얼마나 귀찮은지 알면 어서 돌아가주시지 않겠습니까?"

한숨 소리가 인터폰 너머로 들렸다. 그러고 보면 나를 아예 상대하지 않으면 될 텐데 꼬박꼬박 매일매일 대꾸를 해준다. 실은 이 사람도 좀 심심한 게 아닐까?

"불청객 하나 받아서, 백 명을 막는 거예요. 남는 장사잖아요? 마법사님은 착실하게 본 업무에만 충실할 수 있다구요."

"필요가 없다니까요."

"문! 문만 한번 열어주시면 안 돼요? 네? 이야기는 들어줘도 되잖아요!"

그 설득이 구미에 당긴 건지 아니면 단순히 내 고집에 질린 건지 모르겠지만 꼭 일주일 만에 그는 내게 문을 열어주었다. 내가 졌어요, 라는 첫마디로 인사를 대신하며. 그리하여 나는 임시로 그의 조수가 되었다.

"임시든 뭐든 받아준다는 말 안 했습니다만."

"에이, 치사하게. 헤헤."

"지금 상황에서 치사한 건 억지로 밀고 들어온 아가씨 쪽 같군요."

"정 싫다면 두 달이든 석 달이든 기간을 정하면 되잖아요. 정말로, 진심으로, 진짜! 완전히! 임시니까요. 네?"

그렇게 먼저 말해봤더니 그는 드디어 옅은 한숨을 내쉬면서 두 손을 들어 보였다.

"한 달은 어차피 선택지에 없는 모양이군요. ……그래요, 아가씨 마음대로 하십시오."

"와! 정말이죠! 받아주시는 거죠!"

해냈다!

나는 주먹을 불끈 쥐었다. 혼자 샐샐 웃는 나를 물끄러미 보고 있다가, 그는 심드렁한 얼굴로 설렁설렁 방을 향해 걸었다.

"저기, 마법사님. 기간은요?"

"정하지 않아도 상관없습니다."

"왜요? 제가 못 버틸 거 같으세요?"

"아가씨, 나는 마법사예요. 대단한 건 아니지만 예지력이 있습니다. '볼 수 있어요.' 그러니…… 나는 다 알면서도 하는 겁니다."

"뭘요?"

방문 앞에 멈추어 서서, 아주 잠깐 망설이며 그는 말했다. 꺼질 듯한 목소리로.

"결과 말입니다."

나는 고개를 갸웃거렸다. 그는 더 답하지 않고 방문을 닫았다.

자, 이리하여 나는 마법사의 임시 조수가 되었다.

그렇게 꿈과 희망과 신비로 가득한 모험이 펼쳐지는 일은 없었다. 겨우 사무실 안으로 입성했지만 나는 언제나 혼자였다. 그는 항상 방 안에 틀어박혀 있었으니까. 나는 하루의 대부분을 학교에서 보내고 땅거미가 질 즈음 사무실에 도착해, 닫힌 문 너머의 그를 상상하다가 밤이 깊어서야 집으로 돌아갔다. 그 몇 시간 동안 나는 본디라면 학원에 있어야 했다.

— 다 알면서도 하는 겁니다.

그 한탄 같은 목소리가 자꾸만 떠올랐다.

— 결과 말입니다.

결과라니.

고민해봤다. 역시, 조만간 내 부모님이 알게 된다는 걸까? 딸이 학원을 땡땡이치고 있다는 사실을. 그래서 나는 곧 눈물 쏙 빠지게 야단을 맞고 집에 끌려갈 예정이고, 그걸 아는 마법사는 내 고용 기한을 굳이 정하지 않은 걸까?

나는 혼자 그런 걸 생각하면서 혼자 접대용 테이블에서 숙제를 하고 학습지를 풀고 책을 읽었다. 텔레비전도 오디오도 갖춰져 있었지만 이 지나치게 깨끗하고 조용한 집안의 평화를 깨서는 안 될 것 같아서 손도 대지 못했다. 보름이 더 지난 다음에 마법사가 처음으로 방문을 열고 나와 부엌 쪽으로 향했을 때 나는 풀리지 않는 행렬 문제와 씨름하고 있었다. 수학이라는 건 세상에서 없어져야 돼, 하고 밑도 끝도 없는 불평을 입 밖으로 소리 냈을 때 그가 곁에 앉았다. 소리 없이. 그러고는 녹차가 담긴 컵 두 개를 테이블 모서리에 가만히 내려놓았다.

"그게 아가씨의 소원입니까?"

"와! 깜짝이야! 저기요, 소리도 안 내고 갑자기 나타나는 게 어디 있어요?"

"냈습니다만."

다른 하나의 컵을 들어 올려 입술만 살짝 축인 후, 그는 손짓으로 또 하나의 컵을 가리켰다. 일주일하고도 보름. 이상할 정도로 자리를 피해서 혹시 이 사람은 내가 모르고 있을 뿐 나의 도플갱어 같은 존재이고, 우리 둘은 마주 앉아 30초 정도 눈을 맞추면 한쪽이 꽥 죽어버리는 걸까? 하는 말도 안 되는 생각까지 했는데 이제야 겨우 곁에 앉아주고 '손님' 대접을 해주다니. 솔직히 기뻤다. 나는 머그잔 하나를 대접받은 것이 남이 키우던 개를 데려와 길들였을 때보다도 기쁘고 들떠서 어쩔 줄 몰랐다. 무식할 정도로 커다란 머그잔에 또한 무식할 정도로 가득 담긴 녹차는 당장 마실 수 없을 만큼 뜨거웠다. 똑같이 뜨거울 텐데 그는 그런 건 통각이 마비된 인간처럼 벌컥벌컥 차를 마셨다. 나는 뜨거워서 손으로 컵을 쥐지도 못하고 멀뚱멀뚱 그의 옆얼굴을 바라보았다.

낯익다.

내 안의 누군가가 속삭이는 것만 같았다.

난 이 사람을 알아, 라고.

"내 소원 아니에요. 예지력 있다면서 왜 물어요?"

이 사람은 왜 이렇게 소원을 못 들어줘서 안달일까.

"그런 예지력이 아닙니다. 내 예지력은 내가 말을 해야만 보이거든요."

"말? 어떤 말요? 주문이라도 외우는 거예요?"

"그런 게 아닙니다. 어떤 말을 했을 때 그 반응이나 결과가 보이는 거죠. 이 사람의 소원이 뭘까 하는 건 알 수 없는데, 그걸 이루어주겠다고 말했을 땐 간혹 결과가 보입니다."

"와. 신기하다."

나는 컵을 잡아 들어 올렸다가 다시 내려놓았다. 여전히 들고 있기 어려울 만큼 뜨거웠다.

"다 보이는 건 아닙니다. 한순간 영상 같은 게 지나갈 뿐. 대개는 결말이죠."

"오, 그러시구나."

나는 제대로 이해하지도 못했으면서 힘껏 고개를 끄덕였다. 그는 다 마신 자신의 컵을 쥔 채 조용히 나를 응시했다. 정확히는 자신이 내어준 컵을. 그것이 무언의 재촉 같아서 나는 머뭇머뭇 그 뜨거운 차를 마셨다. 열심히 쓰디쓴 그 액체를 다 비우자마자, 그는 양손에 잔을 들고는 부엌으로 가버렸다. 나는 그 뒤를 따라가 무엇이든 말을 붙이려 했지만, 그는 다시는 나와 눈을 마주치지 않고 방으로 들어가 문을 닫았다.

문 너머를 향해 나는 외쳤다.

"저기, 내일부터는 제가 차 탈까요? 조수니까."

대답은 없었다. 그래도 나는 다음 날 멋대로 차를 탔다. 부엌에는 내가 찾기 쉬운 위치에 커다란 덕용 녹차가 놓여 있었던 것이다. 차를 탄 후에 난 열심히 그의 방문을 두드렸다. 대답할 때까지 끈질기게 문을 부술 기세로 소란을 피우자 그는 겨우 밖으로 나와주었다.

"알겠습니다. 마시겠습니다."

다 죽어가는 목소리로 대꾸하며 맞은편에 무너지듯 툭, 앉는다. 그야말로 툭. 마른 옷가지처럼.

"저기요. 음…… 선생님."

이름을 안 알려주니 선생님이 낫겠다 싶어 그렇게 부르자 그가 움찔, 시선을 피했다.

"선생님. 그래서 그 예지라는 건 선생님이 하는 말의 결과만 보이는 거예요?"

"네."

"지금은 뭘 보셨어요?"

"내가 차를 다 마실 때까지 아가씨는 한 모금도 못 마실 겁니다."

"그거야 어제도 마찬가지…… 앗!"

나는 어떻게든 조금 마셔보려고 찻잔을 입술을 가져다 댔지만 눈물이 찔끔 나올 만큼 뜨거워서 그만 잔을 놓치고 말았다. 순간 당황하여 눈을 꽉 감았다. 아, 깨뜨린다!

하지만 잔 깨지는 소리가 들리지 않았다.

"그것 보십시오."

감았던 눈을 뜨니 기울어진 컵과 흘러나오던 녹차가 그 모양

그대로 허공에 붙박여 있었다. 그는 자조하듯 헛헛한 웃음과 함께 다 마신 자신의 컵을 내게 보여주었다. 녹차 찌꺼기가 묻은 컵 바닥이 물기로 반짝였다. 자리에서 일어난 그의 뒤를 따라 허공에 둥둥 뜬 녹차 컵이 움직이는 모습은 비현실의 극치라고 할 만했지만 나는 차마 놀라지도 못했다.

"제가 컵 떨어뜨리는 것도 보였어요?"

"……네."

묘하게 한 호흡 늦은 대답이다 싶었더니 방문을 닫기 전에 나직한 목소리가 덧붙었다.

"아가씨 질문에 대답했을 때, 보였습니다."

그가 한 말에 고무되어 어떻게든 차를 빨리 마셔보려고 했고 그래서 실수할 여지가 생겼다. 그렇게 생각하면 그럴싸한 일이긴 하지만. 여하간 참 제약도 많고 섬세하신 예지력도 다 있지.

"그럼 제가 지금부터 무슨 말을 하려는지는요?"

대답 같은 건 기다리지도 않았다. 보았든 보지 못했든 내게는 관계없으니까. 어차피 그가 내 말을 예측했다 해도 나는 말하지 않으면 안 된다. 한 박자 늦게 송출되는 방송처럼, 쓸쓸하고 식상한 대사가 된다 해도.

"선생님, 내일부터는 제가 차를 다 마실 때까지 기다려주세요."

역시 아무 말도 돌아오지 않았다. 보였을까, 보이지 않았을까. 얼마만큼 먼 미래까지 보이는 걸까. 나는 궁금했다. 좀 더 알고 싶었다. 모든 말의 모든 응답이 보인다면 화가 날 일도 없고 기쁠 일도 없겠지. 나는 비로소 그가 항상 심드렁한 얼굴을 하고 있는 이유를 알 것 같았다. 세상사에 초연한 듯한 동작도 목소리도 눈

빛도 이해할 수 있었다. 그러자 몹시 슬퍼졌다. 이런 내 감정이야
말로 도리어 이해하기 어려운 것이었다.

그가 마음에 든다.

이건 아주 단순하고 이해하기 쉬운 감정이 아닌가. 한데 불현
듯 알 수 없게 됐다.

"그래서? 그 아저씨하곤 잘 되어가?"

학교에서 만난 이풀잎은 변함없이 냉랭한 얼굴로 내게 물었다.
오랫동안 둘도 없는 단짝친구이자 소꿉친구로서, 언제나 풀잎이
없이는 세상을 못 살 것처럼 굴었던 것 같은데 요즘 그 애는 낯설
기만 했다. 나는 낮잠을 자다 금방 깨어난 사람처럼 멍하니 풀잎
의 얼굴을 바라보았다.

"너야말로 소원은 언제 이루어지는데?"

"내가 먼저야. 넌 대답이나 해."

"잘 되어가나? 음…… 잘 되어가는 게 뭔지 모르겠는데, 그냥
꽤 괜찮아. 매일 차 마시고."

"차?"

"응. 녹차. 펄펄 끓는 물에 끓여서 되게 맛없는데, 가끔 손님이
오면 내가 끓이기도 하고. 손님이 가고 난 다음에 자기가 안 마신
걸 나한테 잔째로 주기도 해."

"그게 뭐야?"

글쎄. 그게 뭘까.

"차를 마시는 게 다야?"

"거의 그렇다고 할 수 있지."

나는 묘한 얼굴로 웃었다. 그는 내 부탁대로 내가 차를 다 마실 때까지 기다려주었다. 나는 일부러 차를 펄펄 끓는 물에 내렸다. 아주 커다란 잔에, 사실 가능하기만 했다면 솥이라도 가져다 잔 대신 썼을 것 같은 기세로, 어마어마한 양의 끓는 물을 부었다. 그는 꼼짝없이 그 차가 식는 동안, 그리고 내가 차디차게 식어버린 차를 아주 천천히 마시는 동안, 한 공간에 머물러야만 했다.

"모르겠다, 정말. 아무튼 난 이제 갈래."

풀잎은 가방을 사납게 둘러메고 쫓기는 사람처럼 나갔다. 요즘 통 저 애와 어울리지 못했다. 그전에는…….

그전에는?

우리는 자매처럼 친근했다. 하지만 이풀잎이 몹시 사랑했다는 마법사 '이소원' 아줌마에 대한 건 풀잎의 상담 때 처음 들었다. 우리는 한 쌍의 젓가락처럼 나란히 지냈다. 하지만 풀잎의 말에 내가 어떻게 대답했고 어떤 식으로 편안함을 느꼈던 것인지는 전혀 기억나지 않았다. 모든 게 꿈이었던 양.

"아가씨, 식은 차를 좋아하죠?"

그날 마법사의 집으로 가니 앉자마자 그가 문간에서 기다리고 있다가 불쑥 그렇게 말했다. 나는 어안이 벙벙해서 그를 빤히 쳐다보았다.

"이제 알았습니다. 차가운 차가 좋아서 그렇게 기다리는 거잖습니까. 그렇죠? 그래서 오늘은 미리 차를 준비해뒀습니다."

탁자 위에는 과연 그 무식하게 커다란 찻잔이 놓여 있었다. 그는 철새 사진을 찍는 사람처럼 조심스럽게 소파에 가서 앉았다. 나는 그가 비워놓은 자리에 앉아, 시선을 통 맞추지 않는 그의 옆

얼굴을 빤히 바라보면서 식은 차를 천천히 아주 천천히 마셨다.

썼다.

사실 나는 차를 좋아하지 않는다. 녹차는 아무리 고급이어도 그냥 쓰기만 할 뿐이지 맛을 모른다. 나는 주스나 콜라가 좋다. 하지만 한 번도 그에게 그런 말을 하지 않았다. 하고 싶지 않았다.

아가씨, 식은 차를 좋아하죠?

그렇게 말할 때의 그는 아주 조금이지만 즐거워 보였으니까.

"식은 차, 좋아하죠?"

아주 신기한 이치라도 터득한 양 그는 매일 물었다. 그러면서도 그는 내가 탄 뜨거운 차를 단숨에 마셨다. 희미한 미소를 지으며, 차가 식을 때까지 기다리는 나를 향해 중얼거렸다.

아가씨는 식은 차를 좋아하는군요.

식은 차를 좋아한다고 믿는다면 차가운 차를 타면 될 텐데 그 무식한 찻잔에, 무식한 양의 녹차를, 무식하게 뜨거운 물로 우려내서 내온다. 나도 펄펄 끓는 차를 앞에 놓고는 차가 식다 못해 한 톨의 온기조차 남지 않았을 때가 되어서야 겨우 차를 마셨다. 그렇게 우리는 매일 차를 마셨고, 차는 날이 갈수록 많아졌고 뜨거워졌다. 때로 내가 차를 마시고 나면 돌아갈 시간이 훌쩍 지나 있기도 했다.

"또 차 마시러 가게?"

풀잎과는 완전히 어울리지 않게 됐다. 근황을 전해줘야 할 의리를 느껴서 그 기묘한 티타임을 다시 설명해보았지만 이상한 생물이라도 보는 듯한 시선만 돌아왔을 뿐이다.

"되게 이상하네. 그냥 찬 녹차를 마셔."

"건전하고 좋잖아."

"대답 참 궁상맞긴. 뭐…… 그렇게나 그 사람이 좋다니, 잘됐네."

"응? 그보다 너 소원 빈 건 어떻게 됐어? 키 좀 큰 거 같기는 한데. 대가는?"

"그건…… 역시 너는 이해 못 할 거야. 하지만 나도 널 이해하지 못하니까, 우리 이걸로 비긴 셈 치자. 그래 줄 거지? 우리 사이에."

경멸에 가까운 웃음을 지어 보이며 풀잎은 내 앞에서 등을 돌렸다. 우리 사이가 어떤 사인데? 나는 불만스레 입을 꽉 다물었다. 마지막으로 꼭 한 번 흘끔 돌아보는 눈매가 풀잎의 엄마를 쏙 빼닮았다. 한순간 뱀 앞의 개구리처럼 나는 얼어붙었다.

풀잎의 엄마.

나는 풀잎에게 한순간 풀잎의 엄마를 겹쳐보고 소름이 끼쳐서 자리에 주저앉았다.

풀잎의 엄마. 풀잎의 엄마…… 나는 풀잎의 엄마를 알았다.

— 네가 그 애 곁에 있어줘. 있어주는 거지?

풀잎의 엄마가 내게 손을 뻗었다. 그리고…… 그리고 나는.

나는 눈을 찡그렸다. 기억이 나지 않았다. 아는 얼굴인데. 익숙한 목소리인데. 그런데 나는 그 사람을 모른다. 알고 있지만, 기억하지 못한다.

— 약속해. 맹세해.

지끈거리는 머리를 안고 나는 집이 아니라 마법사를 향해 갔다. 내게 '식은 차를 좋아하는군요' 하고 말하는 그 사람을 향해.

지극히 자연스럽게.

— 난 네 소원을 들어준 거니까, 대가로 널 받아가도 괜찮지.
그렇지?

— 당신은 정말 비겁해요. 치사해요. 나는 당신 아이 때문에
태어난 게 아니라구요.

— 나는 네 소원을 들어줬잖아!

'내' 제자가, '마법사'의 제자가 되게 해줬다고!

생각이 날 듯 말 듯 한데 안개가 낀 것처럼 시야가 뿌옇다. 끙
끙 앓는 내게 차를 타서 내놓고 거대한 전기 포트까지 꺼내 코드
를 연결하며, 그가 걱정스레 안색을 살폈다. 괜찮아요? 그는 묻
고 나는 괜찮아요, 하고 답한다. 우리는 요즘 좀 친해졌다. 아무
말 없이 쓰디쓴 녹차만 벌컥벌컥 마시고 있을 뿐이라고는 해도,
나는 수십 년쯤 이 사람과 지냈던 것처럼 편안하고 즐거워서 어
쩔 줄 몰랐다. 이 막연하고도 평온한 날이 쭉 이어질 것만 같았
다. 영원히. 중간고사를 막 끝낸 후의 주말처럼 나른하고 한갓진
기분으로 그의 집에서 차를 마시고, 땅거미가 지도록 나란히 앉
아 아무 말도 하지 않고, "실은 차를 좋아하지 않는다."고 말할 시
기를 기다리는 나날이 나는 그저 좋았다. 식은 차를 마시는 나를
향해 그가 흡족한 듯 살짝 웃고, 그 표정을 바라보는 나 또한 이
유 없이 기뻐져서, 두 발이 둥실둥실 구름바다에 떠 있는 듯한 그
런 시간들이 언제까지고 끝나지 않기를 바랐다.

"금방 끝날 거라고 하셨죠. 조수 일. 하지만 선생님이 틀렸어요."

의기양양하게 선언하는 내게서 그는 눈을 피했다. 무엇을 보았
을까.

"그래요, 그럴지도 모르죠. 나는 전능하지 않으니까."

그렇게 말하는 그의 목소리가 점점 잦아들었다. 무엇이 보였던 걸까. 나는 차마 묻지 못했다. 그리고 내가 억지로 조수 노릇을 한 지 꼭 50일 되던 날, 나는 1교시를 마치자마자 맨몸으로 학교를 뛰쳐나와 택시를 잡아탔다. 곧바로 그의 집으로 달려가 문을 왈칵 열었다. 열쇠도 없는데 문은 순순히 열렸다.

"선생님!"

외쳐 부르며 응접실로 들이닥쳤을 때 손님이 보였다. 그 손님은 울어서 퉁퉁 부은 내 얼굴을 보고 기가 질려 돌아갔다.

"선생님, 선생님!"

나는 거의 비명을 지르며 소파를 뛰어넘었다. 그는 이럴 줄 알았다는 듯이, 아니, 정말로 이미 알고 있었을 터이므로, 내게 미리 타놓았던 녹차 컵을 내밀었다. 나는 데굴데굴 구르며 엎어지며 그의 허리를 붙들고 늘어졌다.

"죽었어요! 죽었다구요! ……다 알면서 소원 들어주셨던 거죠? 알고 계셨죠!"

"소원을 들어주기로 결정하기 전까지는 보이지 않습니다. 결말 같은 거. 하지만 이소원의 아이는 그 대가를 각오하고 결정했던 겁니다."

"걔는 이소원인지 뭔지 하는 분의 아이가 아니에요. 얘기했잖아요. 그리고 죽은 건 걔가 아니에요. 죽은 건 걔가 아니라 걔의……."

설명할 말이 없어서 나는 입을 다물었다. 그의 눈을 마주 보고 버틸 자신이 없어서 소파에 고개를 파묻었다. 죽은 건 김지완이었다. 이풀잎의 소꿉친구. 그 애가 죽어버렸다. 트럭에 치여서 처

참하게 몸이 뭉그러졌다. 겨우 지나가며 인사만 나누던 사이인데
도 나는 눈물이 줄줄 흘러 견딜 수 없었다. 소식을 듣는 순간 이
게 누구 때문인지 모르고 싶어도 모를 수 없었다. 나는 흐르는 눈
물을 닦아내며 열심히 마법사에게 달려왔다. 달리 어디로 간단
말인가.

"그런데 걔는 아무렇지도 않아요! 조금 울더니 곧 아무렇지도
않다고요! 그냥 슬픈 일이래요! 유감스럽대요! 어떻게 이럴 수가
있어요? 이게 '대가'인데! 걔의 대가인데!"

"나는 말입니다, 아가씨. 나는……."

마법사는 스스로를 비웃듯 눈을 찡그렸다가 내게서 시선을 조
용히 떨어뜨리며, 마치 죄를 고백하듯 말했다.

"나는 이소원의 아이가 대가로 건 '친구'는 아가씨일 줄 알았어.
그럴지도 모른다고 생각하면서도 계약한 거야."

덧붙이고 나서 그는 상처 입은 짐승처럼 눈썹을 늘어뜨렸다.
부은 내 눈에서 다시 눈물이 넘쳐흘렀다.

"무슨 의미죠?"

"무슨 의미긴."

귀에 익은 목소리가 등 뒤에서 울렸다. 주저앉은 내 곁으로 다
가온 여자는 마법사와 내 사이에 비스듬히 섰다.

"내가 소원을 하나 더 빌 수 있다는 의미지."

이야기를 이해할 수가 없었다. 나는 여자의 이름을 불렀다. 이
풀잎. 풀잎은 종이를 단숨에 일그러뜨릴 때처럼 미간에 주름을 잡
고 피식 웃었다. 고개를 흔들며, "생각보다 괴로워서."라고 말했
다. 내 소꿉친구인 그 애는. 나를 마법사에게 데려왔던 그 애는.

그리고 또한.

— 내 딸이 죽지 않기를 바라. 그게 내 소원이야. 그러니 너도 그 애 곁에 있어줘.

이소원의 아이인 그 애는.

마법사가 조금 불쾌하다는 듯 물었다.

"소원을 또 빌 생각입니까?"

"다 알면서 내 소원을 이뤄준 거 아닌가요? 짜증 나, 진짜. 최악의 경우 죽을지도 모른다고 했지만 설마 정말 죽을 거라곤 상상도 못 했어요. 겨우 키 조금 크게 해주는 거로 사람 목숨을 받아가다니, 뻔뻔하지 않아요?"

"받아가는 건 내가 아니라 세계입니다. 마법사의 아이라면 당신도 그 정도는 알고 계셨을 테죠."

"마법사의 딸로서 내가 아는 건, 대가로 걸 게 더 남아 있고 그러므로 당신이 내 소원을 들어줄 거라는 사실이에요."

이풀잎의 말에 그의 표정이 굳었다. 풀잎은 그의 말을 기다리지 않고 자신의 용건을 전했다.

"전부 잊게 해주세요. 제가 소원을 빌었던 것, 대가로 '가장 소중한 친구'를 걸었던 것. 그걸 잊는다면 아무 문제 없죠. 나 때문에 그 애가 죽은 게 아니라면 그냥 우연히 일어난 불행한 사고라고 생각할 수 있잖아요? 다른 애들처럼 잠시 슬퍼하며 이따금 그리워하겠죠. 슬픈 첫사랑으로 남겨놓겠어요."

"기억하지 못한다면 죄책감도 느끼지 못할 테니까 괜찮은 겁니까?"

하하. 그가 짧게 웃었다. 비웃음과 자조와 경멸과 회의가 뒤엉킨 목소리로. 풀잎이 파르르 주먹을 떨었다. 나는 눈물을 손등으로 닦아내며 일어서서 그 애를 향해 물었다. 목소리가 갈라졌다.

"너 제정신이야? 뭐야! 정말 김지완을 대가로 걸었어? 너 걔 좋아했잖아."

"좋아했지만, 어디 좀 다치는 정도일 줄 알았지. 최악의 경우 죽는다고는 했지만…… 아, 몰라! 나도 지금 머리 아프거든? 어차피 죽은 애, 내가 마법사한테 소원 빌어서 그렇게 됐다고 평생 끙끙 앓아야 되겠니? 내가 소원 빌었다는 사실만 딱 잊어버리면 되잖아. 다른 사람들한테 피해가 가는 건 하나도 없는데."

"그런 게 아니잖아! 선생님, 이런 소원 안 들어줄 거죠? 들어주면 안 돼요, 이제 또 누구 목숨을 걸려고!"

화가 나서 소리치는 내 어깨를 풀잎이 재촉하듯이 휙 끌어당겼다. 그리고 그에게 말했다.

"이걸 줄게요! 오래전부터 당신이 가지고 싶은 건 이거 하나였잖아요! 엄마의 계약을 깨주겠어요."

일순간 그의 얼굴이 미약한 환희로 빛났다.

"겨우 그 정도 일로 돌려준다면 나야말로 고마울 따름입니다. 좋습니다. 기꺼이 그 소원을 들어드리겠습니다. 당신이 이 문을 나서는 순간."

마법사가 이를 드러내고 웃었다. 여름 구름처럼 청명한 목소리에 놀란 나를 떠밀고 나서 풀잎은 인사도 없이 등을 돌렸다. 나는 내 친구의 이름을 불렀다. 이풀잎. 풀잎은 대답하지 않았다. 안녕, 하고 작은 목소리를 들은 것도 같다. 어째서? 그런 식으로 도망치면 넌 행복하니? 네가 죽인 게 아니라고 생각할 수만 있으면 되는 거니? 남은 질문이 얼마든지 있는데 이풀잎은, 이소원의 딸이었던 여자아이는, 곧 문 저편으로 사라져버렸다.

"호나하."

그가 이름을 불렀다.

내 이름을.

그 순간 이소원이 맺은 모든 계약이 끝났다. 나는 모든 것을 기억해냈다.

— 마법사님, 당신이 그런 소원 빌지 않았어도 나는 당신 딸하고 같이 있을 거예요. 왜 믿어주지 않는 거죠?

— 그건 말이지, 호나하. 네가 내 딸보다 네 연인을 더 소중하게 생각하는 게 싫어서야. 너한텐 내 딸뿐이고, 그래서 그 애를 위해 죽을 수도 있어야 돼.

— 전 그 애를 위해서 태어난 게 아닌데요.

— 상관없어. 난 엄마니까. 넌 그저 인질이야. 네 목숨이 달려 있다면 '그 사람'도 내 딸을 지켜주겠지.

나는 얼굴을 손바닥에 묻고 흑흑 소리 내어 울었다. 이소원, 가엾은 내 선생님, 이제는 얼굴도 목소리도 그 무엇도 기억나지 않는 이소원. 그야말로 내게 '선생님'이라고 불릴 만한 사람이었다.

그리고 내 눈 앞에 있는 나의…….

— 그 사람에게 가서 소원을 빌었어. 내 목숨을 담보로, 내 딸을 지켜달라고. 풀잎의 곁을 지켜주렴. 호나하.

나는 녹차가 싫다. 쓰다. 싫다고 말하고 싶다. 하지만 할 수 없다. 그가 탄 녹차니까. 그와 함께 있으려면 녹차가 필요하니까. 나는 겁쟁이다. 실은 이런 거 필요 없다고 말할 수 없다. 나는 그를 좋아한다. 만사에 무심한 표정도 애착이 가는 건 세상천지에 아무것도 없다는 양 유유한 몸짓도 길고 아름다운 손가락이 아주 느긋하게 움직여 마른 약초들을 뒤섞을 때 내는 마찰음도, 나는 모두 좋아한다. 오래전부터 좋아해왔다. 그는 나를 알고 있었다.

이소원의 제자인 나. 이소원의 제자가 되기 전의 나. 차가운 녹차를 매일 마시게 될 지금의 나를. 그 어느 때건 그는 더 오래전의 나를 기억하고 있었을 터다.

"호나하. 기억…… 났습니까?"

"응. 당신은 또 나를 밀어낼 생각이었군요."

"계약이니까요. 그러니까, 나는…… 당신이…….."

당신이 나를 기억해내는 게 무서웠습니다. 난 겁쟁이니까.

그가 조그만 목소리로 중얼거렸다.

이소원은 마법을 손에 넣는 대신 대가를 지불했다. 이소원이 이룰 미래의 가족이라는 대가. 이소원은 가족이란 일종의 저주라고 믿었으므로 기꺼이 마법을 선택했다. 그런 이소원에게 아이가 태어났다. 대가를 두려워하면서도 이소원은 몹시 기뻤고, 딸에게 아름다운 이름을 지어주었다. 이소원이 아이를 안고 마법사 동료쯤 되는 그를 만나러 왔을 때 나도 이소원을 만났다. 환한 얼굴을 한 이소원은 무척 아름다웠다. 하지만 아이 아버지가 목숨을 잃자, 이소원은 자신이 꿈꾸었던 가족의 형태가 결코 이루어지지 못하리라는 사실을 깨달았다. 대가 없이 얻을 수 있는 마법 따윈 세상에 없으므로.

— 호나하. 마법사의 제자가 되고 싶다면 내게 와.

— 제겐 재능이 없다고 하던데요? 그 사람이.

― 연인을 곁에 붙잡아두고 싶어서 거짓말을 한 거야. 날 믿어.
제자로 삼아줄게.

대가 없이 이룰 수 있는 것은 없다.

대가를 지불하지 않는 마법사도 없다.

이소원이 내미는 손을 잡았을 때, 나는 어쩌면 이리되리라는
것을 각오했을 터다. 그 유혹에 응하였던 그 순간에.

"이소원 선생님은 처음부터 나를 인질로 삼을 생각이었어요.
선생님…… 당신이 다른 세계로 가버리면 안 되니까. 당신을 이
세계에 붙잡아두어야만 만약의 경우 이풀잎의 소원을 들어줄 테
니까."

"설마 키를 크게 해달라거나 기억 한두 가지 지우는 거로 티켓
을 전부 소모할 줄은 몰랐겠지만요. 이래서야 이소원이 빈 소원
도 꽤나 아깝게 됐습니다."

"이소원 선생님이 당신에게 빈 소원은 대체 뭐였나요?"

"다른 가족을 찾아 일원으로 믿으며, 사랑받고 살아가게 해달
라는 소원. 그리고 호나하를 딸의 단짝친구로서 저 인간 세상에
함께 보내달라는 소원이었습니다."

"대가는?"

"마법. 그리고 이소원 자신의 목숨."

그는 다가오지 않았다. 똑같은 거리를 두고 그저 묵묵히 바라
볼 뿐. 허망한 표정으로 이소원의 딸이 뛰쳐나간 현관문을 향해
서 있는, 내 오래된 연인이 말했다.

― 소원을 빌어요, 호나하.

그 말을 꺼내면서 그는 어떤 미래를 봤을까. 내가 순순히 소원

을 비는 미래? 아니면 완고하게 고개 젓는 미래? 어느 쪽이든 나는 고심하여 선택하는 것일 터인데 그는 한마디 던져놓고 미리 나도 모르는 답을 안다. 나는 겨우 웃었다.

"그 말씀을 하시면서요, 선생님. 제가 뭐라고 답하기를 바라셨어요?"

"뭘 봤느냐고 물었어야 합니다."

"소원 같은 거 빌지 않아도 할 수 있는 일은 얼마든지 있잖아요."

눈물이,

후드득후드득 떨어졌다. 머리가 아팠다. 이제 전부 알고 있다. 말하지 않을 뿐이다. 나는 겁쟁이다. 그가, 마법사인 그가, 다른 모든 마법사와 마찬가지로 겁쟁이인 것만큼. 그는 몇 번이고 말했다. 소원을 빌어요, 어서 뭐든 내게 바라주십시오. 호나하. 제발 소원을 빌어요. 내게.

그러나 나는.

"선생님, 저 돌아가겠어요. 데리러 오세요."

땀과 눈물에 젖은 머리카락이 바깥 공기에 천천히 말라 떨어졌다. 나는 가방을 가지러 학교로 돌아갔다. 내 자리가 없었다. 아무도 나를 기억하지 못했다. 하교 시간이 된 학교가 온통 소란스러워졌다. 교복을 입고 명찰을 달고 있는데 그 누구도 나를 알지 못했다. 나는 내 자리를 가리켰다. 그 자리에는 아무것도 없었다. 나는 내 사물함을 열었다. 텅 빈 사물함 안에서 작년 주인의 이름이 매직으로 써진 체육복 한 벌이 나왔다. 내가 가지런히 꽂아놓았던 교과서도, 문 안쪽에 붙여놓았던 시간표와 남자 아나운서의 사진도 거기에는 없었다. 나는 웅성거리는 아이들 사이를 뚫고 내 곁으로 다가와 어깨를 잡아끄는 담임교사에게 한 이름을 말했다. 마법사 이소원의 딸. 자기 미래를 바쳐서 마법을 손에 넣은 여자가 바로 그 귀중한 마법과 목숨을 기꺼이 지불하고, 그 생애를 보장해준 소녀.

이풀잎.

이풀잎은 이내 교무실로 불려왔지만 나를 보고는 천연덕스러운 얼굴로 눈을 동그랗게 떴다.

"저는 모르는 애예요."

나는 기가 막혀서 웃지도 못했다. 이름을 불렀다. 이풀잎. 풀잎은 완고하게, 참으로 단호하게 고개를 저었다. 누구세요? 저는 당신 모르거든요. 정말 몰라요. 하지만 눈동자에 떠오른 동요까지 감출 수는 없었다.

소원은 한 번에 한 가지.

장래를 위한 5센티미터의 키와, 남자아이의 목숨.

사라진 죄책감과, 그리고 사라진⋯⋯.

― 이걸 줄게요! 오래전부터 당신이 가지고 싶은 건 이거 하나였잖아요! 엄마의 계약을 깨주겠어요.

풀잎은 망설임 없이 '나'를 지불했다.

풀잎은 내가 죽어도 괜찮았다.

풀잎은 나를 버려도 괜찮았다.

"너!"

나는 풀잎을 향해 달려들었다. 비명 소리가 멀리서 울렸다. 머릿속이 텅 빈 것처럼 차갑다. 아주 오래전에 나는 풀잎과 손을 잡고 나란히 앉아 있었다. 무서워서 목을 웅크린 채 풀잎과 나는 나란히 어깨를 기대고 앉아 얽어쥔 손가락을 결코 풀지 않았다. 조개껍데기같이 꼭 다문 입을 열지 않기 위해 두 눈을 부릅떴다. 잠이 들면 안 된다고 서로를 격려하며 차가운 벽에 기대앉아 커다란 그림자에 잡아먹혔다. 그림자로 된 이빨은 우리를 상처 내지 못할 거야. 곧 마법사님이 와주신다고 했어. 마법사님이 오시면 이소원을 우리에게 돌려줄 거야. 나의 선생님, 너의 어머니를.

하지만 풀잎의 어머니, 나를 마법사로 길러주겠다던 이소원은 살아나지 못했다. 죽은 목숨을 돌이키는 비법은 세상에 존재하지 않는다. 이소원은 자신의 삶이 얼마 남지 않았음을 예감한 후, '그'에게 소원을 빌었다. 자신의 아이가 상처받지 않기를. 특별한 혈통도 마법사의 운명도 관계없는 곳에서 새로운 가족을 맞아, 그저 행복하고 평범하게 살아가기를. 반드시 꿈을 이루기를. 이소원이 내게 딸의 곁을 지켜달라고 말했다. 나는 풀잎에게 자매와도 같은 애정을 느끼고 있었으므로 기꺼이 그러겠다고 말했다. 이소원은······.

공정한 대가만을 신뢰하였던 마법사, 이소원은 혈연으로 맺어지지 않은 내 애정을 믿지 않았다. 느슨한 호의란 하잘 것이 없었기에. 그래서 이소원은 또 다른 마법사에게 소원을 빌었다. 내가 모든 것을 잊기를. 모든 걸 잊고 딸의 곁에 남아주기를. 만약의 경우 딸이 자신의 목숨을 걸지 않고, 사소한 어떤 사랑스러운 것도 잃지 않고, 별 가치도 없는 '나'를 대가로 삼아 소원을 빌 수 있도록.

나는 연인 곁에서 불안해하던 내게 '제자로 삼아주마' 하고 손 내밀어준 이소원을 매우 존경했고 심지어는 가족처럼 여겼다. 그러나 이제 이소원의 얼굴도 목소리도 온기조차 잘 기억나지 않았다. 돌아온 기억은 선명하지 않고 꼭 간밤의 꿈이나 오래전에 스치듯 감상한 텔레비전 단막극처럼 산란하고도 단편적이었다. 구석에 눌러놓았다가 튀어나온 기억이어서일까. 내 과거에는 접힌 자국이 남아, 영영 지워지지 않을 것만 같았다. 애틋한 마음으로 처음 '그'와 연인이 되었던 순간도, 서로 손을 잡고 눈동자 속을 응시하던 감각도 남의 사진을 보듯 막연했다. 광막한 어느 우주에서 우리는 스쳤을까. 이 별을 한쪽 눈동자에 새기며 어떻게 웃는 법을 배웠을까. 그가 내 이름을 처음 발음하던 순간은 얼마만큼 내게 소중하였을까. 나는 떠올릴 수 없었다. 지금 나는 그저 열아홉 살 난 여고생이고 평범한 가정의 막내딸인 '호나하' 쪽이 훨씬 익숙했다.

— 난 당신 딸을 위해 태어난 게 아니에요.

— 넌 내 딸을 위해 거기 있었던 거야, 호나하. 맹세해. 내가 네 소원을 들어주었으니 너의 운명을…….

설마하니 이 평온한 나날 가운데 자기 딸이 나를 겨우 키 5센티미터 같은 걸 위해 종이컵처럼 구겨 던질 줄은, 그 이소원도 예상하지 못했을 것이다.

기가 막혀서 숨이 콱 막혔다.

내 인생은 뭐였어?

나는 왜 그를, 울면서, 고통스럽게, 떠나기까지 했던 거야?

나는 엉망이 된 교무실을 등지고 다시 달렸다. 집을 향해. 초인종을 누르면 가족들이 나와줄까? 학교에서처럼 나를 이미 잊어버린 건 아닐까? 내가 이소원의 소원에 의해 '그'에 관해 완전히 잊고 있었던 것처럼 이 세상은 이소원의 딸을 위해 나를 잊기로 한 걸까. 불안이 고개를 들었다.

아파트는 흔적도 없었다.

그런 집은 처음부터 존재하지도 않았다. 나는 길가 보도블록에 주저앉았다. 무릎을 양팔로 꼭 껴안았다. 단발 머리카락은 아직 묶을 수 있는 길이가 아니어서 매번 풀어놓고 있는 탓에 바람이 불 적마다 뺨과 눈을 아프게 한다. 눈 앞이 뿌연 건 머리카락이 따끔거리는 탓. 절대로 눈물이 나서가 아니다. 나는 팔에 힘을 주었다. 아프다. 가슴이 아프다. 자동차 바퀴 구르는 소리가 끊이지도 않고 들렸다. 귓속에서 이명이 운다. 모르는 애예요.

— 모르는 애예요.

기억은 황량한 목소리로 가득했다. 수런거림이 멎지 않았다. 나는 이 우주가 적막하다고 생각하곤 했다. 홀로 헤매던 긴 세월. 기적 같은 마주침으로 머물 곳을 얻었을 때, 그래도 겁쟁이인 그가 가여워서 쓸쓸하다고. 나는 마법사가 되고 싶었다. 마법사가. 그와 같은, 그를 홀로 내버려두지 않아도 되는, 그와 같은 것을 보고 같은 것에 절망하고 같은 것 앞에서 단념하는 그런 사람이.

"호나하."

등 뒤에서 그의 목소리가 들렸다. 그는 마법사다. 처음 만났을 때부터 지금까지 계속. 운명이 허락하는 한 영원히. 내가 그를 알지 못할 때도 사랑할 때에도 그리고 기억하지 못할 때도 그는 변함없이 그 집 안에서 손님을 맞아들이고 소원을 이루어주었다. 호나하, 하고 그가 다시 나를 불렀다. 더 다가오지도 손을 뻗지도 않고 석양에 늘어진 그림자가 겨우 내 발치를 스칠 만한 거리에 서서.

"소원을 빌어요. 무엇이든 드리겠습니다. 뭐든지, 당신이 바라는 일이라면 다 이루어줄게요. 집이든 가족이든...... 아니면 이소원의 아이처럼 힘든 일을 전부 잊고 이곳에서 다시 살아가게 해달라면 그렇게 해드릴 수 있습니다. 호나하, 제발 아무거나 내게 말해주세요."

나는 고개를 돌려 그를 바라보았다. 석양빛이 정수리를 타고 머리카락과 옷가지에서 반짝거렸다. 흐트러진 머리카락과 상기된 뺨이 땀에 젖어 있었다. 집 밖으로 나와 두 다리로 내달렸을 마법사를 상상하자 웃음이 나왔다. 세상은 그리도 넓고 적막한데 기이하게도 사랑만은 시작도 끝도 없어서. 모든 것이 잊힌 다음에도 마음은 닳아버리지 않아서. 나는 그를 알았고 그는 나를 발견했고 아무도 기다리지 않는 끝은 오고 그는, 나를 만나기 위해 지상을 달려왔다.

"대가는 뭐죠?"

웃으려 했는데 내 표정이 별로 훌륭하지 못했던지, 그는 심각한 얼굴로 손을 뻗었다가 흠칫 놀라 뒤로 물러섰다. 나는 그에게 한발 다가갔다. 그는 두 발 물러섰다.

그러면 세 걸음 더 다가가면 된다.

"저에겐 아무것도 없어요. 선생님. 이소원의 딸이 두 번째 소원을 빌어서, 이 세상이 저를 버렸으니까. 그런데 제가 뭘 걸고 소원을 빌 수 있겠어요?"

"내가 어떻게든 하겠습니다."

뜨거운 녹차 잔을 내게 내밀고 곁에 앉았을 때처럼 그는 웃었다. 부드럽게.

"선생님. 마법 없이도 소원은 들어줄 수 있잖아요. 소원을 빌지 않아도 할 수 있는 일은 얼마든지 있어요."

좀처럼 다가오지 않고 얼른 등을 떠밀어 어디로든 나를 보내줄 그를 향해 나는 걸어가, 땀에 젖은 손을 잡았다. 그는 어색하게 시선을 피했다. 당황스러워서 어쩔 줄 몰라 하는 그를 빤히 올려다보자 그는 더듬더듬 말했다.

"난, 나는, 네가……. 당신이 기억해내는 게 무서웠습니다. 전부 기억해내면 날 경멸할 거라고 생각했으니까. 왜냐하면…… 내가 마법사여서 일어난 일이지 않습니까? 모두, 무엇이든, 당신에게 일어난 모든 불행이 죄다 내가, 마법사여서…… 내가…… 나는……."

미리 배신을 본다. 미리 체념을 배운다. 미리 대가를 지불한다. 그러나 사랑에는 시작도 끝도 의미가 없어서. 파국을 알면서도 마음은 힘껏 달리기 시작하는 것이어서.

"그러니까, 나는, 호나하. 난 뭐든 줄 수 있습니다. 나는, 당신이 행복해질 수 있다면 그게 뭐든……."

"선생님."

말허리를 끊고 가만히 그 쓸쓸한 사람의 손을 끌어당겼다. 작은 목소리로 '선생님' 대신 그의 이름을 고쳐 불러주었다. 이 별에 속하지 않는 언어로 된, 한때 그와 나만이 불렀던 이름을. 그리고 덧붙였다.

"같이 돌아가요."

우리는 어깨를 나란히 하고 천천히 걸었다. 지하철과 버스를 갈아타고 마법사 사무실로 돌아갔다. 세상에 존재하지 않는 나와,

이 세상에 속할 수 없는 그가 어색하게 표를 사서 두 사람분의 요금을 지불했다. 익숙한 건물의 23층에 도착하자 그는 멋쩍은 표정으로, "저기, 딱히 호나하가 꼭 돌아와줄 거라고 멋대로 생각해서 준비한 건 아니지만…." 하고 구구절절 사설을 늘어놓으며 냉장고에서 녹차가 담긴 엄청난 크기의 컵을 꺼내놓았다. 나는 기가 막혀 이번에야말로 사실은 녹차를 싫어한다는 말을 하고 싶었지만, 청찬을 기대하는 얼굴로 곁에 앉는 그를 보고는 입을 다물었다. 그는 어서 마시라는 손짓을 했다.

차가운 녹차를 좋아하는 거죠? 호나하.

그의 눈이 그렇게 말을 건네고 있었다. 그는 내 기호를 한 가지 알게 되자 몹시 행복했던 것이다.

그렇구나. 말을 하지 않으면 아무것도 닿지 않는구나.

희미한 웃음이 떠올랐다.

예지력이 있는 마법사여도, 대가를 받고 소원을 이루어주는 힘을 가지고 있어도, 말하지 않으면 알지 못하는 거야. 끝을 맞이해도 파국을 반복해도 마음은 멈추지 않아서. 구겨져서 다시는 반듯해지지 못할 기억을 어루만지며 나는 그래도 사랑을 한다.

나는 차가운 녹차를 전부 마시고 그의 컵 옆에 나란히 내려놓았다. 먼저 심호흡을 한 번 하고, 그의 손을 잡았다.

"저는 마법사가 아니지만 당신의 소원을 이루어드릴 수 있어요. 언제까지나, 손을 놓지 않고 곁에 있겠어요."

그리하여 나는 정식으로 마법사의 조수가 되었다.

아침을 부르는 마법사

그는 마법사다.

　세계가 세계 자신을 위해 선택한 족속. 정교한 기계를 움직이 듯 세계를 유지하고, 관리하고, 움직이는 직업인들. 그들의 사역 이 없다면 구름도 흐르지 않고 꽃 한 송이 시들지 못한다. 열매는 풍성하지 못하고 쏟아지는 함박눈도 차갑지 않으며 사람의 걸음 아래 대지가 그리 굳을 수도 없다. 그들은 세계가 필요에 의해 선 택하고 기르고 유지하는 족속이다. 말하자면 그들은 날 때부터 선택받은 것이다. 자신이 무얼 위해서 태어나는 지 아는 인간은 매우 드물지만, 마법사들은 누구든 자신의 사명을 안다. 그들은 방황하지 않는다. 나는 그를 한때 부러워했다.

　그는 마법사다.

　그는 대학에도 가지 않는다.

　마법사에게 적어도 세계의 규칙을 이해하는 일은 숨 쉬는 것처럼 쉽기 때문에, 더하여 그는 항상 꽤 괜찮은 성적을 얻어왔기 때문에, 나는 그가 대학에 갈 거라고 멋대로 짐작해왔다. 인문계 고등학교에 다니는 대부분의 학생이 그러듯 그도 그럴 거라고 나는 믿었다. 그가 마법사라는 걸 알면서도 그게 뭐 어떻단 말이냐 싶었다. 고등학교까진 똑같이 다녔으니까 대학도 똑같이 가는 게 내게는 지극히 당연한 일로 여겨졌다. 그러나 그는 수학능력시험 날 아침 정류장에 나오지 않았다. 나는 이른 새벽부터 비가 쏟아지는데 새파란 꽃이 무수히 그려진 우산을 쓰고 42번 버스 정류장 앞에서 그를 기다렸다. 빗줄기는 하늘과 땅을 이어놓을 듯 똑바로, 한없이, 쏟아졌다. 감파란 어둠을 찢고 그 틈새로 누가 휙 내던진 것처럼 아침이 왔다. 6시 반. 나는 휴대전화를 만지작거렸다. 초등학교 1학년 때 그를 처음 만나, 우리는 오랫동안 단짝으로 지내왔다. 5학년 때는 반이 달랐지만 매일매일 함께 집에 돌아갔고, 6학년 수학여행 내내 아이들이 아무리 놀려대도 나란히 앉았다. 속리산 문장대에서도 에버랜드에서도 우린 한 켤레의 신발처럼 붙어 다녔다. 중학교도 똑같이 들어갔다. 같은 날 졸업하고 같은 날 방학을 하고 똑같은 시험지로 시험을 쳤다. 영어 시간에 내가 이상한 발음으로 책을 읽으면 다른 반 친구들과 똑같이 그도 와르르 웃었다. 체육 시간에 배구공을 튕길 때면 그도 다른 애들과 똑같이, 마찬가지로, 세 번에 한 번은 잘못 튕겨내 빈축을 샀다. 그는 별로 특이할 게 없는 학생이었다. 성적이 꽤 좋고 다른 사람들의 이야기를 골똘한 표정으로 잘 들어주고 말이 많지 않고 세 번에 한 번은 숙제를 빼먹는. 단체 기합을 받고 도시락을 나눠 먹고 청소 시간에 빈둥거리다 반장에게 지청구를 듣는. 그리 길지 않은 전 생애나마 탁탁 털어 돌이켜봐도 뭐 대단할 게 없는 학생이었다.

비밀인데.

같은 교과서를 나란히 놓고 공부하던 중학교 3학년 겨울, 기말고사 바로 전날 그가 내게 말해주었다.

비밀인데, 사실 나는 마법사야.

오랫동안 그의 그 말을 이해할 수 없었다. 마법사라니? 모자에서 토끼 꺼내는 그거 말이야? 왜, 추석 특집으로 해주는 그…… 외국 마술사 같은 그런 거? 나는 턱을 괸 채 교과서 구석 예제 문제에 의미도 없이 밑줄을 그었다. 괄호 열고 단, x는 0 또는 1이 아니다. 괄호 닫고. 바로 아래에 달린 해설에도 쭉쭉 밑줄을 긋는 사이 그는 조그맣게 아니, 라고 말했다. 그리고 내 이해를 구하거나 자신의 운명에 관해 자세히 설명하지도 않고 그는 훌쩍 떠났다. 마법사 아이들끼리 예비 교육을 받아야 한다고 했다. 학교에선 모두 그 애가 교통사고를 당했다며 수군거렸다. 그의 자리가 빈 채 중학교의 마지막 기말고사가 치러졌다. 아이들은 성적과 진로와 겨울방학 이야기에 휩쓸려 그를 잊었다. 역시 좀 이상한 애야. 말쑥한 얼굴이라 아무 말 않고 있었는데 너 걔랑 어울리는 거 다시 생각해봐라. 보온도시락 가방의 지퍼를 내리면서 엄마가 말했다. 교복 재킷을 다 벗지도 않은 채로 나는 방문을 등지고 멍하니 서 있었다.

엄마가 뭘 안다고 그래! 아프다잖아!

부모한테 얼굴도 안 내밀고 그따위로 소릴 지르는 것부터가 문제야, 너, 하고 엄마가 또 말했다. 뿌연 천장은 발로 차고 놀기 위해 접은 우유 팩 빛깔이었다. 낮았다. 손을 뻗으면 눅눅한 벽지가 닿을 듯하던 그날의 그 감각을 나는 기억하고 있다. 그리고 다음 날, 중3 기말고사 후의 학교란 생선 좌판 제일 아래에 남은 떨이만큼이나 형태 망가진 것이어서 나는 2교시가 시작되기도 전에 혼자 학교를 나와버렸다. 담임이 애들에게 말했던 그 병원에 찾아갔지만 그를 만날 수 없었다. 집중진료실에 들어갔다고 간호사가 말해주었다. 나는 하얀 외벽을 가진 그 종합병원의 화단에 걸터앉아 그 안에 실은 그가 없다는 걸 알면서도 쭉 그를 기다렸다.

그는 오지 않았다.

스모그로 뿌옇게 흐린 하늘에 붉은빛이 스미고 이내 별 한 점 없는 밤이 닥칠 때까지도. 우습지만 그날 비로소 그가 마법사라는 걸 이해할 수 있었다. 머리도 꼬리도 없는 이해였다. 엄마가 엄마라는 걸 새삼 이해하듯 나는 그를 이해했다. 나는 무릎을 꼭 끌어안고 턱을 무릎에 얹었다. 키우던 병아리가 죽어버려서 이제 영영 만날 수 없다는 걸 배우던 때와 똑같은 기분이었다. 졸업식 날까지도 그는 돌아오지 않았다. 아이들은 수군거렸지만 많이 다친 모양이더라는 이야기로 모든 호기심을 접었다. 그 녀석, 이제 만날 수 없는 걸까. 내가 불쑥 묻자 이상한 사람을 보듯 내 얼굴을 멀거니 바라보며 동창들이 눈을 찡그렸다. 너, 대체 무슨 소리 하는 거야? 나는 말문이 막혔다. 그는 마법사고, 우리는 그들과는 다른 존재고, 그러니 이제 만날 수 없는 게 아니냐고 말한들 누가 이해할 수 있을까. 노을 지는 병원 벽에서 흔들리던 헐벗은 나무 그림자. 화단에서 올라오는 젖은 흙냄새. 나는 아무 말도 하지 않았다.

아무 일도 없었다는 듯이, 그는 돌아왔다. 고등학교 입학식 날 싱글싱글 웃으며 새 교복을 입고 있는 그를 보고 나는 비로소 안도했다. 키가 반 뼘쯤 자란 그가 훈화하는 교장을 두고 어제 본 버라이어티의 출연자에 빗대어 속삭였을 때 나는 터무니없을 정도로 큰 소리를 내 웃었다. 행렬 바깥에 서 있던 교사가 내 머리를 냅다 후려쳤다. 교실로 돌아오는 인파 속에서 그가 말했다.

야. 우리 친구 맞지?

당연하지, 개자식아.

그가 웃었다. 나는,

정말로 마법사가 되고 싶었다.

바람이 불게 하고 비가 내리게 하고 별이 구름 뒤에서 거대한 동그라미를 그리며 사계절을 흐르게 만드는, 그런 마법사가 되고 싶었다. 바다거북이 산란하고 봉숭아 꽃씨가 터져나가고 첨성대의 돌들이 조금씩 바람에 닳아가는 법칙을 나도 알고 싶었다. 그의 눈에 보이는 것을 나도 보고 싶었다. 골목길에 도사리고 있는 외눈박이 고양이의 부모가 누구인지, 꼬리가 잘려나간 유기견이 몇 종류의 병을 앓고 있는지, 녹이 슬어 부서진 놀이터 정글짐에 숨어든 바퀴벌레의 알에 몇 마리의 다음 세대가 들어 있는지 그들은 단숨에 계산해낼 수 있다고 했다. 마법사들은 세계로부터 세계의 모든 기관을 위임받았다고. 그들은 이른바 세계라는 공장의 부품이며 연산식이라고. 수없이 많은, 내가 무심히 지나치는, 내 세계의 모든 요소를 마법사만이 오롯이 느낄 수 있으므로 나도 마법사가 되었으면 싶었다.

그는 마법사다.

나는 비행기가 하늘을 나는 것도 냉장고의 구조도 휴대전화의 칩에 어떤 정보가 기록되는지도 이해할 수 없는데 그는 세계의 법칙을 이해한다고 말했다. 나는 동력기관이 될 수 없으므로, 냉각기가 될 수 없으므로, 반도체의 실선 하나도 되어줄 수 없으므로, 마법사는 더더욱 될 수 없었다. 내가 아는 건 교과서만큼의 세계. 내가 아는 건 학교만큼의 슬픔. 스무 해도 채 지내지 못한 시간만큼의 기쁨. 손에 쥐었던 것들만큼의 온기뿐 결코 그 이상이 되지 못했다. 위대한 사람이 쓴 책을 읽어도 나는 그들의 세계와 대등한 세계를 알 수 없었다. 그와 매일매일 같은 길을 걷고 같은 수업을 듣고 같은 교과서를 같은 속도로 넘겼는데도, 같은 수식으로 같은 문제들을 풀었는데도, 나는 그와 같은 족속만은 될 수 없었다. 몸이 아프다는 핑계로 가끔 학교를 빠졌다간 한참 만에 해사한 얼굴로 돌아와 수업 시간 내내 제 손바닥을 들여다보고 있는 그의 눈에는 교실을 떠도는 먼지 한 톨조차 세계 그 자체로 보일까. 때에 전 황색 커튼을 흔들며 창틀을 넘어선 바람이 그에게는 여러 종류의 수식의 조합으로 느껴지는 걸까. 나는 궁금했다. 알고 싶었다.

"어차피 세상엔 여러 가지 사람이 있잖아. 비행기를 만드는 사람도 딱 한 사람은 아니야. 냉장고나 휴대전화도 그래. 너도 알잖아. 네 가족도, 네 반려견 치와와도, 네 자전거도, 전부 다르다는 걸. 같은 운명을 타고 태어날 수는 없어."

"아니야. 마법사는 타고 태어나잖아. 너희들은 같은 운명을 타고 태어나서 같은 걸 보잖아. 똑같은 속도로 세상을 읽잖아."

"그래도 나는……."

절박한 얼굴로 말하는 내게 그는 이따금 말했다. 야, 우린 친구지? 친구 맞지? 나는, 너는, 그냥 친구지. 만약에 다른 대학에 가거나 다른 나라에 가거나 심지어는 우주비행사가 돼도 친구라는건 변하지 않는 거지?

그러나,

그는 마법사다.

그는 세계가 선택해 태어난 사람이다. 그들은 세계로부터 '존재해줘'라는 부탁을 받고 태어나 세계를 유지하고, 흐르게 하고, 살아가게 하기 위해 전 생애를 소비한다. 그들은 삶의 이유를 명확히 알고 있으며 세계의 유지 외에 그 어떤 의무도 지지 않는다. 내게 있어 세계는 그 단어만으로도 참으로 거대하며 불가해하건만 그들에게는 설계도면이 잘 마련된, 아주 오래된 공장 설비 같다고 한다. 거기에는 어떤 상상력이 작용할 여지도 없다.

"조이고, 닦고, 기름 치는 일인데. 부러워할 이유가 없어. 내 경우엔 사냥을 할 가능성이 크지만."

"부러운걸."

태어나기도 전에 '필요하다'라는 말을 들었다니, 몹시 부러운걸.

해야 할 일이 무언지 잘 알고 있다니. 그것이 세계를 위해 필요한 일이라니. 부럽고도 부러운걸. 나는 일생의 일생의 일생을 곱해서 보낸다 해도 이해할 수 없을 세계인데 마법사들에게는 매우 간단한 수식의 결합에 불과하다니.

부러웠다.

부러워했다.

"내일은 별로 안 춥대."

수능 예비소집일 날 캔커피를 교복 재킷 주머니에 넣어주면서
내가 말했다. 텅 빈 가방을 메고 낯선 학교 운동장을 가로지르면
서 그는 내 말에 긍정도 부정도 하지 않았다. 내일의 기온, 습도,
바람이 부는 방향, 태어나고 죽고 혹은 부식해 흩어져버리는 생
명체의 형태마저 그에겐 명확할 터이건만 그는 아무것도 모르는
사람처럼 텔레비전 일기예보 이야기를 하며 웃었다.

"내일 다 끝나고 뭐 할 거야?"

"다 끝나? 뭐가?"

"수능 끝나잖아. 약속 있어? 아니면 집에서 쉴 거야?"

"다 끝나는 거 아니잖아."

그는 마법사다.

나는 나보다 한 뼘 정도 큰 그와 눈을 맞추기 위해 걸음을 멈
췄다. 바람이 불고 하늘은 어두웠다. 별로 춥지 않았다. 은행잎이
때마침 소리를 내며 한 움큼이나 떨어졌다. 운동장 한가운데 많
은 아이가 있었다. 웅성대는 목소리에 섞인 불안, 한숨, 기대, 분
노, 그 어떤 것도 그에게는 있었던 적 없겠지.

마법사는 울지 않는다.

그는 마법사다.

"그래 그래, 다 끝나는 건 아니지. '다'는 절대 아니겠지. 나도
알아. 논술 학원도 다닐 거구 입시설명회도 다닐 거야. 그치만 내
일은 아냐. 내일은 나 수능 끝나고 아무것도 안 할 거야. 가채점
도 안 하고 교육 방송도 뉴스도 안 볼 거다."

같이 놀러 갈래?

그가 먼저 그런 이야기를 한 적은 없는데 나는 그런 걸 바랐다.

나는 그의 눈을 똑바로 마주 볼 용기가 없었다. 읽혀버리지 않을까, 하고, 그럴 리 없는 걸 걱정했다. 마법사는 점쟁이가 아니다. 그는 몇 번이나 이야기했다. 마법사라고 해서 남의 일생을 예언할 줄 아는 건 아니다. 세계가 어디로 흘러가는지 전부 알 수 있는 것도 아니다. 마법사는 그냥 세계를 이루는 규칙을 보통 인간들보다 잘 아는 사람들일 뿐이다. 어떤 속도로 단풍이 물드는지, 어떤 습도에서 꽃잎이 벌어지는지, 무지개 뿌리가 어디쯤에 박혀 있는지, 그런 걸 '계산할 줄 아는' 존재인 거라고. 닥쳐오지 않은 미래의, 불명확하기 그지없는 인생 같은 건 도무지 이해할 수 없다고.

뭐 그렇게나 실속 없는 재주가 다 있냐?

실속 없지. 그러니까 부러워할 필요 없다고 말했잖아.

그래도,

나는 마법사가 되고 싶어.

목소리가 나오지 않았다. 싸늘한 복도를 똑바로 걸어가면서 얼마나 더 오랫동안 그와 같이 있을 수 있는지 그것만을 생각했다. 입김이 고스란히 얼어버릴 만큼 추운 날 촌스러운 녹색 목도리를 감고 낡은 가방을 메고 집으로 돌아가기 위해 학교 계단을 내려오면서, 긴 세월을 겪은 탓에 매끄러워진 난간을 쓰다듬으며 그의 이름만을 떠올렸다. 야, 우린 친구지? 친구였지? 수업 시간 내내 손바닥에 눌어붙은 자국을 열심히 문지르고 있던 그. 살비듬이 떨어져 내리는 팔뚝을 만지며 눈이 마주치면 멋쩍은 듯 웃던 그. 야, 우린 친구지? 나는 결코 그렇게 묻지 않았다. 한 번도 나는 그에게 감히 확인하지 않았다. 나는 대답하는 쪽이었다. 요즘은 사냥을 배워. 사냥이라지만…… 소프트웨어에서 오류를 잡아내거나 아니면 우유 멸균을 하는 일이랑 비슷할 거야. 굉장히 빠른 속도로 도망치는데 매일매일 창궐하고…… 창궐이라면 이상하겠지? 실은 나도 잘 모르겠어. 잘 모르겠어…… 하고 그는 복잡한 얼굴을 했다. 풀리지 않는 수학 문제. 해답을 봐도 도무지 이해가 되지 않는 철학 사상 지문을 볼 때 같은 그런 표정을. 야, 그게 니네 일이라면서 모르면 어떡하냐? 마법사도 모르는 게 있어? 나는 그의 옷 어깨를 툭툭 쳤다. 너 신발끈 풀렸다. 보도블록의 차량 통제용 난간에 발을 얹은 채 끈을 묶는 사이 그는 차도 반대편으로 난 좁은 골목길을 멍하니 바라보았다. 양손을 늘어뜨린 채 손끝을 꾸물거려, 더 이상 아무것도 묻어나지 않는데 자꾸만 자꾸만 제 손 껍질이라도 뜯어낼 기세로 문질렀다. 이상하지. 근데 정말 모르겠어. 내가 잡을 수 있는지. 잡을 수 있다는 걸 아는데, 그런데도 모르겠어. 야…… 우린 친구지? 계속 친구지?

그러나,

그는 마법사다.

나는 42번 버스에 혼자 오르면서 나도 모르게 흘깃 뒤를 돌아다 보았다. 비스듬히 내려다본 젖은 도로는 텅 비어 있었다. 교통카드를 인식기에 갖다 대는 도중에 이미 버스는 움직이고 있었다. 덜컹거리는 버스 안은 어둡고, 자리는 단 한 군데도 비어 있지 않았다. 야, 우리는…… 하고 나쁜 일을 공모하는 개구쟁이처럼 손나팔을 만들어 내게 말하던 그를 생각했다. 야, 우린 계속 친구지? 젖은 뺨에서 흐르는 물방울에 얼마쯤 나란 인간의 소금기가 섞여들었을까를 계산했다. 알 수 있을 리 없지. 나는 구름과 바다와 플랑크톤과 원자 분자의 속도도 규모도 고통도 고독도 분노도 알 수 없다. 부패와 부식의 속도도 성장과 승화의 기적조차 단 한 번도 느껴본 적 없다. 세계는 어마어마하게 크고 정교하고 복잡한데 나는 살아가는 방법조차 제대로 배우지 못했다. 버스가 과속방지턱을 넘으며 둔중하게 뒷바퀴가 튕겨 올라갔을 때, 나는 그제야 사람들이 아무도 우산을 들고 있지 않다는 것을 깨달았다. 먼지를 뒤집어쓴 창에는 물기가 없었다. 달리는 버스와 반대 방향으로 멀어져 가는 건물도, 보도블록도, 원경으로 아득히 깔리는 수없이 많은 지붕도, 모두 보송보송하게 말라 있었다. 새파란 꽃이 그려진 우산을 펼치고 미칠 듯이 쏟아지는 비 아래 놓여 있었던 건 나뿐이었다. 그는 오지 않았다. 대학에 가지 않는다. 마법사가 될 거니까. 나는 둥그런 손잡이를 붙들었다. 축축한 점퍼 팔뚝에 바싹 마른 입술을 비볐다.

그는 마법사다. 그러나,

나는 아니다.

우리는 이제 같이 등교하고, 하교하고, 내가 고른 노트에 그가 고른 노트를 겹쳐 교탁에 제출하고, 옆자리에 앉기 위해 다른 애들과 자리를 바꿀 수 없다. 나는 그가 마법사라는 걸 받아들이게 됐던 중학교 3학년 겨울처럼 자연스럽게 그 사실을 이해했다. 젖은 머리카락 끝이 뺨에 달라붙었다. 나는 울지 않았다. 윗니로 아랫입술을 긁어내며 가만히, 나는, 그저 마법사가 되고 싶다는 생각을 했다. 버스 안은 고요했고 시험장으로 혼자 걸어 들어가는 기분은 예상했던 것보다 나쁘지 않았다. 마치 그는 처음부터 존재하지도 않았던 인간 같았다. 후배들이 플래카드를 들고 발을 구르며 도열한 교문을 지나는 사이 마음은 차분해졌다. 휴대전화를 걷어 내라는 시험관의 말에 따를 때도 메시지를 확인해볼까 하는 생각이 들지 않았을 만큼, 난 아무렇지도 않았다.

그는 내 동창이었고 내 이웃사촌이었고 가장 친한 친구였다.

야, 우린 친구지. 하고 그가 물으면 몇 번이고 웃으며 당연하지, 야, 우린 친구지, 대답을 했다. 학급 친구처럼 편한 말이 또 어디에 있다고. 너, 걔랑 적당히 놀라고 했니 안 했니? 성적이 왜 이 모양이니. 대학도 안 간다 그런다며. 너 그런 애랑 어울리면…… 어머, 얘 눈 똑바로 뜨고. 얘, 정신 좀 차려라. 어머머, 뭐? ……뭐라고? 엄마한테 그런 소릴 들으려고 걔 대학 얘기한 거 아니라고? 얘, 얘, 엄마가 그럼 니 엄마지 걔 엄마니? 걔 엄만 속이 새카맣게 타 문드러졌겠다. 정말 너 잘되라고 그러는 거지…… 어머, 정말이지? 얘, 관둬라, 관둬. 엄마한테 얘기하면 당연히 엄만 너 걱정하지 그럼 너랑 같이 걔 걱정 해주게 생겼니? 걔 대학 안 간다 그러는데 왜 네가 걱정인데? 걔가 너니? 친구가 죽으라면 같이 죽을래? 친구, 친구 좋아한다, 어이구. 정신 빠진 년. 들어가서 공부나 해. 요 옆에 통로 살던 윤수 알지? 윤수는 말이다 걔네 엄마가 학원을…….

그러나 엄마, 마법사예요. 걔는 그냥 마법사인 것뿐이라구요.

몇 년이 지나면 '내가 고등학교 때까지 제일 친했던 애가 있는데 말이야' 하고 그에 관해 유쾌한 이야깃거리로 삼기 위해 큰 소리로 지껄이게 될까. 엄마가 호언장담하듯 대학에 가서 지내다 보면 지금 하는 고민 따위 기억조차 나지 않는 걸까. 대학에서 친해진 사람들 사이에서 꼭 지방 출신인 학생이 고향 이야기를 할 때처럼 매우 먼 곳의, 매우 오래된 일처럼 느껴지는 목소리로 그에 관해 이름도 없이 떠들게 될까. 야, 우린 친구지? 여전히 친군 거지? 그런 목소리도 술에 취해 편의점 유리문 앞에 서 있을 때 나 불현듯 떠오르겠지. 모르는 사람들의 지문이 덕지덕지 묻은 문에 어린 내 얼굴은 깜짝 놀랄 만큼 금세 늙어갈 터다. 기억 속에서 그는 언제나 교복을 입고 손나팔을 한 채 불면 꺼질 듯한 목소리로 나를 부를 터이고 다른 모든 추억이 그러하듯 결코 노쇠하는 일 없겠지. 야, 우린 계속…… 야, 얀마, 우린 계속 친구지. 질문인가 확신인가 그도 아니면 그저 한 곡의 노래였나. 메시지는 오지 않았다. 전화를 걸어도 받지 않았고 나는 쭉 우산을 들고 다녔지만 비는 오지 않았다. 잿빛으로 잔뜩 찌푸린 하늘을 혼자 짊어진 표정을 한 아이들 틈에서 나는 가채점 결과와 씨름했다. 교실은 어수선하기 이를 데 없었다. 그는 쭉 결석 중이었다. 몇몇 아이들에 내게 그에 관해 물었지만 나는 대답할 수 없었다. 교사는 미리 연락을 받았다며 그가 입원한 병원 이야기를 했다. 5분도 되지 않아 아이들은 그를 잊었다. 그는 마법사다. 그는 세계가 '있어줘' 하고 부탁했기 때문에 존재한다. 그는 세계를 사라지지 않게 만들기 위해 태어났다. 이 수많은 생명과 이 수없이 오래된 역사와 이 수없이 덧없는 미래가 지속되기 위해서 그는 존재를 명령받았다고 한다.

그러니까,

그는 마법사다.

나는 그가 부러웠다. 해야 할 일이 있는 그가. 돌아볼 필요도 고민할 필요도 없는 그가. 나는 수업을 마친 후 혼자 거리를 떠돌았다. 딱히 찾아봐야겠다는 생각 따윈 하지 않았는데 일주일 만에 그와 마주쳤다. 헤어져 서로를 그리워하는 연인들조차 평생 동안 한 번도 마주치지 않을 것처럼 넓은 서울 바닥에서, 나는 그와 조우했다. 9시가 훌쩍 넘은 시각이었다. 나는 한 번도 가본 적 없는 지하철역에서 하차했고 한 번도 본 적 없는 거리를 따라 걸었으며 불 꺼진 다세대 주택이 줄지어 늘어선 골목길로 접어들었다. 그는 어두컴컴한 골목 구석에 숨죽이고 앉아 있었다. 고양이 한 마리가 내 발소리에 놀라 뛰어나오지 않았다면, 그래서 내가 그 방향으로 고개를 돌리지 않았다면, 나는 부서진 소파와 찢어진 이불 사이에 앉아 있던 그를 발견할 수 없었을 터였다. 그는 꼭 나를 기다리고 있었던 사람처럼 보였다.

"너 왜 시험 안 쳤냐?"

다짜고짜 그렇게 물었더니 그는 그제야 흘끔 감고 있던 눈을 뜨고 씨익 웃었다.

"걱정했어?"

"개자식."

나는 주머니를 뒤졌다. 푸른 하늘 바탕에 십자가와 성경 문구가 찍힌 교회 홍보 티슈가 손가락에 잡혀 나왔다. 내용물을 단숨에 꺼내 움켜쥔 채 그의 앞에 쭈그리고 앉아 내밀어도 그는 받아들 기색이 없었다. 입가를 닦아주자 땀과 피가 함께 묻어났다. 대학엔 안 갈 거야. 그가 말했다. 작은 목소리였다. 난 정식으로 마법사가 됐어. 이어서 말했다. 병원 안 가나? 나는 말했다. 난 대학에 안 가. 마법사가 됐어. 정식으로 임명받아서, 이제, 내가 할 일을 해야 돼. 난 그걸 하기 위해서 태어났거든. 나, 계속 이걸 배웠으니까……. 그가 계속해서 말했다. 뭐라 해야 할지 몰라서 재킷

주머니를 뒤져봐도 손톱 끝에 먼지만 끼어들었다. 나는 언제나 그가 책상 아래에서 그러했던 것처럼 손가락을 비볐다. 말라붙었던 핏물이 가루가 되어 떨어졌다. 손가락 위로 툭, 하고 물방울이 번졌다. 아, 이거였다. 나는 그를 노려보았다. 그는 빙글빙글 웃었다. 여기저기 얻어터졌는지 아니면 바위산을 맨몸으로 데굴데굴 구르기라도 했는지 찢어지고 긁힌 상처투성이다. 손등으로, 그의 더러운 바짓가랑이와 밑창이 뜯어진 신발 위로 연신 굵은 물방울이 떨어져 번져나갔다. 나는 얇게 차려입은 그의 팔뚝을 꽉 움켜잡았다. 그는 죽는다고 꽥꽥 비명을 질러댔다.

"뭐 한다고 이런 데 뒹굴고 앉았냐? 분리수거도 안 될 짜슥이."

"일한다니까?"

"일? 너 그거 마법산지 뭔지 연구원 비스무리한 거 아니었냐?"

"도시락 공장에서 정해진 칸에 단무지 올리는 기계랑 비슷한 거지. 아, 기계에 기름 치는 거랑 더 비슷하려나?"

"토 달긴. 도시락 공장 기겐지 기계 기름인지 뭐건 간에 여기 쓰레기밖에 없구만. 이런 데 주저앉아서 뭔 일을 하는데? 기계에 대신 들어갔다 나오기라도 했냐? 꼬라지가 이게 뭐냐? 응? 누가 보면……."

"일이니까. 옆에서 보조하던 거랑은 완전 다르더라? 나 혼자 뛰거든, 오늘부터. 나, 이거 담당자야. 평생 이거 해야 돼. 죽을 때까지."

죽을 때까지.

나는 내년의 나, 아니 당장 몇 주 후의 나도 상상이 안 되는데 그는 태어날 때부터 일생이 결정되어 있다고 한다. 나는 어느 대학에 가야 할지 불안해서 미치겠는데. 뭘 전공해야 되는지, 어디에서 살아야 할지, 뭘 먹고 뭘 꿈꾸며 뭘 위해 숨을 쉬면 좋은 건지 안절부절못하겠는데 그는 벌써 삶의 모든 걸 결정했다고 한다. 태어나기도 전부터 정해져 있었다고. 세계, 그러니까 내일이나 모레나 1억 년 후나 영원이나 죽음이나 사랑이나 혹은 그 어떤 대단히 추상적인 것과도 비슷한 '우주의 규범'이 그에게 의무를 주었다고 한다.

"비 온다."

"앗, 늦겠다! 얼른 일해야 되거든, 나 놓쳐서……."

"비 온다고, 미친놈아!"

"얼른 잡아야 돼! 야, 이거 진짜 심각하거든? 내가 안 잡으면 완전 큰일 나."

"뭘 잡는데?"

요란한 소리가 났다. 채찍 같은 소나기였다. 거짓말처럼 그와 내가 서 있는 자리에만 비가, 하늘과 땅을 똑바로 이어놓은 것처럼 세찬 물방울이, 계속 떨어져 내렸다. 그는 자신의 팔을 잡고 있는 내 손 위에 다른 쪽 손을 올려놓았다. 그게 더운지 찬지 생각할 새도 주지 않고 그는 말했다.

"아침!"

그는 마법사다.

"아침?"

그는 내 말에 대답하지 않고 돌아섰다. 나는 우산을 꺼냈다. 한쪽 다리를 질질 끌면서 그가 걷기 시작하자 빗방울은 내 머리 위에서 점차 잦아들었다. 어서 가, 하고 속삭이는 목소리가 들렸다.

세계의 목소리라고 나는 생각했다. 그는 마법사다. 세계는 그를 세계를 위해 지었다. 그들은 세계를 위해 태어나 세계를 위해 살아가며 세계를 위해 죽는다. 사람은 왜 태어나는 걸까. 나는 아마 일생 동안 그 해답 근처에도 가지 못할 테지만 그들은 처음부터 답을 알고 있다. 나는 그를 부러워했다. 나는 마법사가 되고 싶었다. 될 수 없는 마법사가, 그가 마법사라고 고백하며 내가 그 사실을 이해한 순간부터 언제나 나는 마법사가 될 수 있었으면 했다. 그렇다면 그가 홀로 상처 입은 채 뒷골목에 팽개쳐져 있지 않았을 터이므로. 그가 홀로 비를 맞으며 우는 법을 배우지 못한 얼굴로 휘청휘청 걷지 않아도 됐을 터이므로.

"넌 아예 시험이나 안 쳤지. 난 존나 열공했는데 아무래도 인 서울 못하지 싶다."

나는 새파란 꽃이 무수히 그려진 우산으로 그의 머리 위를 가려주었다.

"얼른 가. 빨리."

"가고 싶어도 못 간다니까? 등신아, 사람 말 좀 들어라. 얻어터지기나 하고. 픽이나 마법사님이다, 미친놈."

"됐으니까, 가."

"어제 정류장에 왔다 갔지? 시험 치기 전에 쫄딱 젖었잖냐. 씨발, 망했어. 개자식 진짜 세계 같은 소리 한다, 완전…… 너 이 새끼 내 성적은 상관없다 이거냐?"

"……"

"시험은 치지. 치고 대학 안 가도 되잖아. 졸라 간지 날 텐데."

"……빨리, 가. 제발."

흐느끼듯이 웅크린 어깨가 떨렸다. 빗방울이 투닥투닥 꾸짖는 소리를 내며 그의 어깨를 쳤다. 아직 솜털이 보송한 목덜미를, 요즘 애들답게 비실비실해 보이는 손목을, 흘러내린 피로 엉망이 된 운동화 콧등을 두들겼다. 나는 그의 걸음처럼 휘청거리는 우산을 쥐고 곁에 붙어 걸었다.

"아침을 잡는 게 너 하는 일이냐?"

"응. 아침을 잡아야 돼. 이따만 하고 막 사납게 군다."

"물어?"

"물렸다. 여기."

"되게 지랄 맞네. 시급 얼만데? 너 혼자 해?"

"……"

"야. 나 원서 낸 거 다 망하면 어떡하냐? 재수할까? 야, 나 재수하면 너 같이 할래? 공부 혼자 하면 노는데."

"화내기 전에 가. 내가 빌까? 어쩌면 집에 갈래? ……말했지, 나는 마법사라고. 난 이제 아침을 잡아야 돼. 안 그러면 이 비도, 밤도, 안 끝나. 난 얼어 죽을 거야."

"와, 그거……."

되게 지랄 맞지?

그가 푸르게 질린 얼굴로 웃었다. 개자식, 혼자 시 쓰고 앉았냐? 나는 말했다. 야, 울 엄마가 너랑 놀지 말래. 중딩 때부터 그랬던 거 아냐? 너 그 마법산지 뭔지 연수 간다고 기말 쌩까고 학교 안 왔을 때 딱 그러더라. 씨발…… 너 수능 안 쳤다 그럼 또 와전 화려하게 나 뭐라 그럴 거다. 야, 너 억울하지도 않냐? 학굔 그렇게 열심히 다녀놓고 시험은 왜 안 쳐? 야, 응? 안 그래? 야,

제발…… 제발 나 좀 봐주라. 응? 나는 계속 말했다. 말하고 또 말했다. 우산에 화려하게 프린팅된 꽃이 그의 젖은 이마에 똑같이 푸른색 그림자를 드리웠다. 희미하게 웃으며, 그는 몸을 돌려 젖지 않은 골목 쪽으로 달려갔다. 아무 말도 없이. 변명하지도 화를 내지도 혹은 보통 소년처럼 요란하게 웃지도 않은 채 그는 그냥 무어라 입술을 들썩거렸다. 야, 우리는…… 우린 친구지, 계속. 그렇게 말했을까. 말해줬을까. 내가 입을 다물었다면 그는 빳빳하게 다린 새 교복을 입고 고등학교 입학식 날 내게 그랬던 것처럼 우리는 친구지, 하고 물어주었을까. 나는 답할 수 있었을까. 있었을 것이다. 있었어야만 한다. 나는 마법사가 되고 싶었다. 그가 마법사이므로. 세계가 선택한 사람을 부러워하며 모든 것이 정해져 있고 한 점 흔들림도 고민도 없는 그 일생을 동경하였으므로. 나는 그의 친구이므로. 무엇보다도, 그렇다, 나는 언제나 그의 물음에 답해주었어야 했다. 야, 우린 친군 거지. 계속, 계속 친구인 거지. 기억 속에서 그는 언제나 교복을 입은 소년으로 눈부시게 웃고 떠들 터다. 친구면 된다. 나는 친구면 된다고 계속 생각했다, 언제든 곧바로 큰 소리로 당당하게 웃으며 답할 수 있도록 결코 그의 목소리를 놓치지 않았다. 초등학생이던 그, 중학생이던 그, 교과서를 나란히 놓고 떠들던 그, 졸고 있던 그, 더 이상 손을 잡지 않게 되었던 날의 그, 웃는, 언제나 기억 속에서 환하게 웃는, 그 모든 시절의 그. 친구면 된다. 우린, 친구지, 그렇지, 그가 물으면 나는 답했다. 우린 친구지. 계속. 나는 그의 빈 자리에 우산을 기울인 채 멍하니 서 있었다. 젖은 흙냄새를 풍기며 피가 말라붙은 상처에서 다시 피와, 구정물과, 땀이 흐르는 인간인 그는 아침을 따라 사라져버렸다. 나는 아침을 볼 수 없었다. 그는 그저 텅 빈 골목길을 질주하고 있을 뿐이었고 거짓말처럼 벗갠 하늘은 뿌연 빛으로 그득했다. 네온사인이 반사된 하늘은 탁했다. 그가 내 시야를 벗어나자마자 비는 그쳤다. 나는 우산을 접지도 않고 흠뻑 젖은 어깨에 걸친 채 그가 사라져간 골목길을 따라 무작정 달리기 시작했다. 한참 만에 발견한 그는 차곡차곡 전봇대 옆에 쌓인 쓰레기봉투를 길고양이 무리처럼 무자비하게 찢어발기더니, 보기 드문 플라스틱 쓰레기통 위로 펄쩍 뛰어 올라갔다. 그가 서 있는 자리에 비가 내렸다. 한 줌의 어둠이 일렁이며 담장을 박차는 것을, 나는 본 듯도 싶었다.

그는 아침의 꼬리털 한 거웃을 주웠을 뿐이라고 했다. 자정이 넘어서 음식물 쓰레기에 파묻힌 채 그는 손을 내밀었다. 오랜 친구 사이인 나는 더러운 냄새가 폴폴 풍기는 그의 손을 잡아주는 대신 우산을 내밀었다. 세계는 그를 용서하지 못하겠는지 세차게 비를 쏟아부었다. 그는 드러누운 채 내가 건네준 우산을 쭉 뻗어 자신의 시야를 가렸다. 나는 마법사가 아니었으므로 거만하게 맨눈으로 하늘을 올려다보았다. 여전히 뿌옇고 검고 별거 아니다. 아무것도 없다. 텅 비었다. 저 텅 비고 이해 안 되는 것이 그를 가졌다.

"대학 진짜 안 갈래?"

"너 은근 질기다?"

"재수 혼자 하면 망한다니까. 내가 좀 근성이 없잖냐."

"성적도 안 나왔는데 벌써부터 그런 소리 하냐?"

"……아침인가 뭔가 그거 그냥 잡지 말지 그러냐? 마법사 관두고 나랑 재수 때리자, 응? 내 성적 봐서 존나 거지 같으면 그래 줄라냐?"

"못 잡아도 아침은 와."

그가 다른 쪽 손을 뻗었다. 마법사는 아주 많아, 복숭아나무보다도 회양목에 핀 무수한 꽃송이보다도, 저, 쏟아지는 빗방울보다도 많이 있어. 죽거나 죽이거나, 피가 흐르면 아침은 와. 움켜쥐고 있던 것을 놓아 보내자 펼친 손바닥에는 피가 흐르고 빗물이 떨어졌다. 핏방울이 부스스 떨치고 일어서 방울방울 밤 사이로 날아올랐다. 그는 마법사다. 아침을 부르는 마법사. 세계가 밤을 전송하고 새날을 부르라 명하여 그리하기 위해 태어난 존재. 나는 그의 피가 하늘 저편을 일순 밝히는 것을 보았다. 이 밤은 가고 아침이 올 것임을 나는 이해했다. 그를 이해했던 순간처럼.

"넌 마법사가 돼서 매일매일 아침 붙잡고. 난 대학생이 돼서 존나 별거 아닌 거로 고민하고 진상 부리다가 나중에 취직하고. 야, 그냥 다 그렇게 사는 거다. 수십 년이나 더 살아야 될지도 모르는데 의무도 없고 이룰 것도 없고. 야, 너는 아침을 부르고, 넌, 평생 그 빌어먹을 아침한테 물리고, 그러니까 나는……."

"안녕."

그러니까 나는…… 나는,

마법사가 아니다.

놓아 보낸 우산이 둥실둥실 떠올랐다가 다시 빗방울에 떠밀리듯 그의 내민 손으로 되돌아가고, 또 잡았던 손을 풀어보면 영영 작별인 양 떠올랐다가 몇 번이고 미련이 남아 돌아보는 사람처럼 되돌아가고. 나는 그가 안녕, 하는 목소리에 다시 한번 돌아볼 생각도 없이 비 내리는 하늘을 벗어났다. 이를 악물고 속눈썹을 적신 빗물에도 눈을 부릅떴다. 온 세상이 부드럽게 부풀어 올랐다.

우산에는 새파란 꽃, 무수히 무수히 새파란 꽃. 난 아직 스무 해도 살아 보질 못했는데 그는 세계를 위해 피 흘린다. 우린 친구지. 난, 친구면 됐다, 언제나 언제나, 나는…… 마법사가 되고 싶었다. 그와 같은. 절대로 진짜 피어날 수 없을 푸른 꽃다지를 하늘 삼은 채 나는 그의 피가 불러온 여명이 닥치기 전에 집으로 돌아간다. 너 따위가 피 흘리지 않아도 아침은 온다고, 너만 괴롭고 너만 상처 입고 너만 홀로인 게 아닐 거라고, 그럴 리가 없다고, 왜 책임을 지고 밤마다 거리를 떠돌아야 되느냐고, 나는 말하지 못했다. 그는 마법사다. 그가 아침을 부르기 위해 죽이거나 혹은 죽지 않으면 세상에는 결코 빛이 돌아오지 못한다. 몇 번이고 말하지만,

그는 마법사다.

아침을 부르는 마법사.

나는 한때 그들을 부러워하였다. 그들의 환한 눈을 닮고 싶었고 그들의 높은 시야를 배웠으면 했다. 그들은 세계를 위해 살건만 세계가 아니다. 나는, 정말로, 몹시, 그를 부러워했다. 내 한때는 흘러가고 평범한 인간인 나는 그를 잊겠지. 학교 다닐 때 나 알던 놈 하나 있는데 그 자식이랑 수학여행 첫날에……. 그 망할 놈이 수능 째고 튀는 바람에 지각할 뻔해가지고 교문 앞까지 졸라 뛰는데 말이지, 진짜 내가…… 그런 이야길 하며, 아주 먼 옛날 이야길 하듯이, 이젠 아무것도 아닌 일처럼 웃기까지 하면서, 나는 그냥 그렇게 살아가고,

어김없이 아침은 밝아오겠지. 아침 햇살 아래 나는 매일 죄지은 듯 괴로울지도 모른다. 쓸데없는 부채감에 몸서리치며 쿰쿰한 냄새가 나는 이불 속으로 도망을 칠지도.

그러나 어쩌란 말인가? 그는 마법사다. 그는 세계를 위해 산다. 나는 아니다.

내가 아는 세계에선 온몸 던져 피 흘리는 사람이 없어도 아침이 온다.

간밤 세찬 비에 꺾여버린 건 앙상한 나뭇가지뿐이고 그 누구도, 단 한 사람도, 이유 없는 폭력에 희생되지 않았다고 공고하게 믿는다. 나는 대다수의 다른 사람들처럼 이 별거 아닌 하루하루가 공짜로 왔다가 멋대로 흘러간다고 생각하며, 불평을 하고, 고개를 돌릴 작정이다. 아침 같은 건 그냥 주어진다. 그냥 오고 그냥 간다. 이따위 걸 위해 피 흘리는 사람은 세상에 없다. 아무도 희생되지 않았다. 새로 밝아오는 아침은 여느 때와 마찬가지로 지리하고 태양은 스모그에 싸여 침잠하며 사람들은 무표정하게 거리를 꽉 메운다. 피 냄새 따윈 어디에서도 나지 않는다. 그러니 왜 내가 울겠는가? 그는 마법사다. 그만이 아침을 불러오기 위해 피 흘리는 마법사다. 나는 언제나 마법사가 되고 싶었다. 너 혼자 저 추운 비 아래 서 있지 않아도 좋다고. 보이지 않는 고통에 어깨 물리며 네 피와 상처로 세계를 구원하지 않아도 괜찮다고,

말하기 위해.

누군가 어둠을 새파란 칼로 찢고 피가 뚝뚝 흐르는 짐승을 휙 집어 던진다.

그제야 아침이 온다.

목하 작업 중입니다

"야, 이목하! 귀를 쏘라니까? 귀! 넌 그게 귀로 보이냐? 아, 진짜……."

"그게 어디가 귄데? 지나가는 사람 천 명을 붙들고 물어봐라, 그게 귀가."

"정수리에 달렸는데 그럼 귀가 아니면? 이목하 이건 눈깔만 커다래가지고."

"딱 봐도 뿔이구만!"

도리어 큰소리를 치자 새빨간 정수리와 앙증한 귀를 한꺼번에 벅벅 문지르면서 그가 투덜거렸다.

"진짜 못 해 먹겠네. 귀랑 뿔 구별도 못 하는 거 달고 지금 뭐 하자고? 너 왜 그 모양이냐?"

"못 배워서 그런다, 이 개놈아!"

"아, 개라고 부르지 말라고."

"갯과잖아."

"아니거든? 응? 아니라고! 서당개도 석 달이면 풍월을 읊는다 는데 목하 너는……."

"3년입니다! 개도 3년이라고!"

나는 그놈들을 '악마'라고 부른다. 그는 '그것들'이라고 부른다. 혹은 '그 잡것들'. 어느 쪽이든 나는 악마를 사냥하고 이 골목을 텅 비지 않도록 유지할 의무를 가진다. 그놈들이 '가득 차 있는' 자리 에 들러붙어서 냠냠 맛나게 뭘 뜯어 먹으면 그 자리는 비어버린 다. 빈자리가 다시 차오르려면 긴 시간과 오랜 노력이 필요하다고 한다.

……그렇다고 한다.

사실상 불공정거래에 의한 이 계약은, 그럼에도 불구하고 10년 이나 유지되어왔다.

"놀고 있네. 유지? 유지라고 했냐, 지금? 와 애 웃기는 애네? 너 일 시작한 지 지금 한 석 달 안 됐거든? 응? 이목하!"

"외숙모가 그러고 간 걸 어떡해? 열 살짜리 여자애한테 그런 거 떠넘기는 것부터가 잘못이지."

"뻔뻔한 거 봐라. 하여튼 자기 잘못은 곧 죽어도 인정 안 해요."

"야, 나 잘못한 거 없거든? 한 번만 더 그래 봐. 사냥이고 뭐고 집에 갈 거다!"

이 개놈, 굳이 말하자면 여우 비슷한 놈을 나한테 준 건 내 외 숙모다. 민중 외삼촌의 아내. 파마머리에 커다란 쩍퉁 아가타 핀 을 꽂고 인상 찡그린 채 이리저리 천날만날 바삐 오가기만 하던 여자. 2002년, 월드컵 4강을 앞두고 온 나라가 시끌벅적해서 여름 아니라도 세상이 절절 끓을 것 같던 유월. 그때 나는 열 살이었고 외삼촌 부부는 장사를 했다. 외삼촌이 우리 엄마 아빠랑 안방 문을 닫고 들어앉아 돈 얘기를 하는 동안 나는 외숙모랑 같이 아파트 주위를 한 바퀴 돌았다. 별 하나 없는 밤에 외숙모는 깜박거리는 가로등 아래에서 내게 사탕 하나를 주었다.

"삼켜."

"사탕이야? 손으로 막 만진 거 먹으면……."

"목하야. 삼켜."

포장도 돼 있지 않은 사탕인데 먹고 싶을 리가 없다. 열 살이라도 알 건 다 아는 나이 아닌가. 나는 노골적으로 싫은 표정을 지었고 외숙모는 웃음기 하나도 없이 내 어깨를 꽉 쥐고는, 삼켜, 라고 다시 힘주어 말했다. 아랫입술에 닿은 사탕은 심지어 뜨끈했다. 아, 끔찍해! 나는 비명을 질렀다. 아니, 지르고 싶었다. 뭐라고 항의하기 전에 사탕이 입속으로 굴러들어와 순식간에 녹아 버렸다.

맙소사!

나는 두 손을 들어 입을 꽉 막았다. 울고 싶었다. 그런데 입속은 마냥 천연덕스러웠다. 외숙모는 조그만 목소리로 말했다.

부탁한다.

일주일이 지나기 전에, 외숙모가 죽었다. 소리를 죽여 떠드는 이야기는 불미스러웠다. 어린 내게 아무도 외숙모의 죽음에 관해 자세히 말하려 들지 않았다. 외할머니는 쓰러졌고 어머니는 초췌한 얼굴로 서울을 오갔고 나는 학교에 갔다. 외숙모가 먹인 사탕은 금세 잊혔다.

10년이 지날 때까지.

2012년하고도 4월. 어리바리한 신입생 딱지를 뗄락 말락 하던 시기 산울림 소극장을 지나 큰길로 접어드는 코너에서 나는 갑작스러운 질량감에 몸을 가누지 못하고 넘어졌다. 하늘이 도와 두 손으로 짚었기에 망정이지 내리막에 잘못 구르기라도 했으면 비명횡사했어도 이상하지 않았을 거다.

"세상에! 기다리다 지쳐서 진짜 삼도천 건너는 줄 알았다! 몹쓸 계집애 같으니라고."

두 손바닥이 까지도록 바닥을 짚고 어안이 벙벙해 퍼질러진 내 등 위에서 그놈이 말을 건넸다. 그놈. 나는 돌아보지도 않고 그를 알았다. 그때까지 몰랐던 게 오히려 거짓말인 것처럼 아주 자연스러웠다. 배 속이 뜨겁게 달았다. 나는 일어서서, 피가 맺힌 손바닥을 주물렀다.

외숙모가 내게 준 것이 무언지 비로소 이해했다.

여우.

나는 이 골목이 '텅 비지 않도록' 지켜야 했고, 그에게 있을 자리를 찾아주어야 했으며, 그리하여 지구 한구석을 풍요롭게 채워야 하는 거였다. 외숙모가 했던 일을 내가 대신 하지 않으면 안 되는 거였다.

"이름이 뭐야?"

여우가 묻고는 내 손바닥을 핥았다. 간지러웠다.

"이목하."

나는 답했다. 그가 다시는 놓치지 않겠다는 양 절실하게 내 목을 꽉 껴안았다.

"이목하(李木下)…… 오얏나무 밑에서는 갓을……."

"하지 마! 그거 하지 마!"

"안 놓친다, 목하."

"상관없으니까 오얏나무 그거 하지 마!"

녀석은 정말로 나를 안 놓칠 생각이었다. 그야 졸지에 10년이나 거기 '잠들어' 있었다니 이건 뭐 올드보이도 아니고 이가 갈릴 만도 했겠다. "깨어나기만 하면 두고 보자." 하고 벼르지 않았을까? 좌우간 나는 동정심을 지닌 평범하고 성실한 학생이었으므로 가엾은 여우를 거두어주었다.

"그래서."

그날부터 나는 가끔 외숙모가 봤던 그 골목을 기억해냈다. 이미 거기에 없는 가게들. 이미 져버린 나뭇잎, 녹아버린 눈과 피 흘리며 주저앉은 사람. 더러워진 창문이며 무너져내리는 집들을 나 혼자 기억했다. 여우 안에는 그것들이 있을 터였다. 외숙모는 무언가를 했을 터였다. 그러나 나는, 여우구슬을 배 속에 가졌을 뿐 불운한 스무 살 계집애에 지나지 않았다.

"그래서 내가 뭘 하면 되는데?"

"사냥이랑 수색."

"뭘 사냥하는데? 게임 같은 그런 건 아닐 거잖아."

"활을 줄게. 들고 쏴. 칼도 괜찮고. 일단은 까만 걸 잡는 거야."

"까만 거?"

이놈의 여우는 뭐가 어떻게 돼 먹은 건지 몰라도 참 놀라울 만큼 아무짝에도 쓸모가 없었다. 그놈은 내 눈에만 보였고 내 곁에만 붙어 있었으며 나하고만 떠들었다. 밤이면 길고양이들과 목청을 겨누었으며 아침이면 현관 앞에 널브러져 몸을 말고 나를 치어다봤다. 그리고 다시 밤이면 나를 들들 볶았다. 까만 거 잡으러 가자. 원수 잡으러 가자. 그놈들 잡아야만 해. 잡고 나한테 집을 줘. 내가 뭔가 다시 채우게 해줘.

남들은 어떤지 몰라도 나는 바빴다. 대학생이란 수업도 듣고 과제도 하고 조모임은 과목마다 하나씩 다 붙어 있어서 밤에도 낮에도 아침에도 저녁에도 카톡과 단체문자에 시달리게 마련이었다. 멋모르고 든 여행 동아리 선배는 문경과 양양의 유적지를 조사해 오라며 날 들볶았고 인간의 이해인지 인생의 오해인지 아무튼 교양 강의의 조모임은 다섯 명 중에 네 명이 잠수를 타서 날 미치게 만들었다. 나는 정말 인생을 이해하고 싶었다. 아니, 인간을. 아니 아니, 여우를.

아니…… 그러니까 내가 처한 상황을 말이다.

"……아, 어쩌라고?"

"가자니까? 사냥."

그래서, 갔다.

갔다가 죽을 뻔했다.

지하철 막차도 끊긴 새벽 1시 어름. 다음 날 있을 오전 수업에 밤을 새우고 들어가 무사할 수 있을지 고민하는 내 마음속의 술렁임과는 달리 도로는 고요했다. 커피 프린스 앞을 천천히 따라 내려가며 나는 주위를 두리번거렸다. 온통 낯선 건물들 뒤로 또 낯선 다른 건물들이 호위하듯 들러붙어 있었다. 그림자와 그림자. 가로등 빛으로 발치를 적신 커다란 덩치들. 대낮처럼은 아니라도 거리는 제법 밝았다. 거니는 사람도 제법 있고 차도 이따금 지나다니기에 나는 안심하고 여우놈과 함께 골목을 돌았다. 와인 가게와 하얀 칠을 한 카페인지 음식점인지 모를 가게를 지나는 찰나, 아니면 영업을 마치고 불을 꺼버린 무슨 화장품 가게와 구멍가게를 지나는 찰나, 그러니까 내가 어딘지도 제대로 파악하지 못하고 멍청하니 쫄래쫄래 여우놈 뒤를 따라 몸을 뒤틀었던 바로 그때였다.

세상 모든 빛이 훅 꺼지고 거짓말처럼 새파란 벽이 불쑥 튀어나왔다. 지면에서. 아니다, 천상에서. 아니 그것도 아니다, 내 배속에서. 그것조차 아닌가? 여긴지 저긴지. 실재인지 그냥 꿈인지. 툭 튀어나온 귀신인지 잘못 떨어진 간판인지 뭐라도 상관없다. 모르겠다. 그냥 뭐가 튀어나왔고 그냥 나는 비명을 질렀고 그냥 그놈은 "야 쏴! 쏘라고 인마!"를 외쳐대며 야단법석을 피웠고 나는 쏘기는 개뿔, 무릎이 풀려 주저앉았다. 그뿐이다. 파란 벽은 빨간 벽으로 변했다가 노란 꽃으로 변했다. 그리고 히쭉, 꿈에 나올까 무서운 얼굴로 웃었다. 그래, 꽃이 웃었다. 뿌리 돋더니 열매를 맺으며. 열매는 두 쪽으로 갈라져 내 머리 위에 질척하고 단내나는 내용물을 쏟아부었다. 나는 질식사했다.

"……가 아니지! 안 죽었잖아!"

"할 뻔했다는 거지. Almost!"

"알…… 뭐라고?"

"거의 그랬다고."

"알 뭐랬잖아! 얘가 날 뭐로 보고. 참 내."

질식사 비슷한 걸 할 뻔했다, 로 수정하기로 하고 나는 여우놈과 합의했다. 외숙모가 나한테 사탕, 아니 여우구슬을 줬고 그래서 내가 요술공주⋯⋯는 아니고 아무튼 골목길 지킴이 짓을 해야 한다는 사실을 누구에게도 상의할 수가 없었으므로 그저 여우놈하고 이러구러 사는 수밖에. 설마 평생은 아닐 터다. 여우놈도 사실 길거리를 지키는 것보다도 제가 '새로 깃들 자리'만 찾으면 된다고 했으니 집 찾아주고 나는 나대로 세상 살아야지.

"우리 외숙모는 얼마나 오래 그거 했어?"

"애 낳을 때부터 했을걸. 애 업고 날 빤히 쳐다보던 게 기억나니까."

"왜 하필 우리 외숙모야?"

"모르지. 왜 내가 난지, 이목하가 이목한지. 원래 말이야, 오래 묵은 데선 귓것이 생기게 마련이거든. 그게 악한 놈도 있고 선한 놈도 있고. 세상사가 낡으면 죽고 새로 뭐가 태어나고 이런 법인지라 터도 그렇고 사람도 그렇고 우리도 그렇다. 태어나는 데 이유가 없고 죽는 데도 이유가 없지. 터에도 집에도 물건에도, 그리고 너나 우리한테도, 있는 건 그저⋯⋯."

여우놈의 동그란 눈동자에 일곱 빛깔이 스몄다. 녀석의 통통한, 역시 개 발바닥 비슷한 것이 내 뺨에 툭 닿았다.

"있는 건 그저 연(緣)이다, 목하."

"이쪽 골목이 텅 비지 않도록 까만 놈 잡는 거에 무슨 놈의 연? 난 외숙모가 구슬 준 거 먹은 죄밖에 없어. 진짜 여기 지킬 거면 어디 제대로 할 줄 아는 사람을 찾아야 하는 거 아니야? 아무것도 모르는 나한테 연이니 뭐니⋯⋯ 이, 애초에 너란 여우도 할 줄 아는 거 하나 없잖아."

"이 몸이 할 줄 아는 게 왜 없냐? 터가 사라져서 정처가 없으니 이런 것뿐이지, 이 몸은 알고 보면 대단한…… 야, 듣고 있냐? 응?"

"난 진짜 죽는 줄 알았는데 만날 소리만 빽빽 지르고. 나 진짜 안 해."

"이 거리가 텅 비어도 좋아? 그놈들이 싹 다 먹어 치워도 괜찮냐고."

"그거 너무 막연해. 어디에 뭐가 있으니까, 뭘 지켜라…… 이런 것도 아니잖아. 그냥 지켜라, 지켜라. 뭘 지키는데? 그래서야 재활용품 분리수거를 열심히 하고 전기 코드를 안 쓸 때는 뽑아놓고 무슨 가스 배출을 줄여서 지구를 지킵시다! 하는 거랑 맨 다를 것도 없네. 공익 광고냐? 무슨 초등학교에서 길거리 팻말 만들어도 그것보단 현실적이겠다. 야, 넌 여우라 모르는 거 같은데 사람이란 말이야, 막연하면 의욕이 안 난다고."

"너만 그런 거겠지."

"그럴 수도 있지. 아무튼 나는……."

6월 25일에 여름 방학이 시작되었다. 해방이라고 외치며 산으로 들로 낭만을 즐기는 것이 대학생답다 여길지 모르겠으나 이미 낭만도 뭣도 말라비틀어진 지 오래인 2002년 6월인 만큼, 나는 방학 시작이 아니라 계절학기 첫날로 월요일을 맞았다. 고향에 내려가지 않기 위해 계절학기를 신청해서 아주 바빴다. 그것만 해도 나는 여우놈에게 배려를 많이 해줬다고 생각한다. 사실, 말이야 바른 말이지 고향 집에다 "엄마! 나 홍대 골목 하나 맡아서 지켜야 하거든요? 그래서 집에 못 가요!" 하면 어느 부모가 어이쿠 우리 딸 지구…… 아니 홍대를 지키세요? 하며 착하다고 휴대전화 요금과 학비와 월세를 내주겠는가. 여우놈이 "그 녀석들을 잡아야 한다니까?" 하고 말했기 때문에, 잡는 시늉이나마 해주려고 나는 계절학기 수업을 듣고, 기말고사 성적을 확인하고, 오후 내내 아르바이트를 하며 서울에 남았다. 카페에서 커피 원두에 찌든 앞치마를 걸친 채 맛도 모르는 커피를 푹푹 내리고 시럽을 꾹꾹 눌러 섞었다. 혼합과일 통조림을 따서 얼음 위에 쏟아부었다. 학교에서도 자취방에서도 아르바이트 가게에서도 홍대는 멀었다. 서울은 넓고, 지하철 2호선은 빙글빙글 돌고, 나는 매일매일 한강을 건넜다.

의욕이 없었다는 거 인정한다.

하지만 딱 한 번 마주친 '악마'는 스무 살짜리가 쏠 줄도 모르는 활 하나 쥐고 대적할 만한 상대가 아니었으니까. 여우놈이 인정이 있다면 조금이나마 내게 미안해해야지 날 탓해서는 안 된다. 왜냐하면, 나는 지킬 이유도 모르고 지키고 싶지도 않으며 지킬 방법도 배운 적이 없으므로.

6월 30일.

오후 아르바이트를 마치고 집에 들어오자마자 씻지도 않고 잠들었다. 한밤, 잘 꾸지도 않던 꿈자리가 사나워서 눈을 떴더니 여우놈이 내 머리맡에 앉아서 날 들여다보고 있었다. 상황을 돌이켜보자면 경기해서 심장마비로 죽었어도 이상할 게 없지만, 나는 전혀 놀라지 않았다. 그냥 그럴 걸 미리 알고 있었기나 한 듯이.

— 카페 프로미스 근처 어디였더라?

외숙모 목소리를 들었다. 나는 그게 이미 가버린, 세상에 없는 사람의 기억이라는 걸 안다. 무언가가 사라지면 거기 남는 건 기억뿐이다. 아주 일방적인, 흐릿한 기억. 곱슬곱슬한 머리카락을 틀어 올린 채 외숙모는 뒷목을 툭툭 두들겼다. 서영이 엄마, 거기 판 갈아줘. 그리고 1번 테이블에 참이슬 세 병. 외숙모는 고개를 돌렸다. 미미한 웃음이 걸린 입술. 나는 이 모든 것이 기억이라는 걸 안다. 여우놈의 기억. 외숙모는 여우놈을 돌아보며 위치를 확인한다. 미안해. 그렇게 말한다. 오늘도 못 가겠다. 미안해.

— 여보, 1번 아무리 봐도 학생들 같은데. 고등학생. 신분증 확인했어?

— 모른 척하고 내줘. 오늘 겨우 세 테이블 받았는데 저거 내보내면 어떡하냐.

— 단속 돌면 어떡할 건데? 당신이…… 아! 여보, 저기 손님! 네! 들어오세요, 시원해요!

달려나가는 뒷모습. 텅 빈 테이블들. 넓지도 않은 가게 벽에 붙은 메뉴판. 여우놈은 외숙모 주위를 빙빙 돌았다. 녀석은 끔찍할 정도로 조용했다. 기억이란 제 멋대로이게 마련이니 나는 여우놈이 그리 얌전했을 거라곤 추호도 믿지 않는다. 놈은 가끔 닥치고 있었을 뿐일 게다. 외숙모는 내내 어두운 얼굴이었다. 미안해. 미안하다. 오늘도 못 가. 이따가 애들 자면 잠깐 보러 갈게. 카페 거기 근처 어디였지? 미안해, 책임지지도 못할 거 널 데려와서. 빨리 네 집을 새로 찾아줘야 하는데…….

— 지겨워.

빈 가게에 앉아 소주잔을 내려놓고 외숙모는 중얼거렸다.

"이목하."

놈이 나를 불렀다.

"시간이 별로 없다."

캄캄한 밤 머리맡에 앉아 나를 불렀다. 또 텅 빈 자리가 생길 모양이라고. '그놈들'이 모여드는 소리가 들린다고. 저 머물 자릴 하나 어서 찾아내달라고. 달은 두면 차오르는데 터는 그렇지가 않으니 어서 무기를 쥐라고 채근한다. 사람 머문 자리는 물 흐른 자리 같다고. 녀석의 앞발이 이마를 스쳤다. 나는 눈을 비볐다.

"야. 나 지금 생리해."

"시간이 없어."

"생리한다고. 열흘 넘었는데 안 그쳐, 개놈아."

"이목하."

여우는 외숙모처럼 웃었다. 나는 몸을 동그랗게 말고 이불을 푹 뒤집어썼다. 씨발 돌아버릴 만큼 더워 죽겠는데 빌어먹을 놈의 여우 새끼. 왜 하필 나야?

"딴 사람 찾아봐. 구슬 그거 내가 토해줄 테니까."

"손을 놔야 돼. 목하, 너는 못 놓잖아."

"뭐를?"

"연을 끊어야 구슬이 딴 사람 찾아가는 건데 너는 못 놓잖아."

"그게 땡 하면 끊어져?"

"그러기도 한다."

"외숙모는."

"그러기도 해."

"외숙모는 죽었는데 왜 나야? 사람은 죽든 말든 내버려둔 주제에 그 턴지 뭔지는 비면 안 돼? 난 보이지도 않는데."

"보여줄게."

"싫거든요!"

피가 멎지 않는다. 열흘째다. 꼭 스무날쯤 전에 생리가 겨우 끝나는가 싶더니 열흘 만에 또 시작해, 다시 열흘. 막말로 한 달의 삼 분의 이를 피 쏟으며 버티는 셈이다. 사람이 피를 많이 흘리면 죽는다는데 이따위로 흘려선 빈혈만 생긴다. 성격만 더러워진다.

— 미안해.

외숙모의 뒷모습. 가로등이 박힌 거리. 쭉 뻗은 도로에 여기저기 주차된 차들. 주황색 불빛을 받아 반짝거리는 겨울 눈송이들. 기억은 겨울이었다가 여름이고 아침이었다가 밤이고 어렸다가 늙었다. 서영이와 지영이는 조그만 손을 바동거리고 외숙모는 아이를 안았다가 업었다가 누웠다가 기었다가…… 울었다.

미안해. 지겨워서 못 해 먹겠어.

싸구려 장판 위를 긁는 손가락. 불에 덴 자국 위로 여우가 앞발을 얹었다. 하얀 털 위로 눈물방울이 떨어졌다.

— 보증금도 못 준다는 게 말이 돼?

— 무허가로 건물 세운 거 알고 들어왔잖아.

— 여보야, 아니 우리 작년에도 걷고 싶은 거리 그거 한다고 나왔잖아. 1년 겨우 됐는데 가겔 또 옮기는 게 말이 돼?

— 불법이잖아. 할 말이 뭐. ……뭐 해? 오늘 장사는 해야지. 내가 좀 더 알아볼 테니까.

— 지겨워서 정말!

— 보증금을 줘도 세 까먹은 거하고 이거 시설하고. 아까 옆에 김 형 얘기로는 날짜가 벌써 나왔다는데.

— 진짜 죽겠다. 자기 대전 형님네 가선 또 뭐랄 건데.

— 누나한테 또 뭐…… 저번에 꾼 돈도 매형 모르게, 아무튼 그러니까 당신 가서 가만있어.

불을 밝힌 가게 안이 텅 비었다. 외숙모는 바깥을 오가는 인파를 멀거니 바라다보며 천천히 걸었다. 덜컹거리는 섀시 문을 열고 나가 그림자가 세 방향으로 갈라져 이쪽으로 다가왔다가 멀어지는 사람들을 향해 외숙모는 무어라무어라 호객을 했다.

미안해. 오늘도…….

오늘도 안 되겠어. 외숙모는 그렇게 말하는 대신에 손을 뻗어 여우놈의 머리를 쓰다듬었다.

— 내가 이젠 안 되겠다.

"이목하."

여우놈이 날 불렀다. 나는 숨이 턱 막히는 이불 밖으로 고개를 내밀고 여우놈의 눈을 올려다보았다. 빨갛다가 파랗다가 노란, 눈. 인간이 아닌 족속의 눈. 나는 그 거리 따윈 모른다. 살았던 일도 없다. 객지 생활을 하는 내 입장에서 보면 건물은 그냥 건물이고 다 정거장 비슷하다. 무시무시한 가격표가 붙은 건물들. 주먹만 한 방 하나에 나는 매달 돈을 지불하고, 잠깐 머물러 산다. 내가 세 든 곳은 상가 건물 4층. 값에 맞추어 적당히 골랐으니 건물 1층이 고깃집일 수도 있었고 카페일 수도 있었고 세탁소일 수도 있었다. 후미진 골목 안 옥탑일 수도 반지하일 수도 있었다. 그러나 그 어디든 나는 아마 '텅 빈' 곳만을 찾아 들어갈 수 있었을 거다. 이방인이니까. 떠돌이니까. 임시 거주민이니까. 누가 살다가 버린 흔적을 더듬으며 대충 바른 벽지 아래 잠드는 이상, 내 터가 '꽉 차 있는' 그런 곳일 리 없다.

그런데 내가 어떻게 밤거리를 달리며 '오래된 곳'을 지키겠는가.

내 정처가 없는데 어떻게 여우놈에게 정처를 만들어주겠는가.

— 다음 주에. 다음 주에 갈게.

외숙모는 혼자 걷고 있었다. 두 아이도 없고 남편도 없고 불판도 행주도 앞치마도 없이 오차드 마마 간판 앞에 서 있다가 도로를 가로질렀다. 지나는 차가 드문 골목골목을 꼭 한 번씩만 쳐다보면서 외숙모는 가끔 뭘 가리켰다. 다른 손에 들린 게 활이라는 걸 비로소 알았다.

시위를 팽팽하게 당겼다가, 외숙모는 뚝 멈추었다.

작은 창에 드리운 커튼이 가로등 빛을 머금고 창 바깥으로 미미한 우윳빛을 튕겨내는 건물 앞에서, 외숙모는 여우놈과 함께 '검은 것'을 보았다. 아주 거대한 키의 무언가. 나는 기억 속에서 그걸 더듬었다. 뒷모습. 하염없이 늘어져 있던 어깨와 그 위로 지나는 구름 그림자. 급작스러운 서리에 얼어붙은 잎사귀같이 얄팍하고 차갑고 서글픈 구름 무리가 하늘을 절반이나 가렸다.

— 없어지면 뭐 어떤데.

시야가 흐렸다. 손을 놓자, 시위를 떠난 화살이 사방으로 튀었다. 빛을 꽁무니에 매달고 날카로운 소리와 함께 날아간 화살은 검은 것을 스치고 흩어졌다. 검은 것은 뒤를 돌아보지도 않고 어기적어기적 걸어 밟고, 먹고, 찢고, 부쉈다. 달이 여위듯 거리가 텅 비어 갔다.

― 없어지면 뭐 어떠냐고.

나는 눈을 감았다. 여우도 눈을 감았다.

아무것도 보이지 않는 안온한 어둠 속에서 벌레 기는 소리를
들었다.

"너 있던 데가 카페 프로미스 근처 어디라는 건 알겠거든. 거기
위험해져서 네가 나와 돌아다닌 거라며."

스마트폰을 들여다보며 열심히 검색해봤지만 뭔가 명확하지가
않다. 어차피 내가 맡은 거리는 산울림 소극장에서 커피 프린스
쪽으로 걸어와 꽃집을 끼고 돌아선 그 자리에서 일직선으로 쭉
뻗은 도로 언저리. 정확히 어디까지인지는 잘 모른다. 말했다시
피 난 의욕이 없었고, 그 어떤 가게도 내게 낯익지 않았으며, 더
군다나 '검은 것'을 잡으려면 자정 지나 거길 가야 하는데 지하철
끊긴 시간에 어슬렁거린 후 귀갓길이 영 막막했던 것이다.

"그렇지. 나 원래 깃든 터 근처를 그놈들이 빙글빙글 돌더라고.
이러다 꼼짝없이 먹히겠다 싶어 고민하는데 하얀 사람이 와서 풀
어줬어. 커다란 날개를 달고 이렇게…… 이렇게 산적처럼 커다란
사람."

"날개? 아무튼 그래, 인간은 아닌가 보네. 그래서?"

"그 사람이 그랬지. 누군가가 그놈들을 물리치면 된다고. 그
누군가가 내 터를 지켜줄 거라고."

"그 '누군가'가 외숙모였고?"

"그렇지. 결과적으로는."

"너 살던 터는. 가게?"

"그걸 모르겠단 말이야? 10년을 묻혀 있다 보니 여기 냄새가 묻어서 살던 데 냄새가 영…… 다시 맡으면 기억이 날 것도 같지만 힘들 거다."

"그래. 지금껏 그래도 수십 번을 오갔는데 못 찾았잖아. 거기가 어디건, 너 쿨쿨 자는 사이 없어진 거다."

카페 프로미스…… 근처 어디. 모르겠다. 매물로 나온 상가까지 잡혀 나오는 결괏값은 그렇다 치고 네이버도 2003년 이전 자료에는 신통하지가 않았으므로. 가게 풍광이며 이름, 거기서 뭘 팔았느니 하는 건 대개의 경우 블로그나 카페, 시시껄렁한 친목 모임 게시판 같은 데나 남아 있게 마련이니까. 아니면 누구 집구석의 앨범하고 열쇠 달린 일기장. 뉴스니 리포트니 공시지가며 걸고 싶은 거리 조성 계획 등등을 읽고 뜯고 뒤적여봤자 여우놈이 바라는 정보는 전연 찾을 수가 없다.

"네이버도 만능이 아니구나."

난 중얼거렸다. 고구려 시절부터 있던 것만 같은데. 하긴 10년 전만 해도 네이버 이런 거 잘 안 썼던 거 같다. 대신 뭘 썼냐면…… 응? 뭘 썼지?

"야, 개놈아. 봐봐."

"개 아니라니까."

"갯과잖아."

"그럼 너도 원숭이다. 손행자라고."

"행…… 그건 또 뭔데?"

"손행자 몰라? 야, 이거 참 어린애랑 대화를 하려니까."

여우놈이 혀를 끌끌 찼다. 여우 주제에. 손행자가 뭔지는 네이버가 대답해줬다. 뭐야, 손오공이잖아. 겨우 손오공 가지고! 나도 손오공 안다, 뭐. 드래곤볼이나…… 음, 주성치 주연의 그…… 그런 거! 아무튼 안다고!

"이거나 봐봐. 거리뷰로 그쪽 거리 띄운 건데, 보여?"

"오! 사람들 면상이 뭉개졌다, 목하!"

"뭉개놓은 겁니다. ……요점은 그게 아니구, 좀 봐. 거리뷰 이 거 찍은 것도 그렇게 오래 안 됐을 건데 벌써 우리가 보는 거랑 가게가 막 다르잖아."

"저 건물 색깔도 다르다. 사람들도 없고."

"사람은 당연히 없지. 걸어서 가버리니까. 지나간 거니까."

"우리도?"

"그래! 우리도!"

스마트폰에서 고개를 팩 들어 올렸더니 여우놈이 두둥실 떠서 모로 누워 날 바라보았다. 딱하다는 듯이. 아니, 저 자신이 제일 가엾은 양. 나는 놈을 좀 쓰다듬어줄 뻔했다. 위험했어.

"그니까 내 말은……."

7월 2일.

나는 여우놈에게 말했다. 내 게으름과 내 의욕 없음과 내, 여우 구슬이 뿌리를 내린 어느 언저리에서 간질거리는 '반발'에 대해 말하지 않고 스마드폰에 떠오른 데이터 덩어리를 들이밀면서.

"내 말은, 거리뷰에 있는 가게랑 지금 가게랑도 안 맞는 판이 라고. 이 거리는 벌써 다 텅 비었다. 내가 볼 땐 그래. 이제 와서

뭘 지키고 찾고…… 관두자, 응? 내가 대신 너 새로 살 데를 찾아
봐줄게."

"목하."

"홍대 땅값도 비싼데 여기서 천년만년 가는 가게 이런 거, 어떻
게 찾으려고 그래? 홍대 정문에 가서 붙든가. 딴 데는 맨 체인점
이고. 아니면 차라리 가로수나…… 야! 야 인마, 어디 가?"

"목하, 너는 솔직하지가 못해."

"어딜 가냐고! 너 혼자선 할 줄 아는 것도 없으면서!"

흙탕 위를 뒹굴거리던 여우놈. 기억 속에서 외숙모 뒤를 졸졸
따라다니던 여우놈. 고깃집 좁다란 무허가 건물 안에서 숯과 돼
지와 소 냄새에 푹푹 절어 둥그렇게 몸을 말았던 여우놈. 지쳐서
어깨를 축 늘어뜨린 외숙모 곁을 맴돌면서 몇 번이고 몇 번이고
"가자"고 말해야만 했던 여우놈. 삼각형의 멋들어진 귀를 쫑긋 새
운 채 10년이나 혼자 남아 파묻혔던 여우놈.

아무것도 할 줄 모르는, 소리소리 질러대는 것 말곤 아는 것도
없는, 다른 동료들의 행방조차 알지 못하는, 저 한심한,

"너나 나나…… 이 개놈아! 너나 나나, 결국 똑같잖아! 어디
가냐니까? 갈 거면 내 구슬 가지고…… 악!"

저 한심한,

스무 살에 처음 서울에 흘러와 머물 곳도 없고 살아갈 방도도
잘 모르는 계집애하고 똑 닮은 여우놈.

— 미안해.

외숙모는 처음이자 마지막 기회를 흘려보냈다. 검은 것을 쏘아

한 마리 신령한 생물의 터전을 지킬 기회를, 외숙모는 활을 든 손을 축 늘어뜨려 포기해버렸다. 외숙모의 뺨으로 눈물이 주렁주렁 열렸다. 여우놈은 외숙모의 뺨을 핥았다. 미안해. 외숙모는 말했다. 불어 터진 손등, 불에 덴 자국이 남은 집게손가락. 신산한 세월과 외숙모 자신의 순탄치 못한 운명 그 자체도 같이 흘렀다. 외숙모는 언제나 시위를 팽팽하게 당기곤 결국 목표물에 맞추지 못했던 것일지도 모른다.

— 부탁한다.

녀석의 손을 다독이며 외숙모는 활과 화살을 건네주었다. 여우를 남겨두고 서울을 떠나 그녀는 대전으로 왔다. 우리 집으로. 열 살짜리 내게로. 외숙모는 부탁한다, 고 했다. 무엇을? 외숙모의 기억을? 외숙모가 죽어버린 후에도 살아남아 어떻게든 먹고 자고 입는 남편과 두 아이를? 아니면 정말로, 여우구슬과 이 좁지도 넓지도 않은 거리를,

내가 지킬 수 있다고 믿었더란 말인가?

"이목하, 살아 있냐?"

"그럼 죽었니? 개놈아!"

나는 엎어진 채로 투덜거렸다. 손바닥이 또 까졌다. 여우놈은 주위를 빙글빙글 돌더니 '그걸 받아다준다'며 갔다. 그게 뭔데? 물으려 했을 땐 이미 자리에 없었다. 나는 여우놈을 기다리며 어디 앉아 있으려고 주위를 다시 두리번거렸다. 어디서든 널린 게 카페인지라 나는 상가 건물 1층인지 아니면 다세대 주택 1층을 개조한 건지 구분하기 어려운 집을 골라 들어앉았다. 그놈도 인

간이 아닐진대 적어도 근방 백 미터 안에 있는 날 찾아올 줄 알겠지.

세상엔 뭘 예상하든 그 이하가 있게 마련이다.

라고, 외숙모라면 말했을 것이다. 나는 아직 스무 살밖에 안 되어서 조금은 인생에 대해 긍정적이므로, 아니, 그러고 싶었으므로 세상엔 뭘 예상하든 그 이하의 멍청한 놈도 존재하게 마련이며, 그런 놈들에게는 나처럼 선량하고 착한 동반자가 붙어서 찾으러 가준다…… 고 말하기로 했다.

여우놈은 돌아왔고, 당연히 나를 못 찾았고,

이목하! 이! 목! 하! 나 오얏나무 밑에서 갓! 쓴다?

하고 고래고래 고함을 치며 동네방네를 뒤지고 다녔다. 멍청한 놈 같으니라고. 나한테만 들리니까 부끄러울 이유도 없는데 나는 고개를 푹 수그리고 야구모자를 고쳐 눌러쓴 채 밖으로 나왔다. 절반만 마신 아이스 아메리카노를 팽개치고서.

"자, 이거. 너 통 활을 못 쓰기에 받아왔다."

"이게 뭔데?"

거울같이 생겼지만 아닐 수도 있으니 일단 물어봐주겠다.

"거울."

생긴 게 전부라니까. 재미라곤 씨알만큼도 없는 세계 같으니라고.

"거울인데, 뭐 하는 거울이냐고."

"그걸로 조준 잘해서 검은 놈을 비추면 죽는다. 귀를 노려야 돼, 귀. 아니면 눈. 눈보다 귀가 대체로 더 쉬우니까 잘해."

"으음…… 진짜 요술공주 같네, 이거."

"공주? 네가?"

"말하자면! 말하자면!"

여우놈은 낄낄 마음껏 웃었다. 나쁜 놈.

"어디서 가져온 건데?"

"도령한테서. 저승길 여는 도령이 여기 근처 어디 살았는데 지금도 있나 가서 봤더니 안 갔더라. 며칠 빌리기로 하고 받았다."

"며칠?"

"금요일에 돌려줘야 한다. 금요일에 끝난다고 도령이 그랬거든."

"끝난다니 뭐가."

"검은 것들. 여길 싹 먹어 치우고 다른 데로 갈 거야. 옆길이나 옆 동네나…… 그건 난 몰라."

"그럼 그 사람한테 대신 좀 해달라면 안 돼? 귀랑 뿔도 구분 못하는 나보단 백배 천배 믿음직스럽네. 전문가 아냐, 전문가."

"목하가 해야 돼."

여우놈이 내 머리를 꽉 끌어안았다. 여우 가슴털이 얼마나 부드럽고 얼마나 더운지는 다시 말할 필요가 없으리라 믿는다. 지금은 7월. 한여름. 전날 내린 비 덕분에 습한 날씨가 들숨을 데워놓았다. 나는 이놈이 나를 죽일 참이라고 의심하지 않을 수 없었다.

"쪄 죽겠다."

바로 다음 날부터 착실하게 밤 나들이, 아니 밤 사냥을 가기로 한 내 앞을 가로막을 건 아무것도 없었다. 없었어야 했다.

"이번 주 계속 비 올 모양인데."

비가 왔다.

빌어먹을 비가. 폭우, 폭풍, 그리고 폭언!

"과연 이목하 아씨! 날짜 선정 한번 기가 막히네!"

여우놈은 할 줄 아는 건 쥐뿔 없는 주제에 입만 살아서 깐족거렸다. 나는 얄미워서 어쩔 줄 몰랐다. 웅덩이마다 퐁당퐁당 돌 던지는 기분으로 걸음을 힘껏 내디뎠다. 여우놈의 붉고 매끄럽던 털가죽은 비에 푹 젖은 지 오래였지만 그놈은 결코 내 우산 속으론 들어올 마음이 없어 보였다. 들어왔대도 젖었을 테니 하긴 그 편이 낫다. 나도 산짐승의 푹 젖은 털가죽과 종아리를 마찰시키며 폭우 속을 거닐고 싶진 않으니까.

7월 3일. 비가 왔다.

7월 4일. 비가 좀 잦았나 싶었지만 아무 소득도 없었다. 그렇게 덥지 않으니 다행이라는 생각도 잠시, 밤새 돌아다니며 어디 하나 앉을 구석을 못 찾았다. 나는 푹 쓰러지고 싶었다. 이 와중에 계절학기 수업과 과제와…… 아르바이트. 이번 주만 지나면 다 끝난다, 고 천 번을 외우며 버티는 수밖에 없었다.

'……끝나?'

뭐가?

비로소 좀 의아했다. 여우놈을 주운 게 지난 4월. 며칠인지 잘 기억은 안 나지만 맑고 춥고 봄 같은 건 안 오는 게 아닐까 싶던 어느 날. 5일은 아니었다. 그러니까 굳이 7월 5일에 뭐가 끝난다고 여기는 것 자체가 이상하다. 여우놈도 그런 말은 없었다. 다시 말하지만, 이 일에 나는 조언 받을 곳이 마땅하지 않았다. 외숙모는 죽어버렸고 10년간 길거리는 방치됐으며 여우놈도 혹 있을지 모르는 동료들과 10년을 연락 두절로 지냈으니, 놈과 나는 외톨이 신세다. 맨땅에 헤딩하는 팔자. 이를테면 내게 닥친 이 상황이란 시험 범위도 모르고 치르는 시험 같은 거다.

나는 여우놈을 지그시 바라보았다. 놈이 촐랑촐랑 앞장서 걷다가 왜? 하듯 뒤를 쓱 돌아보았다. 귀여운 놈. 입 닥치고 얌전히 잘 때는 참 귀여운데.

"너 머물 곳 못 찾으면 어떻게 되는데?"

"지금까지도 못 찾았으면서 새삼스럽게 그건 왜? 나 머물 터가 그렇게나 찾고 싶으셨어? 목하 아씨."

"사람이 호의를 보이는데 말하는 거 봐."

"검은 걸 잡아, 목하. 검은 걸 잡으면 새 구슬이 나올 거고 그걸 먹으면 나도 새 터를 잡을 수 있으니까."

"내 구슬을 가져가라니까?"

"못 가져간다니까? 이미 일어난 일은 없었던 게 되지 않는 법이야. 연(緣)도 그렇지."

"뭔 소린지."

툴툴거리자 그놈은 인자한 척 나를 또 쓰다듬었다. 여우 주제에. 아무것도 할 줄 모르는 여우 주제에.

"잘하라는 소리다, 목하. 귀랑 눈을 노려."

놈은 건들거리며 씨익 웃었다. 여우 주제에, 씨익. 저 잘난 걸잘 아는 아이돌 소년처럼.

그리고 7월 5일.

내내 비가 쏟아졌다. 자정에 가까워져 올수록 조금이라도 잦아들기는커녕 아예 억수처럼 퍼부어댔다. 빗줄기는 내가 쏘던 화살들보다 굵은 것만 같았고 바닥은 한 꺼풀 지하로 꺼져버리고 그 위를 물로 채워버린 양 질퍽거렸으며 어두컴컴해서 시야가 막막한 거리 위로는, 심지어 천둥이 쿵쿵 울었다.

"으악!"

"으악, 할 때가 아니지! 목하, 앞을 잘 봐."

"꺄악!"

"야."

"꽤액!"

"이목하!"

우리는 검은 것을 발견했다.

검은 것도 우리를 발견했다.

나와 검은 것은 시선이 들러붙는 찰나 번쩍거리는 번개가 거 짓말처럼 우리 사이를 뚝 갈랐다. 파르스름한 빛에 빗줄기가 실 금처럼 흩어지고 검은 것의 커다란 눈이 나를 비추었다. 그렇다, 나를. 여우가 아니라 나를 똑바로 비추었다. 거울처럼 커다란 눈 은 한 번 끔적거렸다. 번개가 빗줄기 사이를 도망 다니고 천둥이 뒤를 따랐다.

"목하!"

여우놈이 내 젖은 옷 어깨를 물었다. 나는 그제야 우산 살이 부 러진 채 저만치 내팽개쳐졌다는 사실을 깨달았다. 단숨에 온몸이 푹 젖었다. 빗줄기가 나를 두들겨 팼다. 나를 푹푹 꿰어 죽일 것 처럼. 나는 거울을 손에 꼭 쥔 채 도망쳤다. 달리고 달리고 달리 고 또 달렸다. 비명은 새파랗게 질린 입술 속으로 사라진 지 오 래, 파들파들 몸 어딘가가 마구 떨렸다. 뛰는 중이니까 다리는 아닐 거다. 거울을 꼭 쥐었으니까 손은 아닐 거다. 여우놈이 물어뜯고 있으니 내 어깨도 아닐 것이고 그러니까, 그러니까 떨리는 건⋯⋯.

"꺄아아악!"

"거울, 거울을 쓰라고! 목하! 뒤!"

"악!"

검은 것의 거대한 발이 나를 밟고 지났다. 몸살이 나서 이불에 파묻혔을 때처럼 장절한, 기이한, 고통스러운 추락의 감각이 닥쳐들었다. 나는 압사하는 대신 넘겨졌다. 온몸이 젖은 솜처럼 무거웠다. 젖은 솜 무게 따윈 모르지만, 걸친 옷이 죄다 젖었으니 비슷하겠지. 나는 눈물과 콧물과 흙탕물이 마구 섞인 입가를 역시나 같은 종류의 액체들로 범벅이 된 소매로 닦았다. 이거야 원 흙으로 흙을 문지르는 격이다. 검은 것은 나를 지나쳐 거리로 나갔다. 큰길을 쿵쿵 걸었다. 천둥이 아니라 저놈의 걸음 소리였나 보다, 생각하자 비웃듯 벽력이 내리쳤다. 아, 그래요. 알았어요! 천둥번개는 천둥번개. 검은 놈은 검은 놈.

"진짜 큰 놈이야. 저거 잡으면 돼. 잡으면 끝나니까, 응? 목하. 거울을 똑바로 비추는 거야. 할 수 있지?"

"너 진짜 신났다?"

"겁내는 거야."

여우놈은 젖은 털을 내게 기댔다. 뜨겁게 뛰는 심장 소리. 진짜 여우도 아닌 주제에 꼭 여린 생명처럼 고스란히 전해지는 맥박. 나는 울 것 같았다. 울고 싶었다.

"봐, 떨리잖아."

"왜? 여우 주제에. 인간도 아니면서."

"끊어질까 봐."

"뭐가."

"죽을까 봐."

"그러니까 뭐가!"

"없어질까 봐 무서워, 목하. 나 무서워."

― 없어지면 왜 안 되는데! 왜! 왜 안 되는 건데!

외숙모가 고함을 질렀다. 근처 건물들이 우르르 불을 밝혔다. 외숙모는 달렸다. 활과 화살을 쥐고 달렸다. 여우는 뒤를 따랐다.

― 왜 어떤 건 없어지면 서럽고 아쉬운데? 왜 지켜줘야 되는데! 지키고 싶은 건데! 왜! 왜 그래, 왜! 아무도 모르는데 난 왜 이걸 지켜, 왜, 텅 비면 안 된다고 여기서 이러고 있어? 왜 어떤 건 비었냐고, 왜…… 대체 왜야. 왜 난 쭉 빈 땅이냐고. 비어서 차 질 않냐고. 쫓겨나고 다시 쫓겨나고…… 아무도 막으러 와주지도 않는데…… 지키러 와주지도 않는데…… 있었던 줄도 모르고 잊 혀지는데…… 왜, 어째서 그래……?

여우는 울부짖는 외숙모를 올려다보았다. 다가가서 떨리는 종 아리에 따끈한 털가죽을 기댔다. 외숙모는 주저앉았다. 검은 것 은 그날 밤에도 외숙모를 스쳐 보란 듯이 가득 찬 터들을 먹어 치 웠다. 거리는 텅 비었다. 외숙모도 텅 비었다.

외숙모는 언제나 언제나 텅 비어 있었다.

"여우 너도 그랬지. 태어나고 죽고, 있다가 없고, 살다가 시들고.

다 그런 거라고. 그런데 사람이든 가게든 어떤 건 왜 영원해야 하는데? 왜 차 있으니까 비면 안 된다고 이렇게 몰래 지키러 나와서 벌벌 떨어야 하는데? 대체 왜 어떤 건······."

외숙모는 열심히 일했다. 외숙모 가게는 맛이 괜찮았지만 항상 잘 되지는 않았다. 외숙모는 자주 문을 닫았고 자주 건물에서 쫓겨났고 그리고 잊었다. 외숙모는 죽었다. 가게처럼 외숙모의 죽음도 별로 대단하지가 못했다. 어떤 가게는 사라질 때 신문에 실리지만 어떤 가게는 아니다. 어떤 가게는 애도와 우려 속에 역사가 되지만 어떤 가게는 아니다. 어떤 사람들이 다른 어떤 사람들에 비해 그러하듯이 터도 그렇다. 물건도 그렇고 나도 그렇다. 나는 빗방울을 쥐었다. 거울을 들이댔다.

검은 것이 나를 돌아보았다. 빗줄기 때문에 눈을 제대로 뜰 수가 없었다. 쏟아져 내리는 빗줄기가 지면을 때렸다. 나는 짜부라질 듯이 달려들었다. 네가 뭔데. 대관절 네까짓 게 뭐기에 날 이리 힘들게 해?

"저게 뭔데 잊으라 해? 저게 뭔데 가지고 가버려? 대체 저게 뭔데."

여우놈이 내 이름을 불렀다. 수없이 부르고 또 불러주었던 내 이름이 기묘하게 찢어졌다. 소리가 찢어질 수 있다는 걸 비로소 알았다. 슬픔에도 무게가 있고 애도에도 기억의 형태가 있듯 소리는 애절하게도 혹은 고통스럽게도 발기발기 찢어지는 거였다.

"야!"

쿵, 소리가 울렸다.

"야! 야····· 야아! 개, 개 놈! 야! 여우, 야!"

이름을 모른다. 묻지 않았다. 외숙모의 이름을 끝내 몰랐듯이. 그저 민중 외삼촌의 아내, 서영이와 지영이의 엄마로만 남겼듯이. 나는 여우놈의 이름을 결코 묻지 않았다. 눈물이 줄줄 흘렀다. 검은 놈 앞으로 뛰어든 여우의 몸뚱어리가 꾸물거렸다. 꿈틀대며 축 늘어졌다. 여우놈의 삼각형 귀 끝도 같이 늘어졌다.

"뭐 해? 여기가 귀야. 목하, 여기가 바로 귀라고."

나는 거울을 들었다.

"아무리 봐도 뿔이잖아! 이 멍청아!"

울면서 거울을 비추었다. 검고 커다랗고 눈이 뻥 뚫려 내내 나만 비추었던 그놈은 여우의 몸뚱이를 잘근잘근 씹어 피를 뚝뚝 떨구면서도 얌전히 거울을 향해 걸어왔다. 거울이 머금었다 토해놓은 빛줄기가 검은 것의 툭 튀어나온 귀를 비추었다. 검은 것이 여우를 떨어뜨리고 천천히 사그라졌다. 녹아버리는 눈처럼. 바퀴자국이 남은 그 질척한 잔설처럼 검은 것은 허물어졌다. 둥그렇게 몸을 웅숭그린 여우 곁으로 하얀 구슬이 뚝 떨어졌다.

"죽는 거 아니지?"

나는 물었다.

"울지 마."

여우가 말했다.

"죽는 거 아니지!"

"우는 거. 슬픈 거. 없어지면 싫은 거. 꽉 차 있는 게 연(緣)이야. 흘러가버려도 없어지지 않는 거. 없어져도 정녕 없는 게 아닌 거. 그림자 같고 세월 같은 거. 목하, 세상 가득 그게 다 연이야. 내 연, 이목하의 연. 서진경의 연."

"뭐라는 건데! 감기 걸린단 말이야, 바보야. 빨리 일어나, 빨리. 죽는 거 아니지, 그렇지?"

"끊어내면 아프다. 아주 아파."

여우가 양말을 신은 것처럼 새하얀 뒷발을 뻗었다. 굴러가던 구슬을 툭툭 쳐서 내 앞으로 밀어놓고는 주둥이를 살짝 들어 올려, 주저앉은 내 무릎에 얹어두고 녀석은 눈을 감았다.

"……아주 아파."

외숙모가 죽어버리고 녀석은 남았다. 애도할 수도 없는 채 녀석은 10년을 앓았다. 그리움에도 슬픔에도 무게가 있어 세상 바닥을 덮었다가 비가 내릴 때면 우는 소리를 낸다. 심장이 쿵쿵 뛰듯 빗방울이 바닥을 때리면 우는 소리를 낸다. 나는 울었다.

그래 너는 아팠구나.

그래, 나는,

참 아팠구나.

"내 연, 이목하의 연. 서진경의 연."

서진경.

몹시 생경한 이름 하나를 입속으로 굴렸다. 울음에 뒤엉켜 이름은 오래 묵은 기억들을 모조리 끌어내놓았다. 나는 여우의 젖은 몸뚱어리를 쓰다듬으며 구슬을 주워들었다.

그리고 지상을,

쏟아지는 빗줄기가 그 어떤 텅 빈 결절이라도 다 채워버릴 듯한 지상 저편의 막막한 길 끝을 응시했다. 왜 어떤 것은 아쉽고 어떤 것은 그리울까. 왜 어떤 것은 비어버리고 어떤 것은 차오를까. 나는 어쩌면 내내 텅 비었을 테지만 그럼에도 불구하고.

그럼에도 불구하고 나는 참 아팠던 거다. 구하고 싶어서. 외숙모를, 잘 알지 못했던 그녀를, 서진경이라는 이름의 서른다섯 살 된 여자를 구해주었으면 싶었다.

텅 빈 사람들끼리 온기를 나누어도 거기 쌓여 차오르는 건 그저 연. 지나가버리면 나는 또 좀 슬플 것이고 좀 아플 것이고 좀 그리워도 할 것이다. 기억의 더께가 두터워지면 그제야 나는 막연한 그리움에도 무게가 있다는 사실을 깨닫고 말 터였다.

내가,

앞으로 그 검은 것들을 더 이상 멈추지 못할지라도.

내가,

사위고 여위어 도둑맞아버리는 그 무거운 기억들을 이 지상에 더는 붙들어놓지 못할지라도.

"고만 울어라. 목하, 나 안 죽었다."

"네가 뭔데 날더러 울라 마라야. 내버려둬, 내 맘대로 할 거야."

"그래, 울어라. 그럼 계속 울어."

이름도 모르는 여우놈을 위해 울어줄 수는 있다. 차오르기를 기대하며 바라볼 수는 있다. 혹은 은쟁반 같은 거울을 들어 달로 향하듯 그 검고 외로운 것들을 떠나보내려 노력할 수는,

그럴 수는 있다.

"그래서 말인데."

여우놈은 안 죽고 쌩쌩하게 살아났다. 주운 구슬을 먹인 게 도움이 됐던 모양이다.

"이왕 터를 잡아줄 거면 마당 있는 집이 좋은데."

내가 장차 돈을 많이 벌면 집을 사서 최소 수십 년 눌러 살아줄 테니 그때까지 기다리라는 말에 놈이 희희낙락해서 한다는 소리 좀 보라지.

"주호, 너 방금 뭐랬냐. 마당 있는 집?"

"마당 있는 집. 국화도 심고 토끼도 몇 마리 놔서 기르고. 나 흙 좋아하거든."

"서울에서, 마당 있는 집? 국화도 심고 토끼도 기르고? ……너 어디 가서 로또 번호 좀 알아와라."

차라리 오늘 밤 홍대로 달려가서 검은 것을 잡는 편이 더 쉽겠다.

적어도 나는 이제 귀랑 뿔을 헷갈리지는 않으니까!

당신은

아니라고 하지만

나는 왕따가 아니다.

아니, 그건 내 말이 아니다. 당신이 내게 한 말이다. 이야기를 잠깐 정리해보자. 당신은 오후 1시쯤 회사 건물 앞 흡연구역에서 서성거리던 내게 다가와 내 이름을 불렀다. 그러고는 다짜고짜, 흡사 조금 전까지 내가 해온 고민을 훤히 들여다보기나 한 것처럼 그렇게 말했다.

"당신은 왕따가 아닙니다."라고.

순간 구원받은 기분이 눈물이 글썽거렸을까?

아니면 오히려 놀림 받은 기분에 눈 앞이 깜깜해졌을까?

어쨌거나 나는 멈추어 섰고 당신은 내게 손을 내밀었다. 나를 똑바로 쳐다보고 손을 내민 사람이 얼마 만인지 몰라 나는 정말이지 감개무량했다.

왜냐하면 내가 생각하기에 나는 훌륭한 왕따였으니까.

적어도 요 사흘 동안은 말이다.

사흘간 나는 지독한 외로움과 고립감에 사무쳤다. 그 전부터 내가 사회성이 뛰어난 인간은 아니었지만 그래도 왕따였던 적은 없다. 못 믿겠지만 사실이다. 학생 시절에도 그다지 교우관계가 두터웠다고는 못 해도 체육복이 찢기거나 교과서가 사라지거나 하는 '괴롭힘의 대상'이었던 적은 없단 말이다. 나는 조용한 학생이었고 존재감이 없었으며 목소리도 작은데다 동작마저 굼떴지만 그래도 결코 무시당하지는 않았다. 학급 반장이 내 이름을 부르며 프린트물을 나누어주었고 교사가 때로 내 번호를 불러일으켜 세웠다. 몇 명씩 나누어 조를 이루면 누군가는 내 앞에 서서 던지는 배구공을, 농구공을, 축구공을 받아주었다.

그런 사람은 왕따라고 하지 않는다.

대학을 졸업하고 운 좋게 이 회사에 취직한 후에도 나는 눈에 안 띄는 사원이라면 모를까 따돌림당하는 사원은 아니었다. 아니었다고 생각한다. 엘리베이터에서 인사를 건네면 대개는 웃으며 같은 인사를 되돌려주었으니까. 업무보고서를 깜박하고 제출하지 않으면 과장이 어깨를 두드리며 내 이름을 불러, "자네만 안 냈어." 하고 언짢은 소리도 했으니까.

적어도 누가 이름을 부르고 눈을 마주치고 말을 건네 온다면 그 사람은 왕따라고 할 수 없다.

당신은 모호하게 웃으면서 고개를 갸웃거렸다.

"아니, 이름을 불러준다고 해서 당신이 왕따가 아닌 건 아닙니다만……."

말끝을 흐리는 게 불쾌하다.

내가 왕따가 아니라고 말한 건 오히려 당신 쪽 아니었던가? 내 하소연을 듣더니 부정하기 시작하는 건 어떤 이유에선지 모르겠다. 혹시 이런 것도 새로운 종류의 괴롭힘인가?

내가 왕따가 된 건, 이건 내 생각이지만, 아무튼 그건 사흘 전부터다.

사흘 전 아침, 택시를 잡으려고 도로에 내려서 손을 뻗었는데 벽돌색 택시가 보란 듯이 드리프트를 해가며 나를 피해 지나가버렸다. 내 생각엔 그게 바로 모든 문제의 시발점이었다. 결국 택시가 네 대나 지나가버린 후 투덜거리며 지하철을 타고 출근한 후에, 나는 '무언가가 이상하다'는 사실을 곧 깨달았다. 한 시간이나 지각한 내게 과장님도 깐깐한 두 분 대리님도 아무 말이 없었던 것이다. 보통 때 같으면 내 이름을 불러 손짓한 다음에 언짢은 말씀을 하실 법도 한데 아예 거들떠보지도 않으셨다. 나는 그나마 관대한 편인 윤 주임에게 말을 걸었다. 윤 주임은 분명 나를 한 번 흘끔 쳐다보았지만 무언가에 소스라친 듯, 아니 그러니까 뭘 잘못 본 듯이 고개를 홱 돌려버렸다.

나는 일단 내 자리로 돌아가 서류를 펼쳐놓았다. 일을 하다 보면 곧 괜찮아질 줄 알았다. 그러나 내 착각이었다. 문제는 해결되기는커녕 점점 더 심각해졌다.

나는 보고서를 쓰고 서류를 정리하고 결과물을 제출했지만 아무도 내 결과물을 지적하지 않았다. 지점에서 올라오는 재고 수량을 정리해 발주하고 결과를 보고하는 것이 요즘 맡은 내 업무의 전부였으므로 일은 그리 어렵지 않았고 이렇다 할 대화를 필요로 하지도 않았다. 지점의 담당자들에게 메일을 보내 수상한 숫자를 확인하는 정도만 하면 되니까. 그래서 나는 일단 일에 집중하기로 했다. 아직 수습사원 딱지를 떼지도 않은 주제에 한 시간이나 지각을 했으니 분위기가 싸늘한 것도 이상할 게 없다고 반성하면서.

하지만 역시 뭔가가 이상했다.

"그렇지요. 이상하지요. 그렇지만 당신이 왕따를 당한 건 결단코 아닙니다."

라고 당신은 방금 말했다.

"업무 이야기를 나누고 당신에게 말을 건다고 해서 왕따가 아닌 건 아니었듯이."

덧붙인 말이 마음에 걸리지만 지금은 시시비비를 가릴 때가 아니다. 추측하건대 당신은 신입사원의 업무 적응도를 파악하거나 직장 내 애로사항을 처리하기 위해 본사 어딘가에서 내게 보낸 사람이 아닐까?

아니라고 고개를 젓고 있지만 난 일단 그렇게 생각하려고 한다.

이야기를 계속하자. 사흘 전에는 어쨌거나 업무를 무사히 마치고 나서 퇴근했다. 분위기가 무겁긴 했으되 다들 야근을 하는 것 같지도 않기에 나도 눈치를 살피다 윤 주임이 일어설 때 같이 짐을 챙겼다. 모두 내게는 인사를 하지 않았다. 내 인사를 받아주지도 않았다.

윤 주임님, 하고 나는 용기를 내어 불러보았지만 엘리베이터 앞에서 윤 주임은 흘끔 내 쪽을 돌아보더니 화장이 다 지워질 듯 표정을 일그러뜨렸다. 몹시 혐오스럽다는 듯이 보여, 나는 절망했다.

오늘 지각한 건 제가 잘못했습니다. 하지만 들어보세요, 택시가 말이죠…….

변명을 늘어놓은 게 역효과였을까? 윤 주임은 엘리베이터가 도착하자마자 안쪽으로 후다닥 달려 들어갔다. 이럴 수가. 기다리지도 않고 닫힘 버튼까지 누를 건 뭐람! 나는 하마터면 낄 뻔했다. 엘리베이터가 1층으로 내려가는 동안에도 윤 주임은 천장만 올려다보았다. 노려보듯이.

나는 몇 번 더 사과와 변명을 시도하다 포기하고 집으로 돌아갔다.

전철 안에서 빈자리를 발견하고 앉으려는데 노골적인 새치기를 당하질 않나, 편의점에서 계산을 하려는데 아르바이트생이 거들떠보지도 않질 않나. 그날은 정말 짜증 났다.

유사한 일이 사흘 내내 반복되었다.

"그러니까 슬슬 눈치챌 때도 되지 않았습니까?"

당신은 아주 곤란해 보인다. 뭘까, 위쪽에서는 부적응으로 따돌림당하는 사원이 제 발로 사표를 제출하길 바라는 건가? 아니, 그렇지만 나는 사흘 전에 지각을 한 번 했을 뿐이지 결코 그전에는 아무런 문제도 일으키지 않았던…….

"인사를 받아주고 말을 걸어준다고 해서 왕따가 아닌 건 아니라니까요. 중요한 일은 아니지만 잘 생각해보세요. 업무에서 은근히 소외된다는 생각은 안 해보셨어요?"

무슨 소리람. 당신 정말 마음에 안 드는데.

"하시는 일 말이에요. 지점에서 올라오는 요청을 엑셀 파일로 정리하는 것뿐이라고 했죠. 대개 그 정도 업무라면 다른 일을 하면서 겸사겸사 한 시간쯤 공을 들이는 걸로 오케이라고요. 당신이 오기 전엔 분명 윤 주임이라는 사람이나 막내 사원이 했을걸요?"

김도식 씨 말인가? 아, 그런 말을 들은 것도 같고…….

뭐야, 내 업무까지 알고 있는데다 예전 우리 팀 업무도 파악하고 있다니 역시 당신은 위에서 보낸 사람이었군? 그럼 더더욱 잘 알 거 아닙니까! 나는 왕따가 아니었다고요. 사흘 전까지는 분명 그랬습니다. 멀쩡하게 인사하고 일을 하고 퇴근도 했고요. 내일 있을 회식 장소도 제가…… 아니지 도식 씨가 정했지만 전화 걸어서 예약하는 건 바로 내가 했으니까요.

회식 예약을 하는 왕따가 어디 있습니까?

즉, 모든 건 사흘 전에…….

"당신은 일을 아주 못해요. 회식 예약도 전화를 거는 것만 담당했지, 장소를 정하거나 찾는 일조차 제대로 하지 못했잖아요. 전화는 제대로 걸었을까? 하고 다른 사원이 염려해서 확인을 했을 정도랍니다."

그런 건 아무래도 좋은 문제잖아!

아니, 잠깐. 이야기가 이상한데. 아까 나한테 와서 "당신은 왕따가 아닙니다."라고 말한 주제에 지금은 뭐야? 내가 계속 왕따였던 것처럼 말하잖아!

"당신이 사흘간 왕따가 아니었다고 말씀드린 거지요. 그러나 그 이전에는…….”

나는 점점 불쾌해졌다. 짜증이 났다. 눈 앞의 당신을 한 대 후려치고 싶다.

후려칠까?

그렇지만 위에서 내려온 사람일지도 모른다. 경찰서에 가야 하거나 아니면 사내 폭력 사건으로 퇴직당할 수도 있다.

"잘 생각해보세요."

뭘 말인가? 지금도 계속 생각하고 있는데.

"당신은 왕따가 아니에요. 사흘 전부터 당신은 당신이 왕따라고 의심하기 시작했지만 절대로 그렇지 않아요."

어제도 오늘도 마찬가지였다. 나는 왕따를 당하고 있단 말이다. 지하철을 타고 회사에 도착해 마주치는 모든 사람이 내 눈을 피한다. 사무실에 들어서면 나보다 두 달 일찍 입사한 김도식 씨도, 윤 주임도, 두 분 대리님과 과장님까지 내 인사를 무시한다. 나는 메일을 받고, 올라온 데이터를 엑셀 파일로 정리하고, 저녁마다 그날의 날짜를 붙여 사내 데이터베이스에 등록한다.

컴퓨터로 기록한 정보는 내 호명에 응답하는데 오직 인간만이 내 시선을 목소리를 손길을 거부한다. 이것이 왕따가 아니라면 뭐란 말인가?

"잘 보세요."

당신은 내게 손짓한다. 나는 당신을 따라간다.

회사 앞 도로를 가리키며 당신은 상냥하게 말한다. 바로 여기, 라고.

"당신은 여기에서 쓰러져 죽은 거예요."

나는 어이가 없어 당신을 올려다본다.

"모른 채 집으로 돌아갔죠. 아침에 밖으로 나와 택시를 잡으려 해도 서지 않았어요. 아무도 대답하지 않았고 아무도 눈을 마주치지 않았지요."

당신의 말을 이해할 수 없다. 죽은 사람은 걷지 않고 먹지 않고 말하지 않는다. 일하지도 않는다. 죽은 사람은 죽은 사람의 세계로 떠난다. 신용카드 표면을 지하철 개찰구에 대지도 않고 바나나주스를 편의점 매대에서 꺼내지도 않는다. 그럴 수 없다.

"그럴 수 있어요."

아니, 없다.

"있다니까."

나는 당신이 손으로 가리키는 방향을 조심스럽게 내려다본다.

그곳에서 나는 보고 싶지 않은 것을 발견하고, 깨닫고, 그리고 부정한다.

나는 당신을 보고 말한다. 나는 왕따라고. 사흘 전부터 왕따를 당하고 있는 거라고. 왜냐하면 택시가 내 앞에서 서지 않고, 팀원들이 아무도 내 눈을 바라봐주거나 내 부름에 답하거나 나를 불러주지 않기 때문에.

다른 증명이 더 필요한가? 어째서 내가, 당신에게, 난 죽은 사람이 아니라 단순한 왕따라고 설명해야만 하는 거지? 왜 당신은 내가 살아 있다는 걸 증명해야만 한다는 거야?

"그건 당신이……."

아니, 난 단순한 왕따라니까!

박평수가 술법을 익히다

가을 겨울을 거쳐 봄까지 내내 어지간하도록 푹푹 내리는 눈 말고도 비설산(飛雪山)이 자랑할 만한 것이라면 신선바위다. 비설산 은선대(隱仙臺) 근처 높다란 곳의 신선바위는 뭘 닮지도 않았고 색이 오묘한 것도 아닌, 그저 편평한 바위에 불과했지만 알음알음 사방 백 리에 그 명성이 퍼졌다.

신선이 될 수 있다는 소문 때문이다.

수양하여 자질이 있는 자는 몸을 던진 즉시 우화등선(羽化登仙)한다는 이야기에 눈이 번쩍 뜨인 사람들이 꾸준히 신선바위를 찾았다. 그 덕에 근처 사기꾼들만 노가 났다. 사기꾼들은 어디서 도사, 신선, 은거기인 복장을 주워 입고는 신선바위로 가는 길목마다 초막을 짓고 뜨내기들 상대로 한탕 해 먹었다. 이들은 몸 던진 이들의 시신이 바위 아래 수북하게 흩어지면 그걸 더러 시해선(尸解仙)이라고 태연하게 거짓말을 늘어놓고 등을 떠밀어 죽이는가 하면 겁을 먹고 돌아서는 이들에게 신선 수련을 시켜준다며 어르고 달래 돈을 뺏기도 했다.

한편, 정말로 신선을 만난 이도 있다.

풍진 세상에 순정한 마음을 품고 수행을 쌓인 이들이나 절실한 일심이 하늘에 닿은, 일테면 말 그대로 '지성이 감천'한 이들이다. 혹은 세상을 등지는 편이 얼싸안고 살아가느니보다 낫거나 혹은 정말로 타고 난, 세속에서 선골이라고 부르는 이들.

박평수(朴平壽)는 그중 어디에도 속하지 않았다.

우선 이 양반은 참말로 게을렀다. 하도 게을러서 깔때기를 꽂아 먹을 걸 흘려주지 않으면 그대로 굶는 양반 이야기가 있는데, 박평수도 그에 비견할 만한 작자였다. 거기다 박평수는 유복한 가문의 자제로 태어난 덕분에 길바닥에서 얼어 죽거나 궁둥이를 걷어 차이는 천덕꾸러기로 늙는 대신에 구들장에 딱 들러붙어 등 기둥기 편안하게 자랐다. 유모가 업어주고 찬모며 하인들이 박평수의 앵돌아간 주둥이에 죽을 물려주고 손이며 발이며 닦아주어 사실상 숨만 쉬면서 슬그머니 자랐다는 뜻이다.

각설하고, 사람이란 게 우스워서 자기 사지육신 가누는 걸 성가셔해도, 그 아둔한 머리만으로는 얼마든지 창천을 노닐 수가 있는지라 이 양반도 불쑥 꿈을 품었다. 사지 편안하게 구름 사이나 노닐 것 같은 신선이 되어 술법을 좀 써보고 싶었던 것이다.

대저 신선이란 무엇이냐?

하늘을 다스리고 땅을 돌보며 산과 들과 강과 바다에 두루 조화로운 경지를 이름이거늘, 제 사지육신 가누는 것도 싫어라 하는 게으름뱅이 박평수가 언감생심 어떻게 신선이 되겠는가. 박평수는 며칠 구들장을 지고 가만 고민하다가 때마침 온 천하가 춘삼월 따뜻할 적에 불쑥 길을 나섰다. 비설산 은선대 신선바위 소문을 들은 게다.

다섯 걸음에 한 번씩 두고 온 자기 방 아랫목을 그리워하면서도 어찌어찌 비설산에 이른 박평수. 그는 산기슭에 발을 딱 들이자마자 '아이고, 이 호구를 내가 물어야지.' 하며 접근한 사기꾼 손에 끌려 은선대를 꾸역꾸역 올랐다. 그 과정이 또 얼마나 지긋지긋하게 힘겹고 길고 느려 터졌던지 종내엔 사기꾼도 이놈에겐 돈을 좀 더 울궈내도 미안할 게 없겠다 싶었을 정도였다.

박평수의 신선이 되려는 욕망이 티끌만 했지만 그를 뜯어먹으려는 사기꾼의 욕망이 주먹만 한 덕분에, 두 사람은 한낮쯤 되어 신선바위에 앉아 아래를 훑어볼 수 있었다.

"아이구!"

눈으로 보고는 도저히 못 뛰어내릴 높이인지라, 박평수는 눈을 딱 감고 바위에서 냉큼 물러났다.

"아이구, 아이구! 도무지 나는…… 못 뛰어내리겠소이다."

사기꾼은 이 성가신 종자를 번쩍 들어 던질까 말까 하다가 자신이 들인 공이 떠올랐는지 낯을 좋게 꾸며 번지르르 떠들었다.

"거, 이보쇼. 우화등선을 그리 쉽게 하는 게 아니외다. 뛰어내릴 용기 하나 없는 양반이 어찌 속세를 등지겠소?"

"신선까지는 아니 되어도 좋소. 나는 그저…… 그저 선술 한 자락이나 얻으면 그로 족하오. 신선을 만나면 그만이지 굳이 내가 신선이 될 필요까지야 있소?"

"글쎄! 신선을 만나는 건 삼생의 연이 있어야 되는 일이라오.

그보다는 한 번 눈 감고 뛰어내려서 스스로 신선이 되는 편이 좋 잖소?"

"아니, 아니. 글쎄…… 그것이. 선술 한 자락이나…… 아이고! 아이구야! 휘이…… 높아라!"

사기꾼은 박평수와 실랑이를 하다 어디 혼 좀 나보라는 생각에 그를 두고 하산해버렸다. 박평수는 바지런히 그 뒤를 쫓아갈 생각도 없이 멍청한 얼굴로 나가떨어져 신선바위 위에 오도카니 앉았다. 해 바라기를 하다 달 바라기를 할 지경에 이르자 박평수는 덜컥 겁이 났으나 어둑어둑한 길을 되짚어 내려가기엔 귀찮고 두려웠다.

'에라, 될 대로 되라지. 설마 죽겠나.'

평생 게으르게 살아온 이 양반이 그리 드러누워 빈둥거리노라니, 야심한 밤에 휘영청한 보름달이 뜰 때 인기척이 났다. 수런거리는 수풀 소리며 시커먼 나무 그림자, 계곡 저편의 아득한 바람 소리가 어지간한 사람의 간담을 서늘하게 했으나 이 박평수는 태연하기 그지없었다.

무엇인가가 자신을 해치리라는 상상을 한 번도 해본 적이 없었던 탓이다.

덕분에 박평수는 신선을 만났다. 정확히 말하자면야 구름을 다루고 산을 접고 땅을 엎는 신선은 아니고, 그 제자의 제자쯤 되는 누군가였다. 높으신 신선 나리는 바위에 드러누운 양반의 생사 따위엔 흥미가 없겠으나 제자의 제자는 아직 세속의 때가 묻은 인간인지라 그만 호기심이 일어, 슬쩍 살피러 온 참이었다.

신선의 제자의 제자, 저간에서는 송옥(松玉)이라고도 불리는 여자가 낭랑하게 물었다.

"거기서 무얼 하니?"

"서…… 선인이십니까?"

박평수가 그렇게나 재빠르게 몸을 일으켜 무릎을 꿇은 건 전에도 없고 후에도 다시없을 일이었다.

"그렇단다."

그는 송옥의 옷자락에 매달릴 기세로 달려들어 머리를 바위에 쿵 하고 찧었다. 한 번 찧고 나니 이게 생각보다 더 아픈지라, 다시 찧지는 않고 슬그머니 손을 짚어서 이마와 바위 사이에 댔다. 목소리만은 우렁차게 그가 선인의 술법 한 자락 얻기를 청하였다. 송옥은 이 양반이 겁 없이 한밤 신선바위 위에서 건디었다고 착각하여 잠시 마음이 동하여, 은근한 어조로 물었다.

"네가 선인이 되고 싶다고? 그러면 벽곡(辟穀)하며 자중할 수 있겠니?"

"아니, 아니, 그저 선술 한 자락이면 되옵니다."

"내 제자로 삼아줄 수도 있는데 정말 그거면 되니? 많이 고단하겠지만 단단히 결심을 굳히고 노력하노라면 우리 스승도 뵐 날이 올 거란다."

"감히 선술 한 자락을……."

벽곡이라니, 안 될 소리였다. 사실 박평수는 이미 배가 고파서 죽을 지경이었고 '신선이 되자' 하는 막연한 꿈도 만사 귀찮아서 쪼그라든지 오래였다. 집에 가만히 앉아 허송세월하노라면 온갖 산해진미를 대령해 올 텐데 그걸 즐기며 한 세상 살지 뭣 하러 못 먹을 걸 질금질금 주워 먹어가면서 춥고 배고프고 험난한 길을 간단 말인가.

한정된 수명을 두려워하기에 박평수는 지나치게 젊었다.

그는 이제 본전 생각이 나서 술법을 베풀어달라 매달릴 뿐이었다.

"뭐, 이런 인연도 있는 거겠지. 좋다. 너에게 뭘 하나 내어주마."

송옥은 박평수에게 절을 받아 흡족하였고 동시에 절값을 해주어야 한다는 생각에 소맷자락을 펄럭, 흔들었다. 희고 가느다래서 산 사람 같지 않은 손가락이 소매 속으로 사라지더니 무엇인가가 그 안에서 덩더꿍 널뛰는 모습이 보였다. 박평수는 숨죽이고 그 광경을 지켜보았다.

"옜다. 이걸 너에게 줄 테니 잘 익혀보렴."

둘둘 말린 두루마리가 박평수의 품에 뚝 떨어졌다. 그가 두루마리를 쥐고 고개를 들자, 송옥은 홀연 간 곳이 없었다. 그는 터오는 새벽빛에 두루마리를 펼쳤다. 누렇게 낡은 종이에 생생한 필치로 돼지 한 마리가 그려져 있었다. 금방이라도 종이를 뚫고 튀어나올 듯한 그 녀석 위로 나는 듯한 글귀가 보였다.

"마음을 바르게 하고 눈을 감은 즉 세상사 모두 내게 달린 것을 아노라."

일체유심조(一切唯心造).

그는 흐릿한 글자 위를 쓰다듬었다.

그것은 목적한 것을 돼지로 바꾸는 술법인 듯했다.

박평수가 두루마리에 적힌 괴상한 주문을 마저 읽어 외는 사이 날이 훤히 밝았고 그를 버려두고 떠났던 사기꾼이 나타났다. 그는 어설픈 신선 복색으로 등장한 사기꾼과 눈이 마주치자, 방금 익힌 술법을 시험해보기로 결심했다. 그가 진짜 신선이나 그 제자쯤 된다면 알아서 피할 것이고, 아니라면 술법에 당해도 그 업보라는 계산이 섰던 것이다.

'너는 돼지다.'

그는 사기꾼의 눈을 한 번 보고 눈을 감은 후 주문을 외웠다. 너는 돼지다. 반신반의하며 생각한 후 슬그머니 눈을 뜨자, 이게 웬일인가? 사기꾼은 간데없이 옷자락에 폭 파묻힌 돼지 한 마리가 버둥거리고 있는 게 아닌가.

"으하하!"

예상외의 소득을 거의 공으로 얻은 박평수가 얼마나 신이 났을지는 덧붙일 필요도 없을 터다. 이 게으른 사내가 앉은 자리에서 두어 장쯤은 펄쩍펄쩍 뛰며 하산했을 정도로 아주 신바람이 났다. 그는 곧바로 비설산을 떠나 고향으로 되돌아갔다.

'이 몸은 이제 신선의 말석이란 말씀이야.'

다만 무언가를 돼지로 바꾸는 술법 따위는 기실 박평수의 일상에 별반 도움이 되지 않았다. 그는 눈을 깜박이며 주문을 외우는 것보다, 아랫목에서 빈둥거리며 종에게 돼지를 대령하라고 명령하는 쪽이 더 편한 양반이었으므로. 그야 살아서 펄펄 날뛰는 돼지가 양반에게 무슨 소용이겠는가. 잘 다듬어 요리를 마치고 상에 올라야 겨우 박평수에게 돼지 취급을 받을 수 있었다.

그런데 마침 박평수에게 기회가 왔다.

사정은 이러했다.

박평수의 일가 가운데 두루 신망이 높은 무인이 하나 있었다. 이름을 천욱이라고 하는 그이는 소년 급제한 헌헌장부였는데, 화살 한 대로 천 리 밖의 엽전을 꿰미처럼 꿰었더라는 호들갑스러운 소문이 따라붙을 정도였다.

덕분에 박천욱은 세상천지에 두려운 게 없었는데, 어느 날 첩첩산중에서 그만 집채만 한 범을 만나 사투를 벌이다 부상을 입고 말았다. 그날부터 천욱은 범을 두려워했다. 호걸 소리를 듣던 젊은이는 자신의 두려움을 감히 고백할 수 없었다. 몸은 나았으나 마음은 낫지 않아, 안으로 감춘 공포는 이내 건장한 육신마저 좀먹기 시작했다. 한데 바로 이때 왕도 인근에 범이 한 마리 나타나 인심이 흉흉해지자, 관에서는 장수 박천욱에게 범을 잡아 왕의 덕을 널리 떨치라 하였다. 천욱은 깊은 근심을 품고 왕명을 받들어 떠난 참에 잠시 친지를 방문했다.

박평수의 집이었다.

구들장을 지고 자신의 술법 한 자락을 어떻게 자랑할까 알지 못하던 박평수는, 이 대단한 친척을 보러 슬그머니 기어 나왔다. 천욱은 일가 어른들 앞에서 침묵을 지키다가 조심스레 자신의 두려움을 털어놓았다. 병풍보다도 존재감 없이 앉았던 박평수는 불현듯 말을 얹었다.

"그걸 내가 어찌 할 수 있을 법도 하고…… 큼큼, 아닐 법도 하고……."

그는 온 일가가 신줏단지 받들듯 하는 젊은이 앞에서 한 번쯤 어른 노릇을 하고 싶었다. 턱을 빳빳하게 쳐들고 으쓱거려 보고 싶기도 했다. 누구에게나 있는 그 공명심이라고 할지 허풍이라고 할지 모를 욕망이 박평수를 이끌었다.

"이보게, 내가 촌수로 따지면야 자네 삼촌쯤 될 터인데 어린 조카의 고민을 모른 척해서야 되겠나? 그간 세속을 등지고 초연하였을 뿐 세상 정리를 모르는 바 아니라네. 에헴."

박평수의 부모 형제는 속으로 '아이고! 저 어리석은 것이 웬 흰소리를 늘어놓아 망신을 당하려나.' 하였지만 천욱 앞에서 나무라기 어려워 말을 삼갔다. 천욱은 부드러운 어조에 약간의 존경심을 담아 그의 '삼촌뻘' 되는 양반에게 간청하였다.

"아저씨. 아저씨께서 이 조카의 가여운 처지를 도와주신다면 그 은혜를 일생 잊지 않겠습니다."

"과갈간에 모르는 척해서야 사람이 아니지. 자네가 그리 말한다면야 내가 나서줌세. 에헴에헴."

그는 우선 잔뜩 허세를 부렸다. 그러나 주둥이로 지껄일 때나 쉽고 재미나고 기분 좋았지, 정작 천욱과 다른 몰이꾼들을 데리고 인근 산을 오르기로 하자 두렵고 귀찮아서 고통이 찾아왔다.

"자네는 범을 보면 오금이 저린다고 하였지."

박평수가 조급증을 내며 천욱에게 물었다. 금방이라도 산중에서 범이 톡 튀어나와서 자기 목줄기를 콱 물까 봐 그는 무서워 다리가 발발 떨렸다. 천욱이 시위에 활을 재어 거리를 가늠해보며 답했다.

"그렇습니다. 다른 짐승은 아무렇지도 않은데 범의 눈깔만 봐도 그 누린내가 물씬 풍기며 어린아이처럼 기가 죽고 맙니다."

"그렇군, 그래. 자네…… 돼지라면 어떤가? 돼지라면 쏠 수 있겠는가?"

"돼지를 못 쏠 까닭이 어디 있겠습니까. 불초한 조카가 그만큼 망가지지는 않았습니다."

부드러운 가운데 속이 상한 듯 뾰족한 데가 느껴지는 목소리였다. 박평수는 머쓱해서 얼른 모르쇠 하며 범을 찾아야 하는데 하고 제가 나서서 오두방정을 떨었다.

운이 따랐든지 아니면 정해진 운명이란 게 참말 거기 있었음인지, 박평수는 계곡 저편에 보란 듯 나타난 범을 발견했다.

빠른 물살이 어마어마한 소리를 내며 이편에서 저편으로 흘러 사라지는 가운데 범은 유유하였다. 튼실한 몸뚱이에 꼭 알맞게 붙은 머리가 포효하는 대신 침묵하며 어리석은 인간들을 가만히 바라보고 있었다.

'너는 돼지다.'

박평수는 눈을 감았다. 주문을 외우고 발발 떨었다. 여차하면 천욱 뒤로 숨을 요량으로 발을 물리며 그의 옷깃을 잡아당겼는데, 천욱이 나직이 중얼거렸다.

"……돼지로구나."

박평수가 눈을 떠서 제가 이루어낸 일을 보는 것보다 천욱의 화살이 더 빨랐다. 거센 계곡풍에도 길을 빗나가는 일 없이 날아간 화살 한 대가 정확히 돼지의, 아니, 실은 범이었던 점잖은 짐승의 숨을 끊었다.

몰이꾼과 천욱이 시체를 거두러 건너편으로 건너가 확인하니 그것은 어느새 범의 모습으로 돌아와 있었다.

"마음을 다해 감사드립니다. 아저씨."

천욱은 범의 사체를 메고 와서 박평수 앞에 넙죽 절을 올렸다. 평수는 이 굉장한 광경을 세상 사람이 다 보고 자신을 칭송해야 하는데 황량한 산중에서 거렁뱅이 같은 몰이꾼이나 몇 둘러놓고 있으니 속이 상했다. 그가 까칠하게 고개를 젓자 천욱은 재차 감격 어린 말을 쏟아놓았다.

"불초한 조카가 느낀 바 있습니다. 무예를 단련함에 있어 중한 것은 오로지 마음이요, 그 밖에 눈과 귀와 혀는 얼마든지 사람을 현혹할 수 있다는 그 명제를 진실로 깨달았습니다. 범이라 여길 때는 사지를 움직이기 어렵더니 돼지라 여길 때는 망설이지 않고 활을 들었으니 저라는 자의 미욱함이 부끄러울 따름입니다. 자만하지 않고 흔들리지 않는 무인이 되겠나이다. 절 받으소서."

본시 성실하고 씩씩했던 이 젊은 장수는 깨달음을 얻어 더욱 그럴듯한 모습으로 떠났다. 평수는 산을 오르기 전과 조금도 달라지지 않은 꼴로 느릿느릿 돌아와 또 뜨끈한 구들장에 드러누웠다.

'다들 이 몸의 술법이 얼마나 굉장한지, 그걸 쓰는 이 몸이 얼마나 대단한지 알아야 하는데.'

그런데 정말이지 하늘이 무심하게도, 아니, 박평수에게는 당연하게도, 그 비슷한 날이 오고야 말았다.

정직한 박천욱이 공을 치하받는 자리에 나아가 자기 상관에게 '은거한 기인'이라며 박평수를 추천하였던 것이다. 일이 되려고 하면 돌멩이 하나 집어 던져도 기러기 두 마리가 맞아떨어지는 법이고 헐값 주고 산 자갈밭에서 금덩이가 나오는 법이라 했다. 널리 특이한 사람을 뽑아 쓰려던 어느 높은 분의 귀에 소문이 날아든 덕분에, 박평수는 얼마 지나지 않아 작은 벼슬자리를 얻기에 이르렀다.

고을 사또가 되어 당현(塘懸)이라는 고장으로 내려간 것이다.

백성들은 그저 못골이라고 부르는 그 고을은 그럭저럭 작고 그

럭저럭 먹고살 만하고 그럭저럭 세금을 충당하며 그럭저럭 토박
이들이 횡포를 부리는 그런 촌이었다. 고을의 절반은 산이고 절반
의 나머지 절반은 옹색한 밭이며 또 나머지의 절반가량이 못으로
이루어졌는데 그 알량한 못의 동서남북에서 각자 못 이름을 붙여
부르는 그런 곳이기도 했다.

새 수령이 납셨다고 인사를 하고 나니 이방이 와서 박평수에게
일렀다.

"이 고을에선 그저 도(陶) 진사 어르신과 알고 지내시면 족합니다."

도원개(陶元介)라는 어른이 한 분 계시는데 그가 바로 못골의
유지로 사실상 고을을 지배하고 있으니 수령은 와서 절이나 하고
떡이나 먹으라는 이야기였다. 갑자기 공으로 벼슬을 하려니 낯설
고 황감하던 차에 잘 됐다 싶어 박평수는 냉큼 그 말을 따랐다. 고
향 집에서 집어 온 서화를 몇 점 가져다주고 인사를 하니 도 진사
는 아주 식견 있는 사또가 오셨다며 금세 친근하게 대해주었다.

고을은 평안했다.

사건이라곤 아주 이따금 벌어졌다. 사람은 죽은 만큼 태어났고
장례가 있는가 하면 잔치도 있어, 도토리나무가 싹이 나고 자라
또 도토리를 떨어뜨리듯 못골의 생활은 거기에서 거기였다. 백성
들은 배곯을 것이 세상에서 제일 중한 고민이었는데 사실 못골의
조그마한 전답에서 곡식이 덜 여물든 더 여물든 부유한 양반님네
들에겐 아무래도 좋은 일이었다.

'이야, 박평수 팔자가 아주 노났구나.'

원님이라고 꼬박꼬박 절을 하는 백성들과 입속의 혀처럼 구는
아전들, 사나흘에 한 번은 돌아가며 유람을 하고 술상을 벌이는

고을 양반들 사이에서 그는 세월을 타령 한 곡조처럼 쉽게 지나보냈다.

한편, 못골에는 산이 많은 만큼 산기슭을 일구어 먹고살거나 사냥을 해서 먹고사는 이들도 많았는데, 그중 부사리라는 영감이 하나 있었다. 아내 없이 홀로 저루소라고 불리는 어린 딸과 조촐하게 살았는데, 아비는 덫을 놓고 딸은 열매를 따거나 침모 일을 하며 살았다.

저루소는 아리잠직한 계집아이였다. 그 탓에 누구 잔칫집엔가 들렀다가 그만 도원개의 눈에 띄었다. 그는 부리는 사람을 보내 부사리에게 저루소를 자기 첩으로 달라고 청했는데, 부사리가 길길이 날뛰며 쫓아내자 마음이 상하고 말았다. 입맛이나 다시며 양반답게 넘어갔으면 모두 좋았으련만, 도원개는 어느 날 술을 진탕 퍼마시고는 들이닥쳐 저루소를 보쌈해 가버렸다.

부사리는 덫을 놓으러 나갔다가 뒤늦게 사실을 깨닫고는 관아로 달려왔다. 문을 굳게 닫고 모르쇠로 일관할 게 뻔한 도원개에게 가느니 사또에게 매달려 말이라도 넣는 편이 낫다는 판단이셨던 것이다.

"도 진사 나리는 참 점잖은 분인데."

이런저런 사정이 겹쳐, 박평수는 부사리를 쫓아내지 못하고 마주한 참이었다. 아예 몰랐으면 속이 편했으련만. 들었으니 뭐라도 하는 척을 해야 마땅했다. 박평수는 아전을 시켜 도원개에게 가서 말을 건네보라고 했는데, 도원개는 그조차 자기 체면이 깎인다 싶었던지 오히려 성을 내기 시작했다.

저루소를 내놓아라.

아니, 내가 놓긴 뭘 내놓으라는 거냐?

그런 식의 실랑이가 오가는 새해가 지고 달이 떴다. 날이 밝도록 부사리는 관아 앞에 앉아 꼼짝도 하지 않았다.

"부사리. 이 답답한 사람아, 글쎄 도 진사 나리께선 자네 딸년을 데려간 일이 없다지 않아? 이럴 시간에 사냥이나 더 하면서 집 나간 딸이 돌아오길 기다리는 게 어떤가?"

이방이 그렇게 말했다가 부사리의 주먹에 주둥이가 터지고 말았다.

'귀찮구만.'

박평수는 부사리 때문에 도원개와 어울려 놀지도 못하고 오가는 아전들이 이러쿵저러쿵 떠드는 게 성가셔 견딜 수 없었다. 그래서 그는 불쑥 나아가 부사리에게 이렇게 말했다.

"그건 돼지다."

웅성거리던 주위가 일시에 가라앉았다.

"그건 돼지야, 부사리. 도 진사는 저루소라고 이름을 붙인 돼지를 데리고 사시는걸세. 내가 사람을 보내서 그 댁에 말을 전하겠네. 자네에게 다른 돼지를 한 마리 사주라고 말이네."

부사리가 고함을 지르기 시작했다. 박평수는 이걸로 됐다고 생각하며 가벼운 걸음으로 관아 문턱을 넘었다. 박평수의 말을 전해 들은 도원개는 가타부타 따지지 않고 돼지를 두 마리 사서 먹을 따라고 이르더니 그 사체를 부사리의 초라한 집 마당에 던져 놓았다.

"이왕 잡은 돼지니 푹 삶아 동네잔치나 합세."

도원개가 그렇게 말하더라는 소문이 고을을 뒤덮기까지 채 반

나절도 걸리지 않았다. 숙덕거림은 사립문을 넘지 못했고 부사리는 죽은 돼지 두 마리를 앞에 둔 채 관아 앞에서 그랬듯 묵묵히 앉아 있었다.

박평수는 '다 해결됐다.'고 발을 쭉 뻗고 잠을 잤다.

그의 꿈에 무시무시한 얼굴을 한 송옥이 나타났다. 비설산 은선대에서 그에게 술법이 적힌 두루마리를 던져주었던 그 모습 그대로 구름을 밟으며 내려와 박평수의 머리채를 덥석 움켜쥐었다.

"조렬하고 비열한 것아! 이 악한 것아! 네놈이 죄를 저지르니 나까지 업을 짊어지게 되었구나."

박평수는 영문을 몰라 어물거리며 버둥거렸다. 송옥은 그를 놓아주기는커녕 큰 칼을 든 사령들을 가리켰다.

"우리 스승이 격노하시어 내게 벌을 받으라 명하셨으니, 나는 보잘것없는 자만심 하나의 업을 짊어지고 떠나려 한다. 그러나 두고 보아라. 네놈의 눈에서도 피가 마르지 않게 되리라."

눈이 번쩍 뜨이자 이불 속에서 얼마나 발버둥을 쳤던지 머리맡에 두었던 자리끼가 발끝까지 날아가 있었다. 박평수는 식은땀이 송골송골 맺힌 이마를 손등으로 슥 문지르고 벌렁거리는 심장을 다스렸다.

'꿈자리가 사납구만.'

입맛이 떨어져서 그는 며칠 빈둥거렸다. 꾀를 내어 사람을 시켜 인근 절이며 당집이며 쌀과 돈푼을 좀 가져다 바치고 아직 보릿고개가 온 것도 아닌데 구휼을 한답시고 이집 저집에 묵은 보리를 풀었다. 그러고 나니 자기의 별거 아닌 죄 따위는 싹 씻겨 내려간 듯 기분이 가뿐했다.

듣자 하니 부사리는 몰래 도원개의 집에 먹을 것을 들여보내는 듯했다. 아마도 여전히 딸이 그 집에 갇혔다고 여기는 것이리라. 동정심 가진 종들이 부사리를 돕는지 어떤지는 알지 못해도 더 이상 저루소 이야기하는 사람은 어디에도 없어, 못골은 청명한 가을 하늘보다도 평온했다.

박평수는 향반들과 어울려 이웃한 고장의 큰 강을 구경하러 가기도 하고 계곡의 어느 정자를 찾아 노닐기도 하면서 잘 살았다. 아무도 부사리와 저루소에 대해 말하지 않았다. 박평수는 으스대며 행차할 적에 길 이편과 저편에서 인사하는 사람들 사이에 부사리가 끼어 있지나 않나 두려워하였으나 그는 다시 얼굴을 보이지 않았다.

달이 바뀌기 전에 도원개가 장가를 들게 됐다.

소문으로 온 고을이 들썩거리자 박평수는 부사리가 어쩌고 있나 하고 이방을 불러 떠보았다. 이방이 살살대는 목소리로 늘어놓았다.

"하하! 거, 이제 걱정 탁 내려놓으십시오, 사또. 부사리는 외려 좋아하고 있더랍니다."

"좋아해? 그이가 도 진사 댁 경사에 기쁠 일이 뭐가 있다고?"

"뭐가 있긴요. 글쎄, 진사 나리가 장가를 드시면 그…… 그, 거 두어 갔던 돼지 새끼를 돌려주지 않겠습니까? 돌아만 와주면 좋다고, 영감이 매일같이 담장을 돌며 염불하던 걸 무지렁이들도 다 아는걸요. 요즘 그 텁석부리가 싱글벙글 웃고 다닌답니다."

"아, 아아…… 그렇지. 돼지! 그 촌민이 아주 크게 이득을 보겠구만. 일전에 도 진사가 돼지를 두 마리나 주었는데 이제는 전에 데려간 돼지까지 돌려주실 테니 말이야."

부사리는 수모를 견디며 도원개가 저루소를 돌려주길 기다렸다. 밥 안의 작은 돌처럼 버석거리던 것이 어떻게 해결되었구나, 하여 박평수는 기분이 좋았다.

그러나 도원개가 사주단자를 주고받았다는 둥 길일을 받았다는 둥 소식이 연이어도 그 댁에서 어린 돼지 혹은 계집애가 나왔다는 소식은 들리지 않았다. 그러기를 며칠, 관아가 들썩거릴 만큼 소동이 일었다.

"사또! ……그, 죽었답니다."

이방의 얼굴이 어두웠다.

"죽다니, 누가."

"거…… 돼지가. 도 진사 댁의 돼지 말입니다요, 사또. 죽었답니다."

도원개가 흠씬 때려죽였다는 소문이 어느새 퍼졌다고 했다. 정황이 드러나기 전에 소문부터 짜아하니 환장할 노릇이었고 참 곤란한 일이었다. 부사리는 딸을 데려가려고 지게를 진 채 매일같이 도원개의 담장을 맴돌았으니 이 소문에 가만있을 까닭이 없었다. 당장 주먹을 말아 쥐고는 도원개의 집으로 닥쳐들어 실랑이가 한창이었다.

아직 그 댁에서 시체가 나오기도 전이었다.

소식이 닿자마자 박평수는 나는 듯이 달려갔다.

"여보오, 진사 나리! 그저 돼지가 아닙니까!"

부사리가 쉬어 터진 목소리로 고함을 질렀다.

"돼지 시체라도 보겠다는데 붙잡으려오?"

어디서 그런 힘이 솟았는지 삐쩍 마른 부사리 하나를 도원개 댁 장정들이 당해내질 못했다. 박평수는 헐레벌떡 그들 모두를 밀치고 안으로 들어가 초조하게 버티고 선 도원개와 눈을 마주하였다.

"좀 봅시다."

떨떠름한 얼굴로 도원개가 몸을 약간 비켜주었다. 부사리가 벽력처럼 박평수의 뒤를 따랐다. 어어 하는 사이 문짝이 박살 났다. 박평수는 아주 약간, 정말이지 조금 빨리 방 안으로 들어설 수 있었다.

방 안은 후텁지근했고 퀴퀴한 냄새로 가득했다. 둘둘 말린 이불 아래로 고깃덩어리 같은 것이 삐쭉 튀어나와 있었다. 박살이 난 병풍과 흩어진 회초리, 피리. 나란히 놓였다가 쓰러졌음 직한 술병. 이리 널리고 저리 널린 색색의 저고리와 치맛자락이 보였다. 박평수는 눈을 보았다.

커다란 눈.

그리고 눈을 감았다.

꼭 한순간이었다.

'저것은 돼지다.'

저건, 그저 돼지다.

바로 다음 순간 부사리가 그야말로 범처럼 포효하며 박평수의 어깨를 떠다밀었다. 벌렁 나자빠진 박평수는 술법을 제대로 썼는지 확인하기 위해 고개를 번쩍 들었다. 등을 보이고 떡 버티고 선 부사리가 보였다. 그의 마른, 그러나 범 같은, 태산처럼 치솟았던 어깨가 한 번 휘청 흔들리더니 와그르르 무너지듯 주저앉았다.

"그래요…… 돼지군요."

조금 전까지의 야단법석이 다 거짓말이었던 듯 아무도 입을 열지 않았다. 부사리는 산 딸을 데려가려던 지게에 거적에 둘둘 만 돼지를 싣고 도 진사 댁을 떠났다.

'저건 돼지다.'

거적 틈새로 어째 사람의 머리카락인지 손목 발목인지가 보이는 것만 같아 박평수는 눈을 쓱쓱 비볐다.

"돼지야."

고쳐 다시 보니 영락없이 돼지였다.

아무렴, 돼지였다.

그건 그저 죽은 돼지 한 마리였다.

얼마 후 부사리가 두루 죄송한 노릇이라며 삶은 돼지고기를 대접하려 했지만, 아무도 그것을 먹으려 들지 않았다. 부사리는 고기를 관아로도 가지고 왔다. 박평수는 이 핑계 저 핑계 대며 피하려다 또 어찌어찌 그를 마주하고 말았다.

"이건 혹시…… 일전의 그 돼지인가?"

박평수가 묻자 부사리가 놀라울 만큼 친근하게 웃었다.

"암만요! 그건 하마 팔았습죠. 며칠이 지났는데 그게 있겠습니까요. 이건 산 너머 새매가 잡은 멧돼지를 나누어 받은 겁니다요. 살이 아주 씹을만하다고 그이가 어찌나 자랑이던지."

"끄응."

내키지가 않아서 돼지고기를 앞에 두고 박평수는 턱짓을 했다.

"그럼 어디 자셔보게."

"촌놈이 어찌 하늘 같은 사또 앞에서……."

"먹어보라지 않나!"

"네, 네, 분부대로 합죠."

부사리는 씩 웃으며 고기를 집어 텁석부리 사이로 밀어 넣었다. 그리고 씩씩하게 씹었다. 그의 툭 튀어나온 목젖이 울렸다. 고기 냄새가 온 관아 안을 가득 채웠다.

"아이고! 맛 좋다!"

박평수는 떨떠름하게 주위를 둘러보았다. 아전들은 이제 경계가 풀렸는지 저마다 침을 꼴깍꼴깍 삼켰지만 그는 도저히 고기를 씹을 수가 없었다.

'튀어나온 발에 발굽이 없었다.'

저도 모르게 부사리의 지게와, 그 위 얹힌 채 휘이휘이 흔들리며 멀어져 가던 거적이 떠올랐다.

'사람 발이었어.'

박평수는 눈을 꽉 감았다.

'……아니다. 그것은 돼지다.'

그날부터 박평수가 고기를 입에 대는 일은 없었다. 아무리 양념을 해서 맛을 감춰보아도 고기를 씹는 순간 그 질겅거리는 감각이 소름 끼쳐서 대번에 뱉게 됐다. 그러거나 말거나 못골은 평온하고 부사리는 허허실실 웃으며 여전히 초라한 집에 틀어박혀 지내고 도원개는 대처에서 각시를 얻었다.

여전히 박평수가 행차하면 못골 사람들은 조용히 고개를 조아리거나 걸음을 물렸다.

겉으로만 보자면 그의 못골 생활에 달라진 점이라곤 하나도 없었다.

세월은 흘렀다.

박평수는 놀고먹으며 일거리를 팽개쳤다. 전과 다를 바가 없었다. 그가, 도저히 고기를 먹을 수 없다는 것만 빼고는. 고기 굽고 삶는 냄새만 풍겨도 구역질을 한다는 것쯤 아주 사소했다. 세상엔 고기 말고도 먹을 것이 많았고 박평수는 시무룩할지언정 어떻게든 사치스럽게 살 만큼 여유가 넘쳤으므로.

그는 몇 번이나 고기를 먹으려고 노력하다 이제는 다 포기한 참이었다.

먹다 뱉은 고기와 그를 위해 새로 잡았던 무수한 짐승을 내다 묻으며 박평수는 자기 팔자가 기구하다고 한탄을 했다.

해 질 녘이 되어 인주빛 노을을 이고 촌민 몇이 찾아왔다.

"사또. 우리 못골의 어버이이신 사또께서 여름을 타서 입맛을 잃었다 하니 촌민들이 이것저것 엮어 삿자리를 만들어 이리 보내왔습니다. 시원하게 지내시노라면 금세 또 입맛이 도시겠지요."

일제히 어설픈 절을 올리는 그이들의 얼굴은 몹시 천진했다. 웃고 울고 찡그리며 정직하게 살아온 형태가 고스란히 남은 주름을 일그러뜨리며, 그들은 진정 박평수를 염려해주었다. 박평수는 그 불그스름한 삿자리를 받아 깔고 앉아보았다.

"오호. 참말 시원하구나."

기분이 한결 나아지는 것도 같았다.

자리에 앉아 엉터리 시를 읊다가 그대로 낮잠이 들었을 만큼 편안하기까지 했다.

"이놈아. 이 어리석고 악한 것아."

쥐새끼처럼 생긴 옹색한 주둥이를 배쭉거리며 웬 노인이 하나 걸어왔다. 박평수는 자신이 꿈을 꾸는 줄도 모르고 낯선 노인네를 멀거니 치어다보았다. 못골에선 그가 가장 높은 양반일 터이건만 저 못생기고 추레한 노인은 왜 예를 갖추지 않는가? 하고 미리 분을 내면서.

그는 무얼 하고 싶지 않았지만 언제나 칭송받기를 바랐다.

움직여 사소한 일을 이루고 그만큼의 실패를 쌓아 낡아가기보다 손짓 발짓 눈빛 하나로 하늘과 땅을 진동케 하기를 원하였다.

우러르며 인사를 받을 자리에 있는데 지나치는 꼴을 용납할 수 없었다.

당연히 박평수는 보료에 기대앉은 채 그 버르장머리 없는 노인을 향해 호통쳤다.

"왜 예를 갖추지 않는고? 고얀 노인이로다."

"꿈에서 예를 갖추어 무엇을 하누? 자네나 나나 내 가여운 제자나 모두 한심한 돼지털 한 가닥에 진배없거늘. 이 돼지털이 저 돼지털에게 고개를 숙인단 소리를 들어나보았는가?"

"어허! 돼지털이라니! 이 몸은 현령이시다!"

"이 몸은 돼지털이시다!"

"어허! 어허!"

박평수는 분기탱천하여 일어났다. 그러나 생각과 달리, 둔중한 몸뚱이는 영 그의 뜻대로 움직여주지를 않았다. 통통하게 살이 오른 손으로 삿대질을 하자 노인이 어디 그걸로 눈알이라도 파보라는 양 면상을 갖다 대더니, 반도 남지 않은 이를 드러내며 웃었다.

"아하, 찾았네그려. 내 제자의 껍질이 여기 있군."

히히히. 손구멍을 낸 것처럼 깊숙하게 파인 눈꺼풀이 푸르스름한 빛을 띠더니 바르르 떨렸다. 노인이 웃는 소리에 맞추듯이. 박평수는 그가 바라보는 방향으로 고개를 돌렸다. 그의 궁둥이에 딱 달라붙은 삿자리가 시뻘겋게 변해 있었다.

"꺼, 껍질이라니!"

박평수가 말을 더듬었다. 삿자리는 숫제 기이한 형태로 비틀리며 툭, 툭, 엮은 자리가 터지기 시작했다.

"아니다. 이건 껍질이 아니다."

무슨 껍질인 줄도 모르면서 그가 냅다 반대부터 하고 나섰다. 노인이 히히히, 히히히, 어깨를 흔들면서 유쾌하게 웃었다.

"나는 돼지털이고 그건 내 제자의 껍질이다. 돼지피를 먹고 자란 갈대로 만들었으니 껍질이고 말고. 피를 담는 그릇이지."

주름진 손가락으로 노인이 삿자리를 쓰다듬었다. 작은 틈새마다 피가 송골송골 맺혔다가 질질 흘러내렸다.

쏟아져내렸다.

"어억! 우아아아아아!"

박평수는 자다가 일어나 밖으로 뛰쳐나왔다. 홑겹 옷이 땀으로 흠뻑 젖어 있었다. 그는 맨발로 관아 대문을 넘었다.

"삿자리를 엮은 갈대를 어디서 베어 왔느냐!"

그는 아무나 붙들고 물었다. 이 사람 저 사람의 시선이 의심과 두려움으로 변해가는 것을 알지 못한 채 박평수는 결국 강가에 당도하였다. 강물은 노을빛을 받아 당연히 붉었고 그는 제 머리를 싸 안고 벌벌 떨며 중얼거렸다.

"피야. 돼지 피인 게야."

물이 전부 돼지 피로 뒤바뀌기 전에 박평수는 명을 내려야만 했다. 무수한 갈대들이 바람을 맞아 바삭바삭 소리를 냈다. 히히히, 히히히, 노인의 웃음소리가 들렸다. 저건, 저것은…… 하고 그는 생각을 다잡으려 했지만 아무것도 떠오르지 않았다.

'돼지를 떠올려선 안 돼.'

강변을 뒤덮은 갈대가, 돌이, 이끼가, 모두 돼지로 변하게 할 순 없었다. 박평수는 비틀거리며 되돌아왔다. 피 냄새가, 돼지털을 태우는 냄새가, 언제까지나 그의 뒤를 쫓아오는 것만 같았다.

그는 못골의 돼지란 돼지는 모두 모아 파묻게 했다.

부사리는 그가 생계를 잇던 산이 여기저기 파헤쳐지고 돼지가 산 채로 묻히는 것을 반대하기는커녕 묵묵히 도왔다. 그리고 조그만 돼지 위로 흙이 덮이는 것을 뚫어져라 쳐다보는 것이다. 고을 사람들은 돼지가 가엾어 눈물을 글썽거리다가도 부사리의 그 오묘한 표정과 시선에 관해 저희끼리 떠들었다.

땅이 점점 붉게 변했다.

하지를 지나자 저녁이 이르게 닥쳤고 해가 가라앉기 시작한 하늘은 시뻘겋게 차오를 수밖에 없었다. 그 빛을 그대로 되비추듯 땅도 나날이 붉어졌다.

'사람이었을까.'

박평수는 생각했다.

'거적 사이로 튀어나왔던 것은.'

사람의 손, 사람의 발, 사람의 머리카락이었을까?

박평수는 고개를 흔들었다. 그는 그때 고기를 먹지 않았다. 부사리가 가져온 고기를 못골 사람들이 우르르 달려들어 나누어 먹었으니, 원한은 절대 박평수에게 올 리 없었다. 그러나 그날의 광경이 생생하게 떠오르면 머리가 산산이 부스러질 것처럼 아팠다.

'그것은 돼지다.'

스스로를 달래며 그는 엎어져 잠들었다.

"저걸 보시구려."

그 노인이 썩어 문드러져가는 대가리를 척 매달고 달랑달랑 나타났다. 꿈은 깊고 냉엄했다. 노인의 입 위쪽이 시시각각 녹아내리며 고약한 냄새를 풍겼다.

"저걸 보라고, 이 악한 작자야. 저 조그만 것이 안 보이느냐?"

노인과 박평수는 꿈속에서 도원개의 집 마당에 서 있었다. 감나무 아래 젖어미 품에 안겨 목을 가누는 어린애였다.

"금침에 폭 감겼구나. 잘 됐다, 잘 됐어."

손뼉을 치면서 기뻐하더니 노인이 완전히 뼈가 드러난 입을 열었다.

"저것은."

"도 진사가 낳은 딸이로구나."

"저것은 돼지다."

덜컥, 두려운 기분에 박평수가 눈을 휘둥그렇게 떴다. 옆을 홱 돌아보자 노인의 남은 육신도 썩어 문드러져 아래로 아래로 흘러내리는 중이었다.

히히히히.

겨울바람이 새어 나가 늙은 나뭇가지 사이를 휘돌 듯 노인의 뼈만 남은 입이 딱, 딱, 딱, 딱, 아래위로 부딪히면서 웃음을 남겼다. 을씨년스럽고 섬뜩한 목소리였다.

박평수가 노인으로부터 조심스럽게 물러나며 소리쳤다.

"세상에 그 재주를 부리는 건 나뿐인데!"

"그대가 무엇인데?"

히, 히, 히, 히.

"나는, 나는, 나는……!"

"답해보라. 네가 대관절 무엇인데?"

"나는!"

신선의 제자가 내어 주었던 두루마리의 글귀를 떠올리면서, 박평수는 노인의 해골을 양손으로 꽉 잡았다.

"너는 돼지다!"

"너는?"

"너는 돼지다! 너는 돼지다! 이것은 돼지란 말이다!"

"너는?"

노인의 텅 빈 눈동자가 차오르며 그 맑고 검은 표면에 박평수의 얼굴이 비쳤다.

"나는!"

박평수는 어서 이 꿈에서 깨고 싶었다. 해골을 벽 반대편에 패대기치고는 허둥지둥 바깥으로 뛰쳐나갔다. 못골은 거짓말처럼 평화롭고 밥 짓는 연기가 여기저기에서 다투어 올랐다. 박평수의 걸음이 도원개의 번듯한 기와집으로 향했다. 문짝이 비틀린 채 걸린, 언제 망해 버렸는지 모를 그 흉흉한 폐허로.

"아니…… 그럴 리가."

도원개의 아내가 어린 돼지를 이불로 동동 싸매고 서둘러 집을 빠져나오는 광경이 보였다. 비명횡사한 도원개는 버려진 집 안에 홀로 남아 썩어버릴 것이다.

"그럴 리가."

고개를 흔들자 사방에서 노인의 목소리가 들렸다.

"깨어나고 싶으냐?"

그렇다, 고 박평수는 외쳤다. 벌린 입에서 침이 튀었다.

"깨어나면 과연 네가 인간이겠느냐?"

노인이 속삭였다. 너는 누구냐고 되물었다. 박평수의 단전에서 분노가, 고통이, 혼란이 치밀어 올랐다. 눈을 번쩍 떴다.

아!

그는 비설산 은선대를 오르고 있었다. 걷는 게 너무 고통스러워 도사 복장을 한 길잡이의 등짝을 보며 이제 그만 내려가자 읍소하였다. 양반 체면 불고하고 흙을 움켜쥐며 설설 기기도 했다.

"그렇게 약해 빠져서 무슨 해탈을 하신다고."

사기꾼이 커다란 복숭아를 하나 내밀었다.

"휘유."

그는 손을 뻗어 복숭아를 집어 들었다. 그리고 발그스름하게 물든 둥그스름한 표면을 도포 자락에 쓱쓱 문질러, 크게 한 입 베어 물었다.

입안으로 고기 비린내가 확 퍼지며 온몸으로 고통이 번졌다.

"악!"

그는 눈을 번쩍! 떴다.

자리에서 벌떡 일어났다.

숨을 헐떡이며 시선을 떨어뜨리자 한 입 베어 문 흔적이 남은 자기 손등이 보였다. 씨근벌떡거리는 잇새로 피가 흘렀다. 그는 입안에 담뿍 물린 미끈둥거리는 고기를 뱉지도 씹지도 삼키지도 못한 채 흐느꼈다.

'너는 누구냐.'

모든 것이 녹아내렸다.

흘러 쏟아졌다.

'그것은 돼지였다.'

그의 눈알도 녹여버릴 기세로 눈물이 흘렀다. 폭 젖어 흐린 시야로 문이 벌컥 열리며 누군가가 더러운 몸으로 들이닥쳤다.

"거기 뭐가 있나? 부사리!"

부사리.

아는 이름에 박평수가 얼른 눈을 끔적거려 눈물을 떨구었다. 쿰쿰한 땀 냄새 나는 손이 박평수의 목을 움켜쥐더니 과연 그 메마르고 늙은 얼굴이 시야를 가득 메웠다. 부사리가 웃었다. 히쭉 웃지도 벙싯 웃지도 파안하며 웃지도 않는 모호한 미소가 부사리의 주름 하나하나를 움직였다.

"부사리, 어이!"

부사리는 그 물음에 기꺼이 답해주었다.

"아, 우리 집 돼지야. 별거 아닐세. 이건 그저 돼지니까."

박평수는 컥, 하고 입안에 든 것을 뱉어냈다.

사방이 일렁거렸다.

그가 묻으라 명했던 모든 것이 그를 향해 솟아오르고 있었다.

붉은.

— 나찰(羅刹)을 사랑하는 이는 나찰이 되어버린다.

　내다 걸린 붉고 푸른 천들이 을씨년스러운 보름달 아래 마치 살아 있는 생물처럼 너울거렸다. 해준은 활을 든 채 몸을 웅크리고 앉아 있었다.

　— 여우를 사랑하는 이는 여우가 된다.

　어린 시절에 들었던 목소리가 되살아났다. 부처를 사랑하는 이는 부처가, 도깨비를 사랑하는 이는 도깨비가 된다. 어린 시절, 낡고 망가져 더는 원래 모습을 상상하기 어려울 지경이 된 활을 품에 끼고 절대 놓지 않으려 드는 해준을 달래며 큰누이가 조곤조곤 그리 말하곤 했다. 조모가 달콤한 생강엿을 꺼내줄 때도, 사시사철 발을 드리운 방 안에서 나와 보지 않았던 어머니에게 모처럼 문안을 갔을 때도, 같은 이야기를 들었다. 그 속삭임은 차라리 주술 같았다.

— 사람은 사랑하는 것을 닮게 마련이다. 온갖 이매망량(魑魅
魍魎)은 인간의 더러운 죄업을 사랑하여 그리된 것이며, 흉악한
비적은 큰 비적의 재물 품은 바를 연모하여 비적이 된 것이다. 그
러니 준이 너는 우리 목씨 가문의 장손으로서 결코 사람의 도리
를 잊지 않고 충과 효와 의를 사모하여야 할진저…….

'그래서 아버지를 내몰았나?'

해준은 비웃음을 물고 눈을 부릅떴다. 옥서 땅은 하잠과 율루
의 접경. 척박한 토지일지언정 요충지다. 한데 아직 출사하지도
못한 해준이 눈치챌 정도로 방비가 허술해지고 점점 관리들이 태
만해지는가 싶더니 '그것'이 출몰하기 시작했다.

벌써 십수 년.

관리들은 '그것'을 핑계로 칭병하여 부임을 서로 미루고 조정은
내내 긴 침묵을 지키고 있을 뿐이다. 정체도 향방도 종잡을 수 없
는 그 두려운 존재는 오랫동안 하잠과 율루를 가리지 않고 옥서
산 여기저기에서 출몰하였다. 수없이 많은 사람이 죽고 여러 논
밭이 상했다. 유난히 하늘이 붉게 보이는 그믐밤 새벽이면 텅 빈
하늘을 가로지르며 훌쩍 달을 향해 날아오르는 '그것'을 볼 수 있
었다.

'이번에는 반드시 이 손으로.'

해준은 은으로 된 하잠 왕가의 문장이 붙은 활을 손에 쥐었다.
시위를 쓸어내리고 활줌통에 시선을 주었다.

— 목해준. 아비의 원한을 풀고 그간의 묵은 정리를 위해 분연
히 나선 자네의 그 충의를 높이 사는 바다.

'이번에는 반드시…….'

상념을 깨치며, 또한 증오에 뒤엉킨 그의 해묵은 기억마저 흩트리며, 마른 바람이 불어왔다. 맞바람에 눈을 가느다랗게 뜬 채 해준은 푸른 화살을 먹인 활을 높이 들고 몸을 일으켰다. 삼나무 숲 저편 어둠에서 짐승 비린내가 풍겼다.

'이것이 저 녀석과 두 번째로 만나는 거지. 재회로 끝이다. 다음은 없어.'

이 목숨은 하나뿐. 이제 대신해줄 사람 따위…… 없다.

울컥 치미는 감정에 이름을 붙이는 대신 해준은 '그것'을 처음 만났던 날을 떠올렸다. 꼭 백 일 전, 봄비가 밤새 내린 날이었다.

✳

'……다음은 없어. 없다는 생각이 들어. 그러니까…….'

그날, 약속이나 한 듯 일시에 져버린 목련 꽃잎이 마의(麻衣)를 걸치고 몸 던진 어머니와 겹쳐 보여서 해준은 이를 꽉 악물고 집 바깥으로 달렸다. 망가진 사립문을 나서 진탕이 된 소로를 지나 유난히 깨끗이 씻긴 시야 가득 안겨 오는 무논을 거쳐 옥서산을 향해.

'그러니까 '그것'을 오늘 잡아야 돼. 내가 직접 쏘아 잡지 않으면 안 돼.'

무릎에 상처가 몇 개나 늘 만큼 열심히 내달리면서 해준은 생각했다. 급했다. 그간은 관리들도 영 뜨뜻미지근한 태도로 '그것'을 대했기 때문에 여유가 있었다. 다들 '그것'을 싫어했지만, 잡으려고 나설 만큼 배포 큰 인간이 없었으니까.

하지만 사정이 달라졌다.

조정에서 새로 부윤(府尹)이 부임했기 때문이다. 새 부윤은 전과는 달리 유능한 사람이라고 주위 사람들이 떠드는 소릴 들었다. 무너져 세 해나 방치해뒀던 수로를 고치고 무기고를 열어 창검을 새로 정비했다고도 했다. 오래 옥에 갇혀 이리저리 지리한 소요를 반복하던 죄인들을 줄줄이 가려내 몇은 집으로 돌려보내고 몇은 벌을 주어 관노로 삼았다. 새 부윤이 보낸 관리가 해준의 집에도 찾아 들었다.

목소천의 지위를 다시 복원해준다느니 자결한 어머니를 위해 홍문(紅門)을 세워주겠다느니 뻔한 소릴 하는데 할머니와 누이들은 아버지가 살아 돌아오기라도 한 것처럼 얼싸안고 울어댔다. 해준은 빈정이 상해 사랑방을 박차고 튀어나왔다. 창고에서 낡은, 아버지가 사라진 후 집안사람 누구 하나 입에 올린 적 없는 활을 꺼내 들었다.

"아버지 등을 떠다민 게 누구였는데! 누구였는데! ……난 용서 못 해! 절대 못 해!"

"주, 준아! 준아, 이것아!"

할머니가 외쳐 부르는 소리가 들렸다. 누이들이 허둥거렸다. 시퍼렇게 증오가 가슴 깊은 곳에서 치밀어 올랐다. 올해로 열다섯. 어린애가 아니다. 아버지가 사라진 후로는 더더욱 할머니 치마폭에나 안겨들 수가 없었다.

"준이가 아직 어려 저래요. 지 애비가 그리 가구 나선 저두 또래 애들한테 따돌림을 당하구. 높은 님네들, 모쪼록 어린애 맘을 좀 살펴주시지요."

부윤이 보내 포청 사람들과 섞여 나온 높은 나리들은, 아마 해준이나 해준의 아버지가 평생 활을 쏘아도 닿을 수 없는 지위를 가지고 있을 터였다. 하잠에서도 변경, 옥주부(玉州府)에 속한 군현 중에서도 옥서라면 벽촌이라 해도 과언이 아니다. 수령이 누구인지도 가물가물한 게 촌백성이고 보면 부에 속한 도사(都使)나 판관(判官)만 해도 일생 그 존함 듣기 어려운데 하물며 그들이 모시는 부윤 나리라면 그야말로 까마득한 고관이다. 그래도 해준은 집안사람들이 줄줄이 그 지위도 이름도 모를 사람들 앞에서 우는 꼴이 마음에 들지 않았다.

아버지로 하여금 놓았던 활을 쥐고 옥서산으로 향하게 한 건 다름 아닌 옥서 땅 관리들 자신 아니었던가.

해준의 아버지 소천은 본디 율루 사람이었다. 조부가 식솔을 이끌고 옥서산을 넘어 하잠 땅에 정착한 후 지금에 이르렀다. 본디 신분은 높았으나 나라를 등진 데에는 그만한 이유가 있게 마련인 법이라 누구 한 사람 입에 올리기를 꺼렸고 조부 역시 수많은 비밀을 혼자 짊어지고 세상을 등져, 이제는 아무도 알지 못하게 됐다. 해준의 어머니 역시 하잠에서도 온갖 재화와 인재가 모여든다는 왕도 도시홀(桃尸忽) 출신으로, 내로라하는 고관의 딸이었다가 정쟁에 떠밀려 혈혈단신 의탁할 데 없는 몸이 된 여자였다. 과부 사정은 홀아비가 안다고 아비도 어미도 쓸쓸한 이방인이었으므로 적막한 옥서 땅에서 화촉을 밝혔으리라.

남의 땅이나마 착실히 부치며 그럭저럭 살림을 꾸리려던 소천의 평화는 '그것'의 출몰이 점점 빈번해지고 피해가 늘어나기 시작하자 완전히 깨어지고 말았다. 십여 년 전부터 옥서산에서 종종 눈에 뜨였다는 '그것'이란 부혜(鳧徯) 같기도 하고 고조(蠱雕)

같기도 한 짐승인데, 닥치는 대로 사람을 잡아먹고 대지를 황폐하게 하는 요물이다. '그것'은 밤 어스름에 숨어 옥서산 여기저기에서 모습을 드러냈다. 마주친 자들은 거의 다 살해되었고 밤사이 산에 인접한 논밭은 악취가 풀풀 풍기는 늪으로 변해 있기 일쑤였다. 아무도 손을 대지 못했으며 부패한 관리들은 책임을 미룰 뿐 누구 하나 심각하게 생각해주지 않았다. 사람들은 지쳤고 자포자기하는 마음 한편으로 '그것'이 자기 피붙이에게 손대지 않기만 기원했다. 땅거미가 짙게 깔리면 벌써 밭에서 일하는 건장한 청년들마저 헐레벌떡 제 물건을 챙겨 집으로 도망질을 놓았고, 관례도 치르지 않은 아이가 밖에 나온다는 건 상상조차 할 수 없는 일이 되었다.

'그것' 말인데, 실은 율루에서 보낸 거라더라.

그런 소문이 돌기 시작한 것도 어쩌면 기이한 일이 아닐 터였다. 해결되지 않는, 정체를 확신할 수 없고 대항할 수조차 없는 괴물이란 인간에게 있어 감당하기 어려운 고통이므로. 사람들은 미워할 것이라도 있기를 바랐다. 마음 붙일 데가 없으면 걷어차며 밀어낼 데라도 있어야 하는 것이 인간이라고, 해준의 아버지는 어린 해준에게 중얼거렸다. 여우를 그리워하는 이는 여우가 된다. 증오하는 마음 저편에 거울로 비춘 듯 그리움이 존재하고, 율루를 증오하는 만큼이나 아버지는 율루가 참 사랑스러워 밤이면 꿈을 꾼다고. 그런 이야기도 몰래 해주었다. 율루는 하잠의 오랜 적국이었다. 향교에서 매일매일 율루 욕을 주워듣고 자란 해준은 이미 어쩔 수 없는 하잠의 아이였으므로 아버지의 그런 이야기를 전혀 이해할 수가 없었다.

— '그것'은 옥서산에 살면서 산 근처를 막 나돌아다니는 괴물이에요. 하잠이든 율루든 '그것'은 그런 거 모른다구요. 틀림없이 율루에서도 '그것'이 골칫덩이일 거라구요.

— 다들 내심으론 그런 거 잘 안다. 알고 있지만 그래도 미운 거야. 미우니까, 미워서 견딜 수 없으니까, 적이 필요한 거야. 나쁜 건…… 나쁜 건 그 짐승이다. 율루든 하잠이든 누가 나서서 그놈을 잡아야 돼.

'그것'을 잡기 위해 나섰던 건 소천 하나였다.

돌아오지 않은 것도 소천 하나였다.

어린 해준을 남겨둔 채 그는 그렇게 갔고, 해준은 창고에 남은 소천의 낡은 활을 통해서만 아버지를 기억할 수 있었다. 어머니는 천천히 세상과의 끈을 놓아갔다. 누이들은 울었고 할머니의 주름진 얼굴은 더욱 짙은 그늘에 잠겼다. 해준은 분노했다. 무엇을 향한 것인지도 모를 분노가 작은 몸을 차곡차곡 채웠다.

'그것'이 밉다.

그 짐승, 생김도 제대로 아는 이가 없는 괴물이.

'새로 부임한 부윤 나린지 뭔지 알 게 뭐야! 그건 내가 잡을 거야! 내가! ……내가!'

해준은 달렸다. 낡은 활을 들고 마음이 급해져선 달리고 또 달렸다. 홍문 이야기와 더불어 관리들은 꼭 저희들 일이나 되는 양 새 부윤의 무용담을 연신 늘어놓았다. 그들의 이야기만 듣자면, 그 새 부윤 나리란 사람은 도시홀에서도 가장 이름난 무관인 모양이었다. 마음만 먹었다 하면 '그것' 아니라 율루를 통째로 뒤집어엎을 만한 용사. 보나마나 허풍일 텐데 바보 같다고 코웃음 치면서도 해준은 마음이 달았다.

내가 잡아야 돼! 내가!

마음속으로 외치고 또 외치며 내달았다. 옥서산 서낭당 앞에 닿고 보니 해 질 무렵은 아직 멀었는데도 사위가 어두컴컴하고 오래 묵은 나무 냄새가 코를 찔러서 온몸에 났던 땀이 한꺼번에 식을 만큼 겁이 났다.

"꼬마야."

"으악!"

갑작스러운 부름에 해준은 활을 쥐고 그게 검이나 되는 양 휘둘렀다. 활 끝이 서낭당 바람벽을 맞고 되퉁겼다. 나뭇잎 부딪는 소리가 비웃음 소리 같다.

"허어. 이거 원, 두 번 불렀다간 죽겠구나."

"누, 누…… 와아악!"

목소리가 난 방향으로 돌아서려 했는데 발이 엉켜 그야말로 눈앞에서 그릇이 깨진 고양이 꼬락서니로 펄쩍 뛰어오르고 말았다.

"묻든지 놀라든지 주저앉든지 돌아서든지, 여하간에 하나씩 해라. 체할라. 츳츳."

"누, 누구시…… 냐!"

"누구시냐? 푸하! 얼씨구, 그건 어디 사투린가?"

"대, 대답 안 하면 쏘…… 쏜다! 때린다!"

하며, 해준은 홀쩍 일어나 섰다. 아니 서려고 했다. 그러나 되지 않았다. 정신은 맹세컨대 말짱한데, 이놈의 몸뚱어리가 말을 통 안 들어 저 혼자 또 당황하여 홀랑 나자빠지고 말았다. 해준은 볼품 사납게 허공을 버둥거리며 무릎방아를 찧었다. 수령이 족히 수백 년 될법한 나무뿌리들 위로 무엄하게도 무릎을 대고 앉아 눈물을 찔끔거리자니 목소리의 주인이 낄낄대며 느긋하게 물어왔다.

"그러는 꼬마는 누구시냐?"

"……."

"네가 그 흑작(黑雀)이냐?"

흑작이라면 '그것'을 관리들이 부르는 이름이다. 옥서에 사는 사람들은 두려워해서 누구 한 사람 그렇게 부르지 못하는데 관리들은 서류에 적어 올려야 하니 뭐든 이름이 있어야 한다며, 누군가가 적당히 그리 부르기 시작했다 들었다. 해준은 이 사람 관리구나 하고 저도 모르게 분노가 치밀어 올라, 활을 든 채로 왁 달려들었다.

"허! 흑작이 이런 곱상한 꼬만 줄은 미처 몰랐네 그래."

그는 새득새득 웃었다. 해준은 웃을 수 없었다. 두 발 밑에서 감각이 없어진다 싶더니 머리 위로 피가 치솟으며 몸뚱어리가 허공을 갈랐다. 등짝에 느껴지는 고통에 어안이 벙벙해 있는데 눈을 떠보니 시근벌떡거리는 자신의 목덜미에 날카로운 검날이 와 닿은 채였다.

한순간에 벌어진 일이었다. 해준은 그가 검을 꺼내는 것을 보기는커녕 검을 지니고 있다는 것조차 알지 못했다. 실력이 다르다. 다른 정도가 아니라 해준도 눈으로 보지 않았다면 믿지 않았을 만큼 대단한 솜씨다. 해준은 비로소 그를 똑바로 올려다보았다. 천진한 웃음을 물고 그는 해준의 시선을 받아냈다. 거무스름한 얼굴에 새파란 눈동자. 뒤쪽으로 대충 묶어 가슴팍으로 흐트러뜨린 머리카락은 볕에 내다 말린 짚단 빛깔이었다.

"그, 그건 내가 잡을 거야!"

"제 몸 하나 못 지키는 꼬맹이가 잡긴 뭘. 이름이 뭐냐?"

"……."

이름을 밝혀 안 될 이유도 없는데 해준은 괜한 고집을 부리듯 입을 꽉 다물었다. 그는 다시 웃었다. 웃으면서도 검 끝이 조금도 흔들리지 않았다. 그의 날카로운 눈매가 누그러지고 입매가 벌어져 이가 드러났다. 검을 쥔 손을 거슬러 올려다본 얼굴은 무서워 보이기만 했는데 저리 웃으니 함께 흙밭에 구르며 장난질을 치는 또래 소년 같았다. 해준은 그의 어깨 너머로 흔들거리는 나뭇잎들이 오후의 태양빛을 머금고 제각기 흔들리는 것을 보았다. 한 줌 쥐어낸 쌀알처럼 알알이 빛이 춤췄다.

눈이 부셨다.

"좋다, 꼬마야. 이 어르신이 먼저 함자를 밝혀드리마. 이 몸은 여경옥이라고 한다."

"계, 계집애 같은 이름 하구 부끄럽지도 않아? 어…… 어른이 말이야. 어린앨 상대로 검을 들구."

"고집이 센 놈이로구만."

경옥이 내밀어준 손을 탁 소리가 나게 힘껏 뿌리치며 스스로 엉덩이를 털고 일어서는 것 정도가 해준이 할 수 있는 최대한의 반항이었다. 거드름을 피우려고 해도 늦었다, 하고 말하듯 빙글빙글 너무나 경계심 없이 웃으며 경옥은 검을 허리춤에 갈무리했다. 하지만 한쪽 손이 내내 그 검 자루에서 떨어지지 않았다.

해준은 제 목덜미에서 소름이 돋는 것을 느꼈다. 조금도 춥지 않은데, 경옥의 눈을 올려다보고 있는 것만으로도 곧 한숨이 얼어붙은 채 허공을 메울 것 같다.

"목해준."

이름을 밝혀도 경옥은 경계를 완전히 푼 것 같지 않았다. 해준은 어깨에 힘을 주고 손에 쥔 활을 불쑥 내밀었다.

"아…… 아무튼 '그것'은 내가 잡을 거야! 딴 놈이 잡기 전에 내가!"

"그래그래. 그 엄청나게 무시무시한 활로 잡으시겠다는 거지? 그 활로 확 후려치면 흑작 아니라 흑룡이라도 녹이 옮아가서 죽어주겠다, 그치?"

대놓고 빈정거린다. 해준은 머리 하나는 더 큰 경옥을 올려다보며 무어라 고함을 치려 했지만 경옥이 빨랐다. 왼손을 쓱 뻗어 해준의 더벅머리를 감싸듯이 문질러댔던 것이다.

"무시하지 마! 나, 나는 아버지 원수를 갚을 거라고!"

"아이고, 무서워라. 그래그래, 다 알았으니까 일단 여기에서 나가자. 응? 해준 도련님."

"아…… 안 가! 무서우면 당신 먼저 돌아가지그래?"

"그래. 무서워서 그런다. 이 경옥이라는 못난 놈이 무서워서 그러니 도련님이 저 바깥까지 호위를 좀 해주지 않을래?"

그러고 보니 주위가 순식간에 어두워진 것 같다.

해준은 음습한 초록색 어스름에 묻어나는 곰팡내를 맡으며 코를 훌쩍거렸다. 경옥은 여전히 천하 태평한, 어딘지 모르게 신경을 긁는 얼굴로 웃고 있었다. 해준은 서낭당 주위를 휘휘 둘러보았다. 울울창창 들어선 삼나무 숲. 줄을 이어 수백 년 수령의 은

행나무가 들어찬 건너편 계곡. 홍, 황, 청, 백 물을 들인 삼베를 찢어 길을 내듯이 여기저기 가지에 표시를 해둔 것이 계곡풍을 타고 흔들렸다. 언제 이렇게 어두워졌을까. 해준은 그제야 두려운 생각이 들었다. 본디라면 어린애는 낮에도 옥서산에 들어와선 안 된다. '그것'이 언제 튀어나올지 모르니까.

"해준 도련님, 갈 거지? 겁쟁이 여경옥을 바래다주기 위해서 아버지 원수를 하루 미룬다고 해도, 아버지는 화 안 내실 거야. 그치?"

"그…… 러면 무, 무섭다고 하니까. 조, 좋아."

끝내 허세를 부리면서 오히려 경옥의 존재에 슬그머니 안도하는 자신이 있다. 해준은 낡은, 실은 잘 다룰 줄도 모르는 활을 거들먹거리며 어깨에 끼고 앞장서서 걷기 시작했다. 두 걸음마다 한 번씩 뒤를 흘깃거렸다. 경옥은 해준의 보폭에 맞추어 곁을 지키면서도 얼굴에서 미소를 거두지 않았다. 짙푸른 나무우듬지 그림자가 경옥의 거무스레한 이마를 덮었다. 구름처럼 바람을 타고 너울거리며 그림자는 그의 밝은 눈동자를 삼켰다. 해준은 경옥을 보고, 또 보고, 또 돌아보았다. 눈을 뗄 수 없을 만큼 놀라운 무언가를 발견한 사람같이.

"……쉿."

서낭당이 더는 보이지 않게 되었을 때, 경옥이 해준의 어깨를 잡았다. 왼손으로는 해준을 밀어내면서 오른손을 허리춤에 가져다 댔다. 해준은 움찔 물러섰다. 드러난 목덜미로 싸늘한 바람이 날아들었다. 해준은 뒤를 돌아보아야 한다고 생각했다. 그럴 수가 없어, 그는 당황했다. 돌아보아야 한다, 지금, 돌아보지 않으면.

지금.

와작,

족히 기백 년 그 자리를 지켰을 소나무 허리가 단숨에 끊어졌다. 시대가 저무는 듯한 소리를 내며 나무가 쓰러지고, 해준은 반사적으로 경옥의 팔에 매달려 눈을 감았다. 감기 직전에, 해준은 경옥과 눈이 마주친 듯도 싶었다. 착각일까. 그러나 분명 그는 웃고 있었다. 비 맞은 봄꽃이 보란 듯이 밤 어둠을 가로지르며 낙화하는 듯한, 꼭 그런 종류의 섬광이 경옥의 눈 속에서 튀어 올랐다.

"쏴!"

눈을 뜬 해준에게 경옥이 외쳤다. 어서, 쏴, 하고 재촉하는 그의 목소리와 더불어 시야가 흔들렸다. 경옥의 검이 시퍼런 빛을 뿌리며 '그것'의 손톱을 가로막고 있었다. 해준은 볼품없는 소리를 내질렀다. 경옥이 팔을 확 뿌리쳤다. 해준은 나동그라졌다.

"바보 자식! 쏘란 말이얏!"

다시, 검배가 황금빛에 감싸이는가 싶더니 경옥의 몸이 지상을 박차고 뛰어올랐다. '그것'은 인간의 말도 짐승의 말도 아닌 언어로써 숲속의 공기를 경련시켰다. 질 때가 아닌 나뭇잎들이 우수수 떨어져 내렸다. 푸른 폭우. 어둠을 조각조각 사르며 그것들은 지상을 뒤덮었다. 해준은 무릎이 와들와들 떨리는 와중에 어깨에서 미끄러진 활을, 열심히, 온 힘을 다해, 손에 쥐었다. 일생 그렇게 열심히 한 적이 없을 만큼 힘겹게, 이를 악물고, 화살을 시위에 걸었다. 당기는 데까지 얼마 되지 않을 순간이 말 그대로 영원처럼 느껴졌다. 식은땀에 전 콧잔등을 찡그린 채 해준은 시위를 팽팽하게 당겼다.

— 사실…… 아버진 율루가 그립다. 영영 돌아갈 수 없게 된 고향인데두 이런 밤이면 율루 땅에 두고 온 집이 요모조모 떠올라 참 견딜 수가 없더라.

거짓말. 거짓말이죠, 아버지. 율루는 우리네 하잠하고 원수를 졌는데 그 율루가 그립다니, 아버질 버리고 할아버질 버리고 숙부들이 줄줄이 죽었다면서 그런데도 그립다니…… 사랑스럽다니. 아버지, 말해줘요. 거짓말이죠. 영 죄다 거짓이라고 이제라도 말씀해주세요.

"해, 해주…… 해준……! 해준!"

해준의 손이 얼어붙었다.

'그것'이 닭 같기도 하고 여우 같기도 한 울음소리로 더듬더듬 해준의 이름을 불렀던 것이다. 해준의 손이 떨리기 시작했다.

"바보 자식! 속으면 안 돼, 어서 쏴!"

경옥이 외쳤다. 해준은 고개를 저었다. 저도 모르게 고개를 젓고 또 저었다.

— 여우를 사랑하는 이는 여우가 되고 도깨빌 사랑하는 이는 도깨비가 되느니라. 모두 제가 그리워하고 연모하는 형태를 따라 끊임없이 변화하는 법, 세상 무엇도 고정불변일 수 없느니.

요수가 되었을 리 없다. 아버지는, 아버지는 절대로 요수일 리 없다. 율루를 그리워했다는 이유로 저리 흉측한 괴물이 되어 겨우 찾은 제 나라에도 미움을 받다니, 그래서야 너무나 슬픈 일이 아닌가.

자, 어서 쏴.

그리 외친 쪽이 어느 쪽이었던가. 해준은 알지 못했다. 눈물로 가득 찬 시야는 뿌옇게 흐렸다. 착각이다, 아버지일 리 없다, 생각하면서도 쏠 엄두가 나지 않았다. 마음은 백 발도 더 화살을 쏘아 댔지만 몸은 무슨 주술에 걸린 양 굳어 말을 안 듣는다.

"……옥, 겨오……! 경, 오……."

'그것'은 무럭무럭 커졌다. 삼나무 우듬지 위로 불쑥 치솟은 대가리에 넙데데한 상판이 붙어 있었다. 두 갠지 세 갠지 모를 눈알이 빨갰다. 드러난 이가 씨익 웃더니 뱀 같은 혀를 날름대며 제법 가냘픈 계집 목소릴 냈다.

"경, 경오…… 옥! 옥! 경옥!"

경옥, 경옥, 경옥!

부르짖다 쉬어버린 여인네 음성이 지저귀듯 경옥의 이름을 외었다. 경옥의 검은 그래도 머뭇거리지 않았다. 허공을 베어내는 솜씨는 단호하고 꼭 다문 입술은 멀리서 보기에도 강인해서, 해준은 쏟아져 내리는 눈물과 더불어 묘한 굴욕감을 느꼈다.

그는 아름다웠다.

그는 강하고, 우아한 사람이었다.

해준은 불현듯 그가 죽게 두어선 안 된다는 생각이 들었다.

"겨, 경옥!"

'그것'이 골백번 외어도 흔들리지 않던 경옥의 검이 꼭 한순간 흔들렸다.

까르륵, '그것'은 참으로 유쾌하다는 듯 웃었다. 기름해진 붉은 눈이 팽이처럼 휘돌며 대가리에서 쑥 팔이 뻗쳐 나왔다. 경옥은 손톱이 다섯 달린 그 팔을 가까스로 피해냈다. 해준은 경옥을 향해 달려갔다.

"경옥!"

"안 돼!"

해준 자신이 구하려던 것은 경옥이었던가, 아니면 아버지일지도 모른다고 내심 생각해온 '그것' 쪽이었던가. 긴 세월이 흐른 후에도 해준은 알 수 없었다. 그 순간 자신이 손을 뻗어 진정 바란 것이 무엇이었는가를.

다만.

"경옥! 경옥! 경옥!"

'그것'이 만가(輓歌)처럼 경옥의 이름을 외며, 뼈로 된 날개 두 쪽을 활짝 펼친 순간만은 긴 시간이 흐른 후까지도 생생히 떠올랐다.

"……겨, 경……!"

"말하지 마, 꼬맹아. 살았으면 냉큼 비켜라."

경옥의 검이 어깨 너머로 '그것'의 목구멍을 꿰뚫고 있었다. 썩어 문드러진 냄새가 나는 잿빛 액체가 경옥에게 쏟아져 내렸다. 경옥은 자신의 다른 쪽 어깨를 '그것'에게 내주고 다른 손으로는 검을, 품으로는 해준을 감싼 채였다. 자신의 몸뚱이보다 두 배는 될법한 괴물을 온몸으로 지탱해내며 그 자리에 서 있는 경옥은, 해준에게 있어 그야말로 세상 전부처럼 보였다.

버텨내고 있는 짐승의 무게를 증거하듯 부풀어 오른 근육과 혈관이 팔팔하게 꾸물대는 목과 쭉 뻗은 팔. 올려다본 소년의 시계(視界)를 가득 메운 그 의기양양한 이마. 격전 끝에 얻은 생채기가 가득한 뺨으로 흘러내리는 땀방울과 이내 세상 전부를 둘러매칠 것 같은 기세로 가득한 뺨. 단단한 턱이며 무방비하게 휜 이를 드러낸 웃는 얼굴을 해준은 영영 잊지 못할 터였다. 십수 년 평생을 보아온 하늘보다도 더 푸른 그 눈동자에 고스란히 비친 자기 자신의 벅찬 얼굴도.

그 순간만큼 해준이 '세계'를 오롯이 느낀 적은 한 번도 없었다.

—'그것'에게 상처 입어 그 피를 뒤집어쓰면…….

"경옥……."

"어르신 이름을 막 부르는 게 아니지, 꼬마. 예의범절은 개 줬냐?"

시득시득 경옥은 웃었다.

"더 살도록 해. 목숨을 귀하게 여겨라."

어깨를 눌러주며 그가 지나가는 말처럼 툭 던졌다. 해준은 억지로 공기를 들이마셨다. 숨을 처음 쉬는 아이처럼 힘껏, 들숨과 날숨을 반복했다. 썩은 냄새에 뒤엉킨 쇳내. 짓이긴 나뭇잎 냄새. 땀 냄새와 피 냄새. 활에 슨 녹 냄새와 그리고.

"저기 불빛이다. 꼬마를 찾으러 왔나 날 찾으러 왔나, 내기할까?"

그리고 이상하게 눈물이 날 것처럼 짙게 풍기는,

사내 냄새.

해준은 자신으로부터 멀어져가는 경옥의 머리카락이 아련한 석양빛으로 반짝거리는 것을 멍하니 바라보았다. 저도 모르게 손을 뻗고 있었다. 녹슨 활을 세게 쥐고 있었던 탓에 화끈거리는 손바닥으로 경옥의 넓은 등을 향해, 마치, 악몽을 꾸며 천장으로 뻗어 올린 것처럼, 엉거주춤하게, 간절히, 해준은 경옥을 붙들고만 싶었다.

덥석 그 등에 코를 박고 팔로 어깨를 얼싸안은 채 몇 번이고 몇 번이고 다시 이름을 불러주고 싶었다. 경옥, 경옥, '짐승'의 소름

끼치는 목소리가 그의 뇌리에서 씻겨져 나갈 때까지 몇 번이고.

"경……."

"오오, 봐라, 꼬마. 포졸 나리들이 용감하게도 예까지 납셨어."

빈정거리는 목소리를 감추지 않고 경옥이 해준의 어깨를 툭 쳤다. 해준은 얼른 눈가를 문질러 씻고 앞을 보았다. 경옥과 더불어 옥서산을 완전히 벗어나자 마을을 향해 이어진 논둑길로 시커먼 장병들이 기백이나 늘어서 있었다. 저마다 깃발을 높이 올리고 여러 빛깔로 구분된 띠를 두른 채 그들은 명백하게 경옥을 향해 방패를 굴렸다.

"애새낄 데리고 밤마실 다니는 취미도 다 있으셨수? 고약한 양반 같으니라고."

서른쯤 됐을까. 경옥과 비슷한 연배로 보이는 남자 하나가 종종걸음을 쳐 곁으로 오더니 목소릴 낮춰 그리 말했다. 흘끔 해준 쪽을 보는 눈길이 사나워서 해준은 활을 꾹 쥔 채 경옥의 등 뒤로 물러났다.

"역위 너를 데리고 마실을 다닐 순 없잖으냐? 하여간에 일 다 끝나고 마중을 나오다니 네 놈들 영 쓸모가 없어."

경옥은 한여름에 문득 불어오는 바람처럼 웃고, 역위라 불린 남자의 곁을 지났다. 잔뜩 군기가 들어 대열을 맞춘 병사들을 휘둘러보며 경옥은 외쳤다.

선언하듯이.

"이봐들! 길 잃은 애 데리러 예까지 와주신 건 고마운데 말이지, 흑작(黑雀)은 이 여 아무개가 벌써 소탕했으니 그리들 알아라. 시체는 내버려두면 뭐라도 와서 먹든가 썩어 거름이라도 되겠지."

선언에 응하듯 병사들이 팔을 들어 올렸다. 함성이 터졌다. 해준은 선두에 선 병사가 힘껏 아기(牙旗)를 들어 올리는 모습을 보고 비로소 눈을 커다랗게 떴다. 끝을 상아로 장식한 장수의 깃발. 커다란 천에 수놓인 그 문장을 해준은 익히 알고 있었다. 아버지가 '그것'을 잡기 위해 홀로 나섰을 때, 현령이 큰 은전이라도 베푼다는 듯 옥주부(玉州府) 문장 옆에 옥서현 문장이 나란히 들어간 머리끈을 하사했기 때문이다. 아기를 병사로부터 받아 든 경옥이 한 손으로 힘껏 그것을 들어 올렸다. 바람을 타고 깃발이 펄럭거리며 마치 불타오르는 것처럼 보이는 서녘 하늘을 감쌌다.

옥주부 문장과, 그 곁에 나란히 수놓인 왕가의 문장.

그걸 쓸 수 있는 건 한 사람밖에 없다.

"옥주(玉州) 부윤(府尹) 나리시다."

역위가 못을 박았다. 해준은 현기증에 휘청거렸다. 서녘 산기슭에 반쯤 잠긴 석양이 일렁였다. 그렇구나, 저 사람이 부윤이었구나. 결국 '그것'을 먼저 잡겠다는 결심 따위 애당초 실패한 거였구나.

서글픔보다 시원한 감정이 더 커서 해준은 놀랐다.

"부윤 나리. 이쪽의 꼬마는 어쩔까요?"

"어쩌긴 뭘 어째? 역위 너도 중군장(中軍將)씩이나 되는 놈이 꼬마 하나 가지고 별스럽게 굴지 마. 체면이란 게 있잖아? 체면."

"중요한 문젭니다, 나리."

역위는 경옥의 말에도 해준의 어깨를 쥔 손을 놓지 않은 채 말을 이었다.

"나리, 흑작은 독을 가지고 있습니다. 그 흉수에 당한 자가 새

로운 흑작이 됩니다. 이 꼬마의 옷에 묻은 피를 보니 틀림없이 상
처를……."

"상처 따윈 없다."

"나리!"

경옥은 아기를 설렁설렁 흔들며 시원스레 말했다.

"그 피는 흑작의 피야. 내가 그 꼬마를 미끼로 썼을 뿐이니 어
서 놔줘라. ……역위 자네에게는 이 여경옥이 평범한 백성을 끌
어들여 상처 입게 내버려둘 위인으로 보이나?"

"그건 아닙니다만, 매사를 확실히 하는 게 좋지 않습니까?"

"놔줘."

"그러나."

"정역위."

"……알겠습니다."

이악스레 어깨를 파고들던 손가락이 다시 한번 옷자락 위를
뒤채다, 뿌리치듯이 확 떨어져 나갔다. 갑자기 주어진 자유에 해
준은 떠밀린 사람처럼 몇 걸음이나 앞으로 나섰다. 경옥은 서낭
나무 그늘에서 처음 모습을 드러내던 순간과 똑같이 그럴싸한 미
소를 지어 보였다. 그의 옷어깨가 짙은 흑적색으로 젖었다. 해준
은 물큰 풍기는 피 냄새에 가쁜 숨을 뱉었다.

이렇게 헤어지면 안 된다. 뭐든 말을 해야 한다.

그런 생각이 들었다. 그러나 자신이 무엇을 놓치고 있는지 생
각이 나지 않았다. 머릿속에 뿌연 안개가 긴 것 같았다. 역위가
무어라 말을 하는 것도 웅웅 멀게 들리고 수백 명 병사들이 잔뜩
흥분해 외치는 소리도 전연 자신이 아는 말 같지 않았다. 남의 나

라말 같다. 아니, 짐승의 울부짖음 같다. 다만 경옥이 괜한 허세를 부리며 내뱉는 말끄트머리가 겨우 귀에 와 꽂혔을 뿐이다.

"……거다. 미끼가 되어준 용감한 꼬맹이 하나 돌려보내주는 게 뭐 어때? 가서 우리 군의 위세를 촌구석에 실컷 떠들어주면 좋지. 그야말로 망극하온 성총(聖寵)에 백성들이 감격할지도 모르니까."

그 말에도 묘하게 비꼬는 구석이 있었다. 왕도에서 온 부윤이면 해준에겐 까마득하다 못해 임금 그 자체로 보일 지경이었으니, 경옥에게 무슨 속사정이 있는지 따위 해준은 도무지 짐작할 수 없었다. '그것'에 대적할 만한 강한 힘도 눈부실 정도의 그 당당함도 경옥에겐 아무 의미가 없는 양 보였다.

― '그것'에게 상처 입어 그 피를 뒤집어쓰면…….

― 나리, 흑작은 독을 가지고 있습니다. 그 흉수에 당한 자가 새로운 흑작이 됩니다.

아아.

해준은 눈을 깜박였다. 경옥은 혈기 넘치는 그 싱그러운 육체와, 총기 넘치는 홍안과, 또한 젊은 나이에 걸머진 방백(方伯)의 감투도 가뭇없이 여겼던 걸까. 어째서, 어떻게, 그럴 수 있었을까. 해준은 이해할 수 없었다. 자신에게 십장 비슷한 권한이라도 있었던들 반드시 자기 보신부터 했을 터다. 한데 경옥은.

"돌아가라. 얼른."

역위가 조심스레 말했다. 그의 손에 반쯤 끌리듯 하여 해준은 병사들과는 다른 방향으로 내몰렸다. 빛 한 줌 남지 않는 한 밤, 홀린 사람 같은 몰골로 집에 들어서니 가족들이 울며불며 굴러

나왔다. 잔소리도 염려도 들리지 않았다. 해준은 한 가지만 떠올렸다.

　─'그것'에게 상처 입어 그 피를 뒤집어쓰면…… 그 독이 몸에 퍼져, 결국 똑같은 요수가 되어버린다.

　해준을 감싸며 '그것'의 아가리를 꿰뚫던 경옥의 팔, 꿈틀대는 근육의 움직임, 잘 갈아낸 검날을 타고 흘러내리던 피. 온 사방천지를 채우고도 남을 듯 풍기던 썩은 냄새. 쿵쾅대던 심장 소리. 자신의 커다랗게 뜬 눈에 비치던 경옥의,

　어깨에서 번져 난 피.

　그의 상처 위로 '그것'의 피가 떨어져 내렸다. 투둑투둑, '그것'의 떨어져 내린 살점이 땅에 닿는 소리는 소낙비의 첫 비꽃과도 유사하였다. '그것'의 피와 살을 뒤집어쓴 경옥을 방패막이 삼아, 해준은 미끄러지듯 주저앉아 떨기만 했다.

　떨어져 내린 핏방울이 해준의 어깻죽지를 적셨다.

　경옥의 것인지 '그것'의 것인지도 알 수 없는 피였다.

　'몰라, 그런 녀석……. 어차피 오늘 처음 만난 사람이고, 나보다 몇 배나 더 잘났잖아. 나 같은 게 걱정 안 해도……. 그래도…….'

　부윤 나리다.

　사람들이 떠드는 소리를 듣자니 왕도에서도 손꼽히는 준걸(俊傑)이었다 한다. 그 명성이 높아 따르는 사람이 구름 같으니 왕께서도 가까이 두어 도타운 신뢰를 보내셨다고. 어차피 촌에서 떠드는 소리니 한껏 과장되었을 게 뻔하지만, 숲에서 본 검 솜씨만 보아도 보통 사람이 아니라는 것만 것 사실이겠지. '그것'에게 상처를 좀 입었다 해도 그런 미심쩍은 속설 따위 염려할 필요 없을

것이다. 그런 대단한 사람이니 대비책이 있겠지. 설마하니······.

'설마 아무 대비도 없이 나 같은 거 지키겠다고 다쳤을 리 없잖아? 괴물······ 이 되는 거라구. 그냥 다치는 게 아니라, 괴물이 될지도 모르는 거라구.'

해준은 짚베개에 고개를 파묻고 세차게 도리질 쳤다. 옷자락에 묻은 피는 잘 지워지지 않았다. 팔을 고인 채 해준은 뺨을 기댔다. 피 냄새, 그리고 땀 냄새······ 낯선 사내 냄새. 웃는 얼굴이 헌걸찬 사람이었다. 몸속의 피가 약동한다는 게 무엇인지 처음으로 알았다. 사람이, 그저 인간에 불과한 존재가, 그렇게나 아름답게 움직일 수도 있는 것인지 미처 몰랐다.

'······어차피 이제 만날 일 없는 사람이니까.'

그때는 그렇게 생각했다.

첫 만남이 끝 만남이라고. 아버지 원수를 갚겠답시고 욱해서 뛰쳐나가, 아버지의 원수 그 자체에게 아비를 겹쳐 보곤 굳어 버린 멍청한 꼬마인 자신. 그 자신을 지키기 위해 위험을 무릅쓰고 검을 들어 종래엔 '괴물'을 퇴치해준 높으신 나리. 그럴싸한 미담이네. 그래, 미담이다. 그런 생각이나 하며 시간을 보냈다.

활은 잊었다.

"목소천의 아들 해준이 너냐?"

꼭 일백 일.

달이 차고 이우는 속도에 계절이 덧없이 흐르는 속도를 곱한 만큼이나 감정은 식지 않았다. 어떤 감정인지도 모르는, 복잡하게 엉킨 감정. 해준은 망가질 대로 망가진 사립 밖에 서 있는 역위를 보고 왠지 모를 예감에 입을 다물었다. 심장이 쿵, 소리를 내며 술렁였다. 답하면 안 돼, 하고.

"좋아, 대답은 필요 없다. 나는 묻기 위해서가 아니라 명령하기 위해서 온 거니까."

역위는 활을 내밀었다. 당연히 해준이 받아야 할 것처럼 당당하게. 다른 말은 덧붙이지 않았다. 해준은 섬돌을 딛고 섰다. 역위가 이끌고 온 마병이 수십 기(騎). 검고 희고 붉은 말들이 내뿜는 열기가 해준의 초가를 에워쌌다. 머리가 웅웅 울렸다. 당황하는 집안사람들이 제각기 떠들어대는 소리를 들으며 해준은 천천히 상황을 이해했다.

그러나 어째서인지 이 모든 일을 진작부터 알고 있었던 듯한 기분이 들었다.

예감이라고 해도 좋을, 그런 기분이.

"목해준은 기꺼이 왕령(王令)을 받들어, 백성을 도탄에 빠뜨리고 성덕(聖德)을 어지럽히는 흑작(黑雀)을 위복(威服)케 하라."

길게 자란 띠풀이 떠드는 듯 가느다란 목소리였다. 흔들림도 없었지만 어디에도 자랑스러운 위엄 따위 존재하지 않았다. 해준은 그의 불그스름한 눈을 올려다보았다. 아무도 없는 곳에서 그는 오래 울고 한탄하고 원망했으리라는 것을 짐작할 수 있었다. 그러나 그가 경옥에게 부여했던 가치가 무엇이었든 해준은 그에 관해 할 말이 없었다. 말해서도 안 됐다. 해준은 역위의 기억에 상감된 경옥을 훔쳐낼 사람처럼 지그시 그를 응시하고 있었다. 역위는 아무 말도 하지 않았다. 그는 지쳐 보였다. 일백 일 전, 옥서산의 울창한 숲길을 등지고 처음 만났던 날의 그와 지금의 그는 완전히 다른 사람 같았다.

"삼가 대업을 받잡겠사옵니다."

무릎을 꿇고 예를 갖추자 누군가 울음을 터뜨렸다. 고개를 숙인 채였지만 해준은 역위가 그림자만 남고 알맹이가 사라진 사람 같다고 생각했다. 그가 말하는 흑작이란 백 일 전에 경옥이 도륙한 '그것'이 아닐 것이다. 울며 떠드는 목소리가 비탄에 차 있었다. 그는 좋은 관리였다고. 정말로 사람들을 생각해주는 분이었다고. 자애롭고 지혜로워 천하에 다시 없을 귀한 분이 와주셔서, 이제는 좀 살만 하겠다 여겼는데 이리되고 말았다고.

— '그것'의 독이 몸에 퍼지면 결국 똑같은 요수가 되어버린다.

그는 가버렸구나.

짐승의 세계. 인간 아닌 것이 사는 저 깊은 숲속 어둠으로 떠나버렸구나,

하고 생각하자 슬픔도 고통도 아닌 알싸한 감각이 심장을 옥죄어 왔다. 해준은 가느다랗게 떨었다.

"목해준. 아비의 원한을 풀고 그간의 묵은 정리를 위해 분연히 나선 자네의 그 충의를 높이 사는 바다."

여경옥의 보좌, 중군장(中軍將) 정역위는 과연 범상한 인물이 아니어서 한 치 흔들림 없이 건조하게 제 역할을 다하고는 자리를 떴다. 해준은 옥서현의 문장도 옥주부의 문장도 아닌, 하잠 왕가의 문장이 의젓하게 박힌 은궁(銀弓)과 은(銀) 엽시(獵矢)를 받았다.

"그 나리는 사람들이 몹시도 사랑하는 분이었어. 준아, 그런 분을 쏘겠다니 말도 안 된다. 준아, 제발……."

"준아, 가선 안 돼. 이건 너한테 사람들의 미움을 죄 모아버리

려는 음모가 분명하다. 네 아비가 그랬듯 너도 엉뚱한 희생양이
될 참이냐? 준아."

할머니와 누이들이 아무리 울어도 해준의 마음은 흔들리지 않
았다. 해준은 홀린 듯 활을 쥐고 의복을 갖춰 입었다. 모든 일이
진작부터 정해진 것처럼 느껴졌다. 처음 숲에서 눈이 마주쳤을
때, '그것'의 피를 뒤집어쓴 그가 웃어 보였을 때, 그리하여 그 아
름다운 사내의 웃는 얼굴이 해준의 시야를 가득 메웠을 때. 순간
닿을 듯 닿지 않은 살갗에서 더운 김이 솟아오르며 해준은 제 운
명을 보았던 듯도 싶었다.

서낭나무 잎사귀마다 어둠이 깃들고 바람도 잠든 밤, 달이 뜨
길 기다리며 해준은 젖은 흙냄새를 마음껏 맡았다.

그는 한 사람을 기다렸다.

인기척을.

발자국 소리를.

혹은 숨죽여 다가오는 숙명처럼 몹시도 음험한 야습(夜襲)을.

이윽고 때는 왔다.

달이 휘영청 떠올라 무성한 나뭇가지들이 만드는 그림자 그물
너머로 가까스로 존재를 증거할 때, 그 빛 한 줄기에 의지하듯 푸
르스름한 안광을 발하며 '그것'이 모습을 드러냈다. 오래된 기억
으로부터. 그리 멀지 않은 그리움으로부터. 손 뻗어 닿을 수 있는
거리에 섰던 첫 만남의 섬광 같은 시선 너머로부터,

그가 왔다.

'이게 끝이다.'

두 번째 만남.

'다음은 없어.'

이 목숨은 하나뿐. 이제 대신해줄 사람 따위 없기에.

해준은 달빛과 나무 그림자가 뒤엉켜 푸르스름하게 빛나는 화살을 시위에 걸었다. 기이할 정도로 마음은 고요하였다. 자신의 행위 하나하나가 생생히, 억겁이 지나도 다시 기억이 날 법할 만큼이나 명징하게 보였다. 시야가 이렇게 밝을 수 없다고 해준은 생각했다.

웃었다.

— 여우를 사랑하는 이는 여우가 된다. 나찰을, 도깨비를, 비적이며 수라(修羅)를 그리워하는 이는 기어코 그리되느니.

인간은 사랑하는 것을 닮게 마련이라 한다. 어둠을 사랑하는 이는 어둠이 되겠지. 그리움이란 달을 더러 정랑(情郎)을 비추게 하며 버들 한 가지로 하여 연정을 깃들게 하는 것이기도 하겠거니 아버지는 과연 그때 저 어둠 속 짐승에게서 무엇을 보았던 것일까.

총신(寵臣)을 가을 부채처럼 내버린 고국의 무엇, 겨우 은신해 어떻게든 정 붙이고 기십 년 살아왔으되 결코 받아들여지지 못했던 타국의 무엇. 식솔들의 울음소리와 한숨. 자신을 이해하지 못하는 아들의 목소리. 그도 아니면 또 무엇을.

— 그런데도…… 율루가 그립단다. 증오하는 마음 저편에 거울로 비춘 듯 그리움이 들러붙어 있어서, 아버진 율루를 증오하는 만큼이나 참 그립다. 아직도. 아직도.

목숨처럼 아끼는 이의 눈에서 인간은 대관절 무엇을 발견하는 것일까.

— 준아, 가선 안 돼.

— 준아, 준아, 가서는 안 된다. 이건 업을 지는 일이다. 그 많은 사람의 원한을 혼자 떠안을 생각이냐? 준아.

활시위를 팽팽하게 당긴 채 해준은 마음이 평온해지는 것을 깨달았다. 입가에 떠오른 미소가 흐려지지 않았다.

모두 경옥을 쏘라며 내 등을 떠민 것이다. 경옥일지도 모른다며 두려워해서 내 등을. 그렇다, 그는 하잠에서도 제일로 손꼽히는 무관이었다. 아무도 감히 그와 대적하지 못했다. 그래서 내몬 것이다. 내몰려 괴로운 일을 떠안고, 운수 나쁘게도 업을 받았다. 괴물을 잡으러 와 괴물이 되고 말았다. 다시 돌아가지 못할 몸이 됐다. 밤 어스름에 숨어 더는 인간의 말을 하지 않게 된 그는 더욱이나 흉포한 존재였을 테고 그 누구도 그에게 손을 댈 수 없게 됐다.

원망도, 피도, 상처도, 모두 두려운 것이다. 무서워서 이 활을 떠넘겼다.

그러나 나는 죽지 않는다.

나는 쏠 것이다.

"……."

'그것'은 무언가 말했다. 산 그림자에 기대 바위인 듯 수백 년 수령의 소나무인 듯 천지사방을 약동하며. 해준은 '그것'의 목소리를 들었다. 시위를 떠난 화살이 허공을 갈랐다. '그것'의 형형한 눈이 인린했다.

나는 죽지 않는다.

나는 쏜다.

경옥이라도. 경옥일지라도.

"……경옥."

검은 짐승은 틀림없이 경옥의 얼굴을 하고 있었다. 해준은 그 이름을 불렀다. '그것'이 자신의 이름을 부르지 않으므로 자신이 '그것'의 이름을 불렀다.

"경옥, 내 이름을 불러. 경옥."

'그것'은 답하지 않았다. 결코 해준을 부르지 않았다. 웃지도 울지도 않는 목소리로 '그것'은 바람 소리처럼 혹은 물소리처럼 끊임없이 말을 건네 왔다.

쏴라. 나는 이미 짐승이 되었다.

푸른, 다른 색 하나 섞이지 않은 완전한 푸른빛의, 그 눈동자가 똑바로 해준을 되비쳤다. 해준은 그 눈 속에서 웃고 있었다.

"경옥. 내 이름을 불러, 제발…… 경옥."

인간은 제가 사랑하는 것을 닮는다. 사랑하는 이의 눈 속에서 슬픔을 읽은 자는 슬픔을 닮고 고통을 읽은 자는 고통을 닮는다. 도깨비를 사랑하는 이는 도깨비를. 여우를 사랑하는 이는 여우를.

그러면 경옥, 너는.

"경옥."

너는 내 눈에서 무엇을 읽고 무엇을 가져갔느냐.

"경옥, 제발…… 내 이름을."

핏방울이 번진다.

밤 어둠 속에서 그것은 꽃망울이 터지듯 시야 여기저기에 꼭 한순간만 선명할 점을 찍는다. 해준은 눈을 감지 않았다. 화살을 쏘고 또 쏘았다. 얼어붙은 공기가 새파랗게 경련하며 시야 저편

으로 실어 보낸 화살이 몇 번이고 '그것'의 몸을 꿰뚫었다. 꽃망울
은 그때마다 터지고 또 터졌다. 땀 냄새, 큰 소리로 떠들며 팔을
뻗어 왔을 때 풍기던 낯선 냄새, 옷자락에 배어 영 가시지 않던
피 냄새. 경옥은 해준을 감싸 숨결이 닿을 거리에서 눈을 마주하
였을 때 무엇을 보았을까. 해준은 묻지 않았다. 경옥, 내 이름을
불러. 답하지 못할 것을 알면서도 소리 내어 외쳤다. 손을 뻗어도
이제 닿지 않는다. 달빛이 무정하게 떨어졌다. 스산한 바람 사이
로 얼음장처럼 시리디시린 핏방울. 상흔은 입맞춤처럼 더운데 짐
승의 피는 차다. 더 살도록 해. 목숨을, 이 비천한 목숨을, 귀하게
여겨라. 어지러운 춤사위처럼 조각조각 빛나는 달빛. 벅차오른
심장의 고동 소리. 해준은 빈 주먹을 꽉 쥐었다. 증오하고 그리워
하며 인간은 대체 무엇을, 보는 것일까, 대관절 무엇을. 아, 어쩔
수 없지. 첫눈에 반했으니까. 그렇게 말하는 장난스러운 목소리
를 들은 듯도 싶다. 아니, 그건 자신의 목소리일까. 잔뜩 허세를
부리며 뒤늦게 떠들어보는 치기일까. 아무래도 상관없다. 해준은
입꼬리를 떨었다. 흐느낌을 꾹 삼키고 한순간이라도 더, 더, 하고
스스로를 다잡았다. 허공을 선회하며 흩어진 피꽃을 그는 영원히
잊지 않을 작정이었다. 아무것도 남지 않은 후에야 눈가에 흘러
넘칠 눈물은 온전히 경옥만의 몫이다.

　'……그러하니 경옥, 피꽃 난만한 이 세계를 힘껏 살아볼까.'
　세계를 부술 듯 상처 헤집으며 끝나버린 사랑이었다.

요
원

나는 구름과 구름 틈새에 있었다.

천둥의 씨앗이 어디에서 발아하는지 볼 수 있는 동시에, 한 떼의 사람들이 지른 불이 어느 기슭에서 잦아드는지도 알 수 있는 곳이었다. 구름 아래 사람들은 나를 선인(仙人)이라고 불렀고, 구름 위의 사람들은 나를 덜된 것이라고 불렀다.

나는 구름과 구름 틈새에 있었다.

한 뼘 어름의 성취가 부족해서 나는 구름 위로 가지 못했다. 겨우 그딴 게 억울해서 벌벌 떨 만큼 어리석진 않아도, 천 년씩 숨을 죽이고 유유히 견딜 만큼 의젓하지도 않았던지라 나는 다른 '덜된 것'이 으레 그리하듯 부족한 한 뼘을 찾아 헤맸다. 탐색은 구름과 구름 틈새를 벗어나 저 아래를 향하기 시작했다. 시야에 밟히는 개미 떼 같은 인간들 쪽으로. 무르녹은 과실에 퍼지는 곰팡이처럼 들끓는 저 땅의 모든 먼지 사이로.

덜된 내가 보아하니 세상에는 적이 필요했다.

그런 세상이었다.

세상에는 적이 필요했다.

희귀한 일도 아니었던 가뭄이 동쪽 끝의 비옥한 평야를 갈라 놓았을 때부터 그랬다. 갑작스러운 전염병이 바로 그 가뭄 곁에서 고요히 번져나가기 시작했을 때. 숨이 끊어지기 전까지 모두가 목 놓아 울며 한탄했다. 그들을 위해서라도 세상에는 적이 필요했다. 살아남은 사람들에게는, 적이 필요했다. 무엇 때문에 그들이 엎어져 울어야 하는지 최소한 이유가 있기를 모두가 바랐기에. 그것이 괴조 때문, 이라고 누군가 말했다. 그것은 바로 제왕의 죄 때문, 이라고 누군가 속삭였다.

풍문은 구름을 타고 하늘 저편으로 뻗어나가 크고 작은 도적을 부르더니 이내 그것이 일군의 무리로 불어났다. 그들은 가장 북쪽의 성벽부터 무너뜨렸다.

각지에서 불어난 그 무리에 하나둘 이름이 붙고, 어떤 적을 처단하겠다고 외칠 즈음 나는 구름 아래 세상에 약간 익숙해진 참이었다. 나는 가난한 사람들 사이에 엎드려 똑같이 흙을 파먹고, 빨갛게 열 오른 갓난애들을 대신 얼러주며 살짝 고쳐주곤 했는데 그런 걸로는 부족한 한 뼘을 채울 수 없어 고민에 차 있었다. 구름 위의 법도는 엄했다. 선인은 본디 구름 아래를 한 줌의 붉은 먼지로나 여기게 마련이었는데, 바람이 불면 흩어져버릴 먼지 따위에 마음을 주어서야 구름 위에 설 수가 없는 것이다.

나는 구름에 오를 둥 말 둥 하던 수행자의 말석 무렵, 스승 비슷한 자에게서 오래된 이야기를 들은 적이 있다.

힘겹게 우화등선을 하여 구름 위로 오를 자격을 얻은 이가, 소싯적 부모가 울며 마소의 모습으로 나타나자 그만 마음이 흔들려서 발 밑을 보고 말았다고.

그런 애석한 짓을 저지를 수야 없었다.

나는 본디 지상의 무지렁이일 적에 발에 흔히 채는 미천한 생물이었고, 수명 또한 가을 이슬처럼 짧기 그지없었다. 덕분에 등선하기 전의 가족 같은 끈끈한 무엇이 내게 남아 있을 리야. 다행스러운 계산이 서자 나는 행동을 서둘렀다. 마음을 붙들리기 전에 얼른 내게 부족한 한 뼘을 얻어 훌쩍 도로 날아오르면 되리라고. 그래서 나는 전쟁이 휩쓸고 간 어느 마을 구석에 가서 슬그머니 사람들 틈에 끼어 앉았다.

처음 인간 흉내를 내는데 저 무식한 족속에게 설마 들키겠는가, 하고 내심 비웃으면서.

거기에서 왕의 별을 타고 난 이를 발견했다.

그자는 이미 한 무리를 이끄는 몸이었는데, 때가 그의 등을 밀어주고 사람이 그의 발치에 초개처럼 쓰러져주고 하늘이 그가 가야 할 지평선에 별을 띄워주었던 덕분이다. 섭능윤(葉能允)이라고 하는 그 사내는 이미 사라진 어느 왕가의 말석으로, 죽을 자리에서 살아남고 불행을 기회로 삼아 큰 싸움에서 승리할 팔자였다. 과연 얼마나 운이 좋았던지 능윤은 별 볼 일 없는 촌구석에서 걸음을 멈추더니 넝마주이 같은 인간들을 하나하나 보듬어주고, 그중에서도 나를 골라 '가엾다'며 손수 챙겨 자기 무리에 끼워주었다.

나는 다른 이들을 따라 그를 주공이라고 불렀다. 그러자 능윤은 내게 요양(遼陽)이란 이름을 붙였다. 요양 땅의 담벼락 아래에서 나를 주웠기 때문이다. 요양 땅의 처마 아래, 울타리 곁, 시체 위에서 만난 다른 모든 인간은 능윤에게 큰절을 올리며 사방으로 흩어졌으며 그들의 뒤통수를 따라 능윤의 이름도 함께 널리 퍼졌다. 그가 요양에서 마주친 것 가운데 오직 나만이 그의 깃발 아래에 남았다.

그러니 나는 그에게 요양이었다.

'호걸이라 불리는 이의 곁을 지키자면 큰 기쁨도 대단한 절망도 닥칠 터이니, 개중 내가 손을 보태어 한 뼘을 채울 일도 마땅히 있으렷다?'

계절이 몇 번 바뀌기 전에 때가 왔다.

능윤이 행차하는 곳마다 적과 의형제가 여럿 생겼는데, 개중 이름을 떨친 의형제 풍약의(馮若儀)와 객장 송경성(宋景星)의 활약으로 장택(長潭) 땅을 차지했을 무렵이었다. 풍약의는 진작부터 파양왕(鄱陽王)이라 불리며 장택 일대를 다스린 바 있는 명사였으나, 송경성은 멀리 동악(東岳)에 면한 변경 담성(郯城) 출신이라는 것만 알려진 촌뜨기에 불과했다. 일테면 초출한 청년이 굉장한 전공을 세운 셈이다. 고작 약관의 애송이 송경성의 등장은 군주인 능윤에게 있어 대단한 호재였다. 사람들은 대대로 고관이었던 이들이 뜻을 꺾고 소속을 바꾸는 것보다, 알려진 바 없는 인재의 출연을 더 값어치 있게 여기고 화젯거리로 삼았기 때문이다. 능윤은 장택의 절곡관(竊曲關)에 자기 깃발이 오르자 풍약의의 활약을 축하하고 나아가 송경성이라는 새로운 막하를 환영하기 위해 연회를 열었다.

봄이었다. 보리가 패어 사방이 푸른 시절.

연회는 때가 때인 만큼 화려하지는 않았으나 모인 사람 면면이 두루 승리의 기쁨으로 빛났으며 식탁 또한 풍성했다. 대단한 제후와 거상이 그득한 대처만큼은 아니라도 나름대로 장택 땅 얼룩 염소의 고기며 말린 과일, 독을 빼내고 푹 삶아 돌이끼 향신료로 버무린 버섯 요리로 접시가 모자랄 지경이었다. 넉넉하게 끓인 좁쌀죽을 성안의 사람들에게 두루 내렸고, 아껴두었던 기름에다 콩 싹과 숲기러기의 살도 볶아 차렸다. 나는 온갖 향기로운 냄새에 마음이 동했으나 구름 위로 나아갈 날을 그리며 참았다. 좁쌀죽만 조금 쪼듯이 먹고 남은 것을 더 배고픈 이에게 주었다. 한 뼘, 오로지 한 뼘이 부족하여 나는 여즉 이 헛된 음식 따위에 흔들리는구나 생각하니 도리어 억울하기 이를 데 없었다.

그때 내 눈에 질그릇 접시가 하나 들어왔다.

능윤의 의형제, 파양왕이었던 그 남자 풍약의가 호천떡 한 접시를 내놓은 것이었다. 자기 백성들이 현군을 맞이하여 어렵게 마련한 것이라며 말이다. 호천떡이란 일종의 꽃꿀을 섞은 촌스러운 주전부리인데, 장택뿐 아니라 천하의 서쪽에서는 꽤나 널리 알려진 흔한 종류였다. 대륙 서부에 두루 자라는 호천목의 꽃꿀을 섞어 거친 곡물가루로 쪄낸 별미. 어린 시절을 서악(西岳) 끝 줄기 골짝을 누비며 지낸 섭능윤이니만큼 호천떡에 조청을 한 번 더 발라 먹는 걸 몹시 좋아하는 모양이었다.

"귀한 것을 가져오셨구려, 아우여!"

군주가 당장 치하하며 접시를 받았다. 나는 그 떡에 복어 독이 묻어 있는 걸 알고 몰래 웃었다. 드디어 한 뼘을 채울 때가 온 것이다. 가슴이 콩콩 뛰었다. 선적에 오르기 전, 청운의 꿈을 품고 하늘을 올려다보던 헛된 목숨붙이였을 때처럼 말이다.

나는 쉬운 일을 했다.

감추었던 신통력을 한 자락 풀어내어 능윤의 곁으로 다가가, 어리고 가여운 얼굴로 벙싯 웃었다.

"주공, 그 떡이 정말 향기로워요. 저는 이런 걸 처음 봤답니다."

능윤의 시선이 내 얼굴에 와 닿았다. 그리고 마른 목줄기로, 또 마음 깊이 그의 동정심을 이끌어낼 만큼 처연하게 축 처진 어깨로 가련하고 청초한 자태였을 터다. 아마 지금 내 자태를 보면 그 누구도 한때 이 몸이 두더지 한 마리였단 걸 짐작하지 못하리라.

"내 백성이 배를 곯는데 군왕 된 몸으로 꿀에 혀를 맡길 수야 없지."

그는 그리 말했다.

섭능윤은 사라진 왕가의 말석으로 태어나, 척박한 산과 들을 누비며 살아남았고 이제는 그를 따르는 수십 개의 깃발들을 앞세워 그가 한 번도 당도한 적 없는 먼 광야로 나아갈 참이었다. 그는 어린 시절 누구보다도 절실하게 호천떡 한 조각을 먹고 싶었을 터이며, 지금도 따뜻한 떡의 온기에 군침이 동하였다. 그런데도 눈가에 그럴듯한 주름을 잡으며 활짝 웃었고, 냉큼 떡 접시를 내게 내민 것이다.

'그는 살겠구나.'

승리까지야 내 알 바가 아니었다.

선량함과 과감함을 갖추었다고 하여 더 높이 오르고, 사악한 술수를 저질렀다고 하여 고난의 구렁텅이로 거꾸러진다는 그런 법은 세상에 없다. 나는 한 마리 두더지로서 진탕을 기면서 견뎌

244

낸 끝에 구름과 구름 틈새에 올랐으며 더 높은 저 상천(上天)의 보랏빛 궁전을 넘겨다보기도 하였으나, 그곳의 상량문에는 근엄하고 아름다운 말만이 찍혀 있었다. 좁쌀과 누룩에 대해서도, 거칠거칠한 시골 꽃떡에 대해서도, 변방의 왕으로 승승장구하다 자기 의형제에게 독을 먹이고 싶어 하는 남자에 대해서도, 거기에는 적힌 바 없었다.

오욕과 영예도, 권선과 징악도 내게는 하잘 것이 없으니, 나는 그저 한 뼘만 더 얻고 싶었다. 그러면 붉은 흙먼지와 시체 썩는 냄새로 가득한 이따위 땅을 영영 떠나 그 부유한 곳, 상아와 달이 슬로 가득하고 훨훨 날아다녀도 되는 세상으로 갈 것이다.

나는 능윤이 주는 호천떡을 받아 끝을 베어 먹는 척하다가 소매에 감추고는 슬쩍 연회장을 벗어났다. 내가 떠난 자리는 어린애에게 자비를 베푼 군주를 향한 호사스러운 상찬으로 떠들썩할 터였다. 나는 혀끝에 고인 독을 뱉어낸 후, 남은 떡을 잎사귀에 감싸 성벽 저편으로 던져 버렸다. 지지부진한 전쟁이 만든 시체들이 나가는 곳, 쓰레기로 가득한 구렁으로.

이제 영웅은 살 것이고, 나는 저 구름 위로 돌아가리라.

두껍게 낀 비구름이 먼 지평선에서 버글거렸다. 나는 눈을 가늘게 뜨고 그 틈새로 티끌처럼 비칠 빛을 헤아려보았다. 한바탕 비가 내린 후 벗갤 구름 너머로 나는 갈 것이다.

의기양양했던 것이 문제일까.

큰비가 지나자 봄꽃은 이때다 싶어 우르르 떨어지고 서쪽 먼 골짝에서 부는 바람도 녹아내리고 나무들은 잎사귀를 손바닥만하게 번쩍번쩍 펼치고 나는 똑같이 더러운 땅에 두 발을 딱 붙인 채 서 있었다. 나는 벽 틈에서 기어 나온 벌레를 보고 왁왁대며 이리저리 뛰어다니는 깨벗은 애새끼들 사이를 피해 망루로 향했다. 먼 지평선은 고요했고 내 몫이 아닌 구름들이 떼를 지어 저편으로 몰려갔다.

견고하게 쌓아 올렸던 신통력의 어느 언저리가 스르르 녹는 것이 느껴졌다. 잔설이 봄비에 조금씩 허물어지듯이.

나는 한 뼘을 더 얻기는커녕 잃고 있음이 확실했다.

연유를 알지 못해 속이 잔뜩 상한 채 몇 식경이고 기다리다가, 어스름이 닥친 후에야 마음을 굳혔다. 아까운 힘을 조금 더 헐어써서 일대의 지신(地神)을 불러 모아 올러멨다.

"대관절 내가 행한 일이 저 오래된 모과나무만큼은 될 터인데, 저놈의 나무는 은근히 그 연홍색 꽃망울을 터뜨리는 와중에 어찌하여 이 몸은 시궁창 위를 뛰어 건너야만 하는고?"

나는 날고 싶었다. 두 발이 젖거나 두 손이 긁히거나 두 눈이 먼지로 흐려지기를 바라지 않았다. 그런 시시한 삶은 버렸다.

이제 천선(天仙)이 되어 마땅하건만 이 몸의 덕분으로 독을 걷어내어 목숨을 부지한 저 영웅의 장래를, 지엄하신 하늘은 아직 눈치채지 못하였는가?

분통을 터뜨리는 내게 두더지를 타고 온 지신이 말했다.

"모르는군. 그대가 한 뼘을 얻기는커녕 잃었다는 걸."

"내가 잃었다고? 어찌하여?"

"그대는 아시는가? 그대가 저 섭가의 손에서 무엇을 받았는지. 그 떡에는 독이 묻어 있었다오."

"허, 천선에 한 뼘 모자란 몸이기로서니 선적에 든 자가 그것을 모를까? 내가 섭가를 구해 큰 공덕을 쌓고자 하였음이야."

"그러면 먹어 없애지 않고선! 그대 목숨을 버렸다면 적어도 잃지는 않았을 게요."

"잃다니, 내가, 대관절 왜! 왜? 무얼?"

두더지가 보이지 않는 눈 앞을 앞발로 긁었다. 나는 한때 저것이었다. 미물이 미물로 남아 흡족하기를 거부하고 온갖 고통을 견뎠기에 나는 저 구름 위를 거닐 수 있었다. 사람들은 이제 나를 선인이라고 불렀다. 한 뼘을 더 보태면 천선이 될 참이었다.

"그대가 던진 떡은 어느 시체의 썩은 허벅다리 살 위에 떨어졌다오. 시체의 옷을 벗겨 가려던 노인이 뼈에 뒤엉킨 속옷을 잡아당기는데 그 떡이 데굴데굴 굴러 나왔지. 노인은 차갑게 식은 그 떡을 보고 얼른 주워 품에 감추고는 집으로 돌아가 온 가족이 나누어 먹었다네."

지신들이 높고 낮은 목소리로 수군거렸다.

"한 뼘을 얻기는커녕 한 뼘 반을 잃었구나."

"구태여 두 뼘 반은 더 얻어야 등선하겠구만."

"그사이 진세(塵世)를 누벼 두 발은 검게 탈 것이고 손가락 끝은 거칠어질 것이며 기름진 음식을 탐하여 침을 삼킬지어니."

"붉은 먼지 사이에 파묻힌 몸이 되어, 이내 꽃향기에 마음이 동하고 듣기 좋은 노랫소리를 흥얼거릴 터. 비가 오면 비가 오는 대로 눈이 오면 눈이 오는 대로 때로 즐겁고 때로 서러우리."

괘씸한 두더지들이 지신을 신고 사라졌다. 나는 한때 저것이었다. 이제 사람들은 나를 선인이라고 불렀는데, 한 뼘이 부족하여 천선들은 나를 그저 덜된 것이라고 일렀다. 그래서 나는 구름을 벗어나 잠시 이 더러운 흙 위에 내려앉았다. 한 뼘을 얻기 위해.

한데 이게 무슨 꼴이란 말인가?

나는 알았다.

내가 죄를 짓고 말았다는 사실을.

배를 곯는 이들의 삶을 돌보지 않은 죄, 무지의 죄, 독을 주워 먹고 시체를 헤집는 허기를 상상하지 않은 죄. 그 죄로 나는 한 뼘을 더 잃었다. 신통력은 이제 찬 바람을 맞아 비틀대는 모기나 다를 바 없이 하찮았고 두 다리는 점점 무겁게만 느껴졌다. 나는 아주 마음이 상해버렸다. 가여워하며 혹은 비웃으며 제물을 받아먹고 흩어지는 지신들이 부러웠다.

구름은 계속해서 저편으로 밀려갔으나, 어떤 바람도 나를 휘감아 함께 데려가주지 않았다.

나는 먼 구름 아래에서 그저 미물 같았다.

계절이 하릴없이 지났다. 절곡관에 의기양양하게 깃발을 올린 후 달이 몇 번 차고 이울도록 섭능윤은 장택을 벗어나지 못했다.

"요양아."

능윤이 연못가에서 철 이른 낙엽을 구경하던 나에게 다가왔다. 나는 신통력을 가능한 한 아끼기 위해, 물 위를 뛰어노는 대신 마른 잎사귀가 수면에 그리는 동심원을 헤아리며 시간을 허비했다. 세월이 낙엽처럼 져버린다는 감상에 젖어, 군주가 나를 다시 불렀다.

"요양아."

내게는 시간이 커다란 봉새의 깃털보다도, 사해구천을 이루는 물방울과 구름 먼지보다도 많았기에 그의 초조한 심정을 이해하기 어려웠다. 그러나 그는 내게 이해를 바랐다. 요양아, 하고 나를 부를 때 그는 더 이상 요양의 무너져가는 담벼락과 그 그늘에 모여 앉아 죽을 날을 헤아리던 가여운 사람들을 떠올리지 않았다.

그는 호천떡을 기억했다.

연회에서 기쁘게 받아 들었던 한 접시의 따끈따끈한 떡을. 몹시도 식욕이 치밀었던 그 찰나의 섭능윤 자신을. 그럼에도 사람들의 시선을, 대업을 이룬 자신을, 혹은 한 톨 정도의 연민을 끝내 저버리지 않고 내게 떡을 베풀었던 순간을 생각했다.

그에게 그 순간은 '대업'을 위해 몸을 일으키거나, 첫 번째 승리를 거두어 도적무리를 무릎 꿇리거나, 장택 땅을 손아귀에 넣고 마침내 절곡관의 장수로 상아 깃대를 꽂던 것만큼이나 위대한 것이었다.

나는 그에게 승리의 상징이었다.

사람들은 그날의 기억을 멋대로 윤색하며 말을 옮겼다. 어떤 사람은 빌어먹던 계집애에게 주공께서 떡 한 접시를 주었다고 했고, 어떤 사람은 도적의 아이를 가져 죽어가던 아가씨가 떡을 내준 자비로움에 마음이 움직여 눈물을 지었다고 했으며, 또 어떤 사람은 유민의 무리에 섞여 들어왔던 암살자가 고향에서 먹던 떡을 받고는 뜻을 꺾었다고도 했다.

마지막 이야기는 그나마 흥미로웠다.

능윤의 의형제인 풍약의가 과연 호천떡에 독을 바른 장본인이었는데, 능윤은 그 사실을 어느 틈엔가 눈치채고 그를 다시 설복했다. 암살자가 뜻을 꺾었다는 결과만 놓고 보자면, 일견 소문에는 진실된 면이 있는 셈이다.

적이었다가 의형제가 되었다가 다시 영광된 순간 배신하려 들더니 결국 가장 충성스러운 심복이 된 풍약의는 이제는 유명한 청년장수가 된 송경성과 더불어 옛 진나라의 중심이었던 심주(深州)를 장악할 전략을 내놓았다.

다만 전쟁에는 뜻 말고도 많은 것이 필요했다.

때와, 운수와, 그보다 더 많은 황금과 목숨이.

"무엇을 그리 고민하세요, 나리?"

나는 어엿한 소녀였다. 뺨은 그야말로 복숭아 같고 머리채는 우거진 등나무 꽃다발처럼 화사했다. 군주는 가여운 고아에 불과했던 나의 성장을 대개는 즐거운 성취로 누렸으나, 오늘은 그의 노쇠의 결과물처럼 느끼는 모양이었다.

"……요양아, 일을 하나 해보려느냐?"

나는 그가 지는 낙엽과, 자신의 늘어가는 흰 머리와, 다소 둔해지기 시작한 근육을 떠올리고 있다는 걸 알았다.

"나리께서 제게 원하시면 기꺼이 따를 밖에요."

겨우 한 뼘이 부족해 구름 위로 가지 못한 나는, 그가 내다 건 목숨 하나가 되어볼까 하여 사르르 웃었다.

그를 위해 죽는 것을 하늘은 과연 고귀하다 여겨줄지는 알 수 없었지만.

"요양, 내가 부족하나마 올바른 뜻 하나에 기대 먼 길을 왔음을 믿느냐?"

"다시 이를 말씀인가요? 무너진 담벼락 아래 앉아, 흙더미에 파묻힐 날만 기다리던 촌것에게 떡 한 접시를 나누어주신 분은 나리뿐이었답니다. 절벽에 던져버릴 가을 부채나마 아깝게 여기신다면 마음껏 주워다 써주세요."

"너는 아느냐? 석계가 울면 이에 호응해 천하의 닭이 일제히 울기 시작한다, 는 이야기가 있단다."

"돌로 된 닭이 어찌 운답니까? 요양은 어리석어서 나리의 크신 뜻을 알 수 없어요."

"돌로 된 닭이 울 듯 하늘이 뜻을 허락하시고, 때가 무르익고, 사람의 정성이 팔방을 채우면 비로소 천하가 응답하리라는 의미일 게다."

"하여서, 나리께서는 때가 무르익기를 고대하고 계신가요?"

"길게 드러누워 기다린 끝에 머리카락은 희게 바래가고 두 다리는 전처럼 빠르게 달리지 못하는 꼴이 되었구나. 요양, 내가 정성이 부족한 탓이겠느냐?"

"저 같은 촌것이 어찌 알겠어요?"

"요양, 사람은 저 하늘에서 내려다보자면 크고 작음과 늙고 젊음의 사소한 차이만 있을 뿐 똑같이 보잘것없을 게야. 그러니 나는 감히 정성을 더하여야겠다."

"나리의 막하에는 객장이 구름처럼 모여들었다 하던데 어째서 저 같은 촌것에게 이런 일을 맡기시나요?"

"너는 글을 모르고, 너는 가여우나 충성스러운 백성이며, 너는 기꺼이 나를 돕겠다 하였기에 함께 하늘의 뜻을 기다리고자 한다."

"자, 그럼 나리. 요양이 무엇을 할까요?"

"객장이었으나 지금은 내게 형제와도 같이 귀한 분이 된 송경성을 알고 있겠지?"

"물론이에요. 그분이 안 계셨다면 절곡관의 성문은 바스러지고 이 푸른 못도 피로 물들었을 거라는 노래를 저도 들었답니다.

온 동네 아이들이 부르거든요."

"경성의 고향이 멀리 동악(東岳) 기슭이라는 것도 아느냐?"

"나리께서 일전에 말씀하셨죠. 호천떡을 만들 때는 귀한 재료가 들어가는 것은 아니나, 동쪽 기슭의 괴화는 겉보기엔 닮았어도 호천나무 꽃과는 달라서 떡을 찌지 못한다고요. 날것으로 가루를 받아 납작한 약을 만들 순 있는데 쪄버리면 쓴맛만 남아 짐승도 피한다 하셨죠."

"그래. 그 동쪽 기슭, 바로 그 동악이란다. 요양, 나를 위해 저먼 동악의 담성으로 가서 귀한 분께 서신을 전해다오."

송경성은 멀리 동악에 비스듬히 끝을 기댄 변경, 이른바 담성 출신의 객장이었다. 그는 젊었고, 그 젊음만으로는 설명하기 어려울 만큼 빛나는 열정과 무재(武才)를 지닌 사람이었다. 그는 불현듯 나타나 벼락처럼 이름을 떨쳤다. 놀라운 승리는 기적과 다르지 않았고, 이야깃거리가 명성의 살을 불리는 동안 그의 선택은 어떤 사람들에게는 천명처럼 받아들여졌다. 자연히 섭능윤은 하늘이 자신을 택했다는 증거로서 경성을 내세웠다. 유망한 청년 장수가 선택한 주인이니 천하의 새로운 해답으로서 온당하지 않으냐는 그 방만한 믿음이 능윤의 발자국을 이루고 있었다.

한편 송경성은 사람의 자식이었기에 하늘에서 내려온 나와는 달리 일가붙이라는 것이 있었다. 능윤은 경성의 가족, 그러니까 괴화 가루로 떡조차 만들어 먹을 수 없는 동악 산골에 파묻혀 사는 촌사람들에게 서신을 전할 요량이었다.

내가 맡은 일이 그것이다.

'뭐라고 적혀 있을까?'

천선이 되면 만물에 통달한다지만 나는 한 뼘 부족한 두더지, 아니, 아직은 한 뼘 반 정도만 부족한 항아 나부랭이였기에 호기심이란 걸 품고 있었다. 골치 아픈 게 싫어서 글 따위 모르는 척 가장하는 중이니 능윤은 허술한 풀로 붙인 종잇장을 대나무 조각에 말아서 내게 떡하니 맡겼다. 나는 내용물을 훔쳐볼까 말까 망설였다.

그깟 서신 하나 못 훔쳐볼 만큼 능력 없는 몸이 아니니 말이다.

'요런 짓을 하다가는 당장 두더지가 되어버리는 게 아닐까?'

슬슬 겁이 나는 걸 보니 구름 위의 유유자적한 선인 노릇에서 한참 멀어지긴 한 모양이다. 나는 부족한 한 뼘을 채워보려고 지상에 내려왔다가 석 뼘, 넉 뼘쯤 부족한 몸이 된 내 신세가 처량했다. 두더지에서 선인이 될 때까지 얼마나 고생을 했던가.

'우리 주공이 천하를 구해서 영웅이 된다면 나도 두어 뼘 넘치게 채울 수 있지 않겠는가?'

그런 희망을 품고, 나는 발을 재게 놀렸다.

한 뼘 반을 잃었어도 분투하여 더 잘 해내면 그만 아니냐. 두 뼘이나, 혹여 잘 되어 세 뼘 채울 수 있다면야 손해도 뭣도 아니다. 당장에 저 구름 위로 돌아가서 유유자적하게 노닐 테다. 천의(天衣)를 제비 날개처럼 훌훌 떨치며 옅은 이슬 위를 날고 구름 틈새로 잠시 잠깐 보일 모든 무지렁이 미물들은 다시는 안 보아야지. 그렇게 마음을 다잡고 한참을 걷다가 뒤를 돌아볼라치니, 세상은 하늘에서 내려다보던 것보다 가깝고 복잡하고 더러웠으며 또한 광활했다.

그즈음 나는 몇 마리의 파리와 떠날 때를 놓친 귀뚜라미 몇 마리를 거느리게 되었다. 대단한 이지를 깨친 놈들은 아니었으나 막연하게나마 선계의 정취를 느끼고 곁을 떠도는 모양이라, 나는 모처럼 은혜를 베풀어주었다.

그리고 거느리는 놈들도 있는 몸이니 가슴을 당당하게 펴고, 가는 곳마다 지신을 불러 상황을 척척 물어보았다. 파리떼도 귀뚜라미도 그런 내 모습을 우러러보았다.

"지신이여, 이 몸의 자태를 보아하니 어떤가? 그대도 두 발에 묻은 흙을 털어내고 이 몸의 뒤를 따르겠다면 쾌히 허락하겠네."

파리떼도 귀뚜라미도 거두었으니, 지신도 몇 거두어 나와 같은 선인으로 나아갈 길을 안내해줄까 싶었다.

"어린 두더지여, 그대는 인간을 속였다 여길지 모르겠으나 그들은 몹시 영악하다네."

하여간 이곳 지신들은 중천의 선녀 나리를 존경할 줄 모른다며, 나는 혀를 찼다. 이 몸이 아무리 두더지였다 해도 구름을 밟고 다닌 세월이 얼만데 인간 따위에게 속아 넘어가겠는가 말이다. 애당초 섭능윤은 나를 그저 요양 땅 담벼락 앞에서 주운 유민인 줄로나 알 뿐인데, 속고 속이는 것도 뭐 이용 가치가 있어야 할 것이 아닌가.

"거기 가시는 밭쥐(田鼠) 신선 나리."

절곡관에서 멀어져 까마득한 계곡을 하나 지나고 산을 둘쯤 넘으니 주변 풍광도 색을 바꿀뿐더러 지신들도 예의가 발라졌다. 그러나 아무리 좋은 낯을 하고 공손하게 군들, 지신들은 지신들일 따름이었다.

"누가 쥐란 말인가?"

"말 한 마리 양 한 마리 거느리지 않고 홀로 대지를 누비는 신선 나리가 아니라 또 누구겠습니까?"

"말도 양도 구름을 밟고 올라서면 하잘것없어 거느리지 않는 게야. 그리고 나는 쥐가 아니다."

"아무렴, 지금은 어엿한 아씨지요."

지신이 눈치를 살살 살폈다.

나는 그 지신이 엄연히 나를 따르는 중인 파리와 귀뚜라미를 무시해버린 것이 언짢았으나, 다투기 싫어 입을 다물었다.

"신선 나리께서 오시는 그 맑은 기운이 백 리 밖에서도 느껴지지 뭡니까. 여기 아껴두었던 열매를 잔뜩 바치니, 저희 땅을 축복해주십시오."

"오냐. 내 비록 지금은 포의를 걸치고 붉은 흙을 몸소 밟고 다니는 몸이나, 훗날 구름 너머로 돌아간 후에 보랏빛 안개를 두르고 살날이 온다면 반드시 너희 정성을 기억해주마."

그리하여 정성을 보아서 지신이 올린 개암 열매에다 소금 한 조각을 얻어먹긴 했다. 별맛도 없고 호사스럽지도 않은 걸 보아하니 지신에게 와서 누가 치성을 드리는 것 같지도 않았고, 주위 땅덩어리에 크게 사람들이 모여 살며 재미볼 여지도 없을 것이 뻔했다. 나는 약간 자존심이 상했다. 장사치가 득실거리고 넓고 기름진 땅에 붙은 지신이라면, 길 지나는 두더지에게 와서 먼저 고개를 조아릴 리 없다는 걸 떠올렸기 때문이다.

이렇게 속세 일에 기분이 상하면 안 되는데, 역시 너무 오래 지상에 머물렀다.

슬슬 다시 떠날 채비를 갖추며, 나는 지신이 내 어깨 너머를 기웃거리는 꼴을 도저히 못 본 척할 수가 없어 물었다.

"뭘 보느냐?"

"다름이 아니라…… 신선 나리. 저 뒤에 꼬리처럼 달고 다니는 불길한 무리는 누구랍니까? 나리를 따르는 인간들인가요?"

그야 물론 거리를 두고 나를 지켜보는 자들은 필시 섭능윤의 천리안 역할을 담당한 것일 터다. 혹은 추적자. 그들은 내가 절곡 관을 벗어나는 바로 그 순간부터 거리를 두고 은밀히 뒤를 밟았다. 나를 경계해서도, 내가 역할을 다하는지 감시하기 위해서도 아니라 어떤 다른 목적 때문에.

그 목적이란 게 대관절 뭔지는 나도 모른다.

알 이유도 없기에 발 가벼운 이들의 대단한 미행 따윈 모르는 척, 요양 땅 담벼락에 기대 다 죽어가던 계집애답게 천둥벌거숭 이인 척, 그렇게 걸었던 참이다.

"홍진에 발을 디딘 이상 인연이 얽히는 걸 어찌 막겠느냐? 그 림자를 질질 끌 듯 불경한 무리도 질질 끌어야만 하는 법이지."

지신이 아주 존경스러운 시선으로 나를 올려다보았다. 나는 곧 다시 등선할 것처럼 만족스러웠다. 그러나 지신과 헤어져 다시 걸음을 옮기기 시작하자, 질퍽거리는 흙탕과 다리가 놓이지 않은 개천이 곧바로 나를 가로막았다. 산은 높고, 계곡은 깊었으며 크 고 작은 마을로 향하는 길은 어디 한 군데 평탄하지 않았다.

나의 만족감은 수레국화 잎사귀에 맺힌 아침이슬보다도 빨리 쪼그라들었다.

그러자 지신 하나에게 괜히 허세를 부린 나 자신이 저 구름 위 와는 영 어울리지 않는단 생각이 들어 기분이 나빠졌다. 나는 도로 땅속에 몸을 감춘 두더지로 돌아간 것만 같았다. 운과 때와 노력을 더하여 한 백 년쯤 도를 닦아 겨우겨우 성취를 이루었는데, 한 뼘 부족한 걸 채워보겠다고 건방을 떨다 기껏 갖추었던 것도 죄 잃어버릴 지경이란 위기감도 들었다.

'아니다. 섭능윤은 하늘이 정한 영웅이니, 그자가 가는 길이 피로 물들거나 말거나 하여간에 나는 그 곁에서 다디단 과실을 좀 얻어먹을 것이다. 내가 그자의 목숨을 구해주었는데 한 뼘 반쯤 뭘 얻어가는 것이 설마 염치없는 짓이겠는가?'

그렇게 섭능윤의 꼬리를 길게 달고 나는 동악 땅에 이르렀다. 사나운 산줄기가 불그스름한 토지로 미끄러지듯 맞닿아 있었고 잎이 삐죽한 교목이 무성한 땅이었다.

'동악이란 땅이 붉은 곳이로군.'

한참을 걸었거늘 아직도 끝이 아니었다. 보잘것없는 두더지였더라면 여기까지 닿기도 전에 벌써 죽어버렸을 것이다.

'그러나 나는 이제 두더지가 아니란 말이지.'

이 기꺼운 마음을 누구와 나눌 수 있단 말인가?

그렇게 동악에서도 골짝 지나, 수레바퀴의 흔적이 점점 줄어드는 방향으로 걷자니 겨우 담성이었다. 담성의 토지는 더욱이나 붉었다. 듬성듬성 전쟁의 흔적으로 시커멓게 타버린 마을의 땅도 붉었고 쓸만한 나무는 온통 베어가 훤히 드러난 산기슭도 붉었다. 나는 그래도 사람들이 좀 모여 사는 산하촌 어귀에 앉아 차가운 감자 한 톨을 지신에게 주었다.

촌 동네의 지신은 매우 성가셔하는 듯한 얼굴로 나타나선, 내가 묻는 말엔 대답도 해주지 않았다. 보아하니 송경성이라는 이름도, 그의 피붙이에 대해서도, 모르는 게 틀림없었다.

"한번 지상에 팽개쳐진 후 다시 천상으로 돌아간 이는 드물다오."

누가 들으면 그 자신이 구름 너머 또 구름 너머 보랏빛 안개를 두르고 노니는 천선인 줄 알 만한 소리다. 나는 얼굴을 찡그렸다. 이대로 나의 주인, 아니지, 이 '요양'이라는 고아 계집아이가 주공으로 모시는 섭능윤의 수하들을 기다리는 편이 좋을까? 그는 임무를 잘 마치기 위해 자기 수하들을 내 꽁무니에 달아 보냈다. 그러나 따져보자. 섭능윤은 과연 촌 계집애에 불과한 요양이 자기 수하들의 추적을 눈치채길 기대했을까?

아닐 것 같았다.

나는 내가 몰고 온 파리들이 내가 떨구어둔 감자 위에 새까맣게 앉은 꼴을 내려다보았다. 지신은 또한 나를 따라온 귀뚜라미들에게 이러쿵저러쿵 입바른 말을 하는 것 같더니, 이내 녀석들을 죄다 몰고 사라져버렸다.

이리하여 홀로 떠난 나는 담성의 산하촌에 겨우 도착하자마자 다시 홀로 남았다.

구름 위를 떠올리게 하는 이들과 더불어 있을 적에는 흙먼지 사이에서도 향취가 나는 듯하더니, 그들이 우르르 사라지자 도로 두더지 한 마리로 팽개쳐진 것만 같았다.

'아니지! 이 몸은 중천을 누비는 선인이었단 말씀이야.'

선인이란 무릇 걸을 때 흙먼지에 파묻힐 수밖에 없는 홍진(紅塵)의 무리와는 다른 몸이라는 것을 나만큼 잘 아는 이도 없었다. 나는 엉덩이를 툭 털고 일어나 누가 보아도 두더지 같지 않은 자태로 물었다.

"여기 송경성이라는 사내의 부모가 계시다 들었는데, 혹 아시오?"

"송씨? 송 아무개라면 머구나물 댁 아니겠나?"

좁은 동네에서는 사정이 빤해서 나는 이내 '머구나물 댁'이라는 외딴집의 위치를 주워들을 수 있었다. 신이 나서 슬렁슬렁 팔짝팔짝, 선녀답지 않게 그러나 두더지 같지도 않은 자태로 걷자니 누가 뒤를 따라오는 기척이 느껴졌다. 군주의 그림자들처럼 거리를 두고 은밀히 따르는 것도 아니라 나는 거리낄 것 없이 뒤를 돌아섰다.

붉은 흙이 드러난 산기슭, 다 자라지 못하여 가여워 보일 만큼 빈약한 숲을 등진 채로.

"누구냐."

상대는 나와 비슷한 키의 사내애였다. 소년이라기에는 조금 더 자랐고 청년이라 하기에는 미숙하기 짝이 없는, 이도 저도 아닌 어린 인간. 그 아이가 달처럼 희고 청아한 얼굴 가득 호기심을 품고 말했다.

"송경성은 내 형님이셔."

나는 낯선 이를 맞이하고도 조금도 경계하지 않는 그 친근한 어조가 신기했다. 섭능윤과 함께하는 모든 인간은 누구나 품에 칼한 자루를 지니고, 상대가 자신을 해치려 할지 재는 데 능했는데 이 낯선 사내애는 완전히 달랐다. 하기야 이 작은 동네에서는 송경성의 부모 댁을 찾는 내게 누구 하나 왜 찾냐고, 뭘 원하냐고 묻지도 않았다.

"송관동(宋款冬)이 내 아버지고."

그는 내게 재차 정보를 주었다. 나는 냉큼 말투를 고쳐 공손한 척했다.

"처음 뵙겠습니다. 무례를 용서하세요. 저는 멀리 장택에서 왔는데, 다름이 아니라……."

"내가 아니라 아버지랑 어머니를 만나러 온 거 아니야? 그리고 말 편하게 해. 보아하니 너나 나나 비슷한 또래 같은데."

"아이, 어떻게 그리하겠어요? 저는 군주의 명을 받아 왔사온데, 군주께서는 송 장군을 몹시 귀하게 대접하고 계시답니다. 저같은 아랫것에게는 하늘 같은 분이시지요."

"하하!"

그는 정말로 하, 하, 하고 그림처럼 웃었다. 그리고 나를 스쳐 앞질러 가면서 손짓했다.

"하늘 같은 분은 내 형이지 나는 아니잖아. 그렇게 따지면 커다란 성에서 온 너도 나한테는 높으신 분일지도 모르지."

나는 공손하고 연약한 계집애인 척, 까막눈인 척, 적의를 잘 눈치채지 못하는 척, 그저 동정 한 자락에도 감읍하는 척, 그렇게 지내는 데 익숙했다. 섭능윤이 이끄는 사내들이 모두 그런 걸 편안하게 여겼으니까. 안 그래도 칼을 품고 서로를 대하느라 고통받는 와중에 발에 치이는 백성 하나까지 경계하자면 얼마나 피곤하겠는가.

무릇 선녀인 내가 맞춰주어야지.

'제아무리 대단한 인간이라도 겨우 수십 년 살고 흙으로 돌아갈 테니, 가여운 노릇이다.'

그리 생각하며 나는 몸을 낮추어왔다. 한데, 이 사내애에게는 나의 그런 장한 마음이 잘 통하지 않았다. 그렇다고 이 인간이 나를 진정 우러러보면서 뒤를 따르던 파리며 귀뚜라미와 닮은 것도 아니니, 나는 이거 참 곤란해지고 말았다.

"나는 송연리(宋蓮里)인데, 너는 이름이 뭐야?"

연리가 말했다.

'나는 두더지다. 그러나 지금은 저 구름 위를 노니는 선녀로, 중천을 두루 아우르며 이깟 하계(下界)에는 잠시 잠깐 다니러 왔을 뿐이니라.'

그럴 수는 없는 노릇이다. 나는 샐샐 웃는 수밖에 없었다.

"우리 군주께서는 나를 요양이라고 부르시지요. 요양 땅 담벼락 앞에서 주웠기 때문이랍니다."

"아, 그래."

아, 그래?

감히 선녀가 몸을 낮추었으면 '에구 가엾구나' 하거나 '다행이다. 나는 너보다 형편이 낫구나' 할 일이지 '아, 그래' 하고 앞장서서 묵묵히 걸어갈 일이 아니지 않은가?

나는 다람쥐처럼 재빠르게 산을 오르는 사내애, 그러니까 송연리라는 녀석을 잠깐 노려보았다.

선녀로 하여금 속이 상하게 만들다니 어린 것이 아주 제법이다.

"송 장군님의 식솔이 맞으십니까?"

나는 혹시나 하여 물었다.

"이 시골구석에서 송가라면 우리 집뿐이지. 달리 송씨가 또 있겠어? 있다고 한들 여기 토박이가 아닐 거야."

연리가 뒤를 몇 번 돌아보면서 꼬박꼬박 답했다. 오랜만에 사람을 만나 대화한 탓에 즐거운 기색을 통 감추지 못하는 듯 보였다.

"요양! 그러다 해가 다 떨어지겠다. 어서 와, 어서."

녀석은 정말이지 몸이 날렸다. 나는 마음만 먹으면 땅 아래로도, 구름 위로도 갈 수 있었으나 꾹 눌러 참고 적당한 거리를 둔 채 뒤를 쫓았다. 땀이 줄줄 흘러내려 연리의 등을 적셨다. 동쪽 땅의 초가을은 서쪽과 별반 다를 바가 없어서 한여름에 비하자면 놀랄 만큼 빨리 노을이 내렸다. 산등성이 나무우듬지마다 붉은 점이 번져나가는 광경 아래 다람쥐처럼 걷던 연리가 홱 뒤를 돌아보더니 내 쪽으로 폴짝 뛰어왔다. 그리고 속살거렸다.

"누가 따라오는 것 같지 않아? 요양? 너 혼자 온 게 맞니?"

섭능윤이 매단 그림자 같은 병사들이 아직도 쫓아오고 있는 모양이었다. 그들은 내가 송경성의 식구를 만나는 것을 확인하기 위해 온 게 아니었구나. 나는 깨달았다. 그러면 서신을 전해주는 광경을 확인하기 위해 온 게 아닐까. 당장 일을 확실히 해보려고 나는 얼른 옷가슴에서 서신을 꺼내주었다.

"형님의 주공이신 섭 나리께서 주신 서신입니다."

"안에 무슨 내용이 쓰여 있는지 알아?"

연리가 서신을 바삭거리면서 슬쩍 들어 붉은 하늘에다 비추어보았다. 나는 웃는 얼굴로 고개를 살살 저었다.

"나는…… 아니, 소인은 요양 땅 담벼락 앞에서 겨우 목숨을 건진 반푼이인지라 문자와는 연이 없었답니다."

"그렇구나. 내가 예전에는 여기까지 온 학자가 계셔서 공부를 배웠거든. 그때 글자도 많이 익혔지."

그러고는 서신을 아쉽다는 듯 어루만졌다. 침향이며 산호에 진주며 하는 귀한 보물이 담긴 자단 상자가 장택 땅의 보물창고에 한껏 쌓여 있었는데, 섭능윤이 이따금 그것들의 표면을 쓰다듬을 때나 지었던 그런 표정이었다.

"한데요?"

나는 별로 궁금하지 않은데도 물었다. 연리가 서신을 도로 나에게 내밀면서 말했다.

"한데 우리 어머니 아버지가 나를 싸고돌면서 공부도 못 하게 하는 거야. 괜히 촌구석에서 글월을 많이 익히면 곱게 죽지 못한다고 말이야. 형님에게는 그러지 않았으면서⋯⋯."

말끝을 웅얼거리면서 연리가 도로 산을 재바르게 올라갔다. 나는 그 뒤를 슬렁슬렁 따랐다. 붉은 하늘 기운이 나뭇등걸까지 폭 적실 즈음이 되어 오두막이 하나 눈에 들어왔다. 연리는 알량한 문짝을 겁도 없이 열어주고 나서 나더러 안에 들어가 앉으라더니 저는 도로 바깥으로 튀어 나갔다.

"화전 일구러 나간 양친을 모셔올 테니 거기 있어. 금방 올게."

참이면 좋겠다. 나는 슬슬 이 임무가 지루해졌다. 서신을 전하라 해서 이미 전했으니 다 끝난 노릇이 아닌가. 이제 인사를 사뿐하고는 다시 섭능윤이 차지한 장택 땅으로 돌아가면 그만일 터였다. 그러고는 일이 어떻게 되는지 한번 봐야지. 서에서 동으로, 동에서 서로 움직인 덕을 보아 한 뼘어치 뭐라도 채워진다면 더할 나위가 없는 일일 테고 그렇지 않다면 한숨 섞어 한탄이나 장하게 하면 그만이다.

아무려나 보잘것없는 사소한 일에 불과했다.

나는 가물가물 잠이나 한숨 잘까 하다가 풀이 이리저리 돋은 앞마당, 아니, 그냥 집을 둘러싼 산길로 나아가 나뭇등걸에 기대

세워진 돌탑을 하나 보았다. 산길의 돌을 주워 누가 서툴게 쌓아 올린 듯 그야말로 볼품없는 탑으로 헛된 돌무더기 같은 모양새였다. 어쩌면 연리나 그의 부모가 먼 데서 전공을 쌓으며 귀신처럼 달리고 있는 송경성의 무사 안위를 빌며 오고 가면서 툭툭 던져 올린 건 아닐까.

내가 덧없이 돌 하나를 툭 던져 올렸더니 기다렸다는 듯 지신이 나타났다.

"중천의 선인께서 하강하시어 이리 찾아주시니 영광, 영광이옵니다."

지신은 공손했고 흐릿했으며 몸집이 작았다. 두더지조차 타지 못해 맨발로 거적을 뒤집어쓰고 나타났다. 나뭇가지를 꺾어 만든 지팡이 끝에 이끼가 돋아 있었다. 지신이 말했다.

"이씨 성을 가진 여인네와 송씨 성을 가진 남정네가 부부의 연을 맺어 저 촌집에 기거한 지 여러 해입니다. 그러는 동안 별거 아닌 자작나무 등걸의 괴석에 돌을 쌓아 정성을 들이고 온 천하의 신들에게 보호를 청하며 귀한 옥을 바쳤으니, 소인이 여기 머무는 바입니다. 저 돌탑 아래 부부의 옥가락지 한 쌍이 묻혀 있지요."

"한데 본녀에게 무슨 볼일이 있단 말이냐?"

나는 거만하게 물었다. 지신은 잎사귀 가득 맑은 이슬을 떠와 내게 바치더니, 내가 목을 축이기를 기다려 나더러 서신의 내용을 볼 수 있겠냐고 물었다.

"내가 왜 서신을 보아야 하느냐. 괜한 연을 맺게 되면 곤란한 걸 너라는 신도 알 것이 아닌가?"

"무엇인가 하나를 알게 되면 즉시 인연이 맺히게 마련인 것을 소인이 왜 모르겠습니까? 그러나 돌탑 아래 옥가락지를 묻은 부부가 내도록 큰아들의 장래를 빌고 또 빌었으니 사실 소인이 오랫동안 그 연유가 궁금하던 차. 내력을 알게 된다면 그 또한 소인에게 덕을 베푸는 일 아니겠습니까?"

"괜한 인연은 탈이 나게 마련이건만."

하나 나도 이미 한 잔의 맑은 물을 얻어 마신 참이었다. 외면만은 할 수 없으니 어찌하랴. 나는 벌레들을 불러 일렀다. 자, 어서 연리를 따라가 서신 속의 문자들을 하나둘 훔쳐 오너라, 하고. 한 식경 겨우 넘었을까, 새붉어진 하늘로 까만 벌레 떼가 오글오글 날아왔다. 글자를 물고. 그리고 두 번 접힌 서신의 글자들을 신통력을 발휘해 끄집어내 와서 반듯하게 괴석 위에 나열하기 시작했다. 서신의 절반 가까이는 그저 인사말과 공치사에 불과했고 남은 절반의 또 절반은 장래의 아름다운 몽상을 그림이니 겨우 네 등분 하여 그중 하나 정도가 서신의 본론일 터였다.

섭능윤은 이렇게 말했다.

송경성이 평남위(坪南衛)라는 마지막 왕손의 자제인 것을 누구보다 귀하게 여겨 반드시 그 몸을 높여주리라고.

'흠. 그러면 송경성이 아니라 평경성이었구나.'

내 감상은 겨우 그 정도였다.

서신의 내용을 알아 온 벌레들이 주위를 맴돌며 요란한 날갯짓 소리를 냈다. 나는 벌레들을 움직여 서신의 문자들을 만들어 보이며 지신에게 한껏 잘난 척을 했다. 인간들이란 말이다, 서신의 절반은 산수와 풍경을 떠들어대고 남은 절반의 또 절반에는 내일도 모레도 아니라 먼 훗날의 정경을 꿈처럼 그리게 마련이라고. 인간의 서신 따위는 별로 본 일도 없으나 섭능윤의 서신이 그러하니 다른 것들도 뭐 비슷한 놀음을 놀지 않겠는가. 나는 자신이 있었다. 지신은 연신 고개를 끄덕이며 내 말을 경청했다.

벌레들이 우르르 흩어졌다.

지신이 돌탑 뒤로 몸을 감췄다. 지팡이 끝이 툭, 돌무더기 곁을 스치는가 싶더니 마른 나뭇가지만 그 자리에 나뒹굴었다. 나는 서늘한 바람에 몸을 일으켰다. 사위는 어느새 어두웠고 연리가 빛바랜 옷을 입고 저만치에서 달려오고 있었다.

"어머니, 아버지. 저기 저분이 서신을 가져와주신 분입니다."

연리가 나를 가리키며 자기를 따라온 두 사람에게 알렸다. 여자와 남자는 둘 다 비슷한 몸집에 비슷하게 굽은 등허리를 가진 노인들이었고, 새카맣게 탄 얼굴에 두 눈만은 별처럼 반짝였다. 나는 두 사람의 주름진 뺨과 비뚤어진 콧등에서 송경성의 그 환한 이목구비와 닮은 점을 찾아보려 했다. 그러나 쉽지 않았다. 연리의 마른 뺨과 강가의 조약돌 같은 이마, 한쪽 어깨가 조금 치켜올라간 자세에도 노인들의 흔적은 남아 있지 않은 것만 같았다. 나는 눈을 가늘게 떴다. 이 가족은 서로가 영 다른 풀을 엮어 만든 인형같이 달랐다.

'그러나 나이 들면 상하고 죽으면 썩어 흙과 먼지로 돌아가리라.'

나처럼 부단히 노력해 선적에 들지 않는 한, 뼈 빠지게 노력해도 한 뼘 두 뼘을 채우기는커녕 그저 하루하루 더 늙어가기만 하리라. 세상 모든 것이 시간 앞에 낡듯이. 나는 금세 기분이 우쭐해졌다. 흩어진 파리와 귀뚜라미, 풀벌레를 불러 모을 수 있다면 내가 깨달은 이 이치를 다시 한번 설파하며 너희도 모두 덕을

쌓아 도를 이루라고 잔소리를 퍼붓고 싶었다. 누가 아는가, 개중
에 특출한 녀석이 하나둘쯤 있어 장차 도를 이루고는 내게 그 공
을 나누어줄지 말이다.

"장택에서 오신 분이라 들었습니다. 촌구석이라 뭐 대접해드릴
것이 없사오니……."

"맑은 물 한 대접, 낟알 몇 톨이라도 대접해드려야 마땅한 일인
데……."

나는 얼른 손을 저었다. 배를 곯는 거야 유쾌하지 않은 노릇이
다. 일단 나도 몸뚱이란 걸 매달고 다니는 신세니까. 그러나 남의
살림에 해를 끼쳐서야 안 그래도 간당간당하니 멀게만 느껴지는
구름 위가 점점 더 멀어지고 말 것이 아닌가. 나는 차라리 두어
끼 더 곯는 쪽을 택했다. 아까 지신이 가져다준 물을 마셔서 버틸
만했기 때문이 절대 아니었다.

노인들이 서신을 품고 촌집 안으로 들어간 후 나는 앞마당으
로 내려섰다. 이만하면 임무를 다 수행한 셈이니 노인들에게 답
신이라도 받아서 돌아가면 되지 않겠는가. 생각해보니 참 그럴듯
했다. 서신을 전달하고, 증표로서 답신을 받아 든다. 그걸 섭능윤
에게 가져다주면 그가 기뻐하며 내 공적을 치하하겠지. 나는 겸
손한 척할 터였다. 내가 누릴 복락은 이승에는 없었으니까. 금은
보화와 부귀공명이 다 거품 같고 흩어지는 향로의 연기 같다는
걸 나는 잘 아니까.

"어서 구름 너머로 돌아갔으면……."

나는 초조한 심정이 되어 중얼거렸다. 그때 연리가 내 주위를
배회하며 조심스럽게 말을 걸었다.

"저기 말이야, 요양. 너의 주공께서 서신에 무어라 하셨는지 너는 알아?"

"아이고, 소인 같은 무지렁이는 그저 곡식을 실어 나르는 저 들판의 소나 말에 불과합니다. 소나 말이 등에 짊어진 것이 몇 푼이나 나가는지 알겠습니까?"

"그래도 그게 쌀인지 보리인지는 알 것이 아니겠어? 요양. 혹시…… 혹시 형의 식솔을 데려오라는 내용이 아닐까? 만약에 그런 거라면 나는……."

연리의 마른 뺨에 노을이 내린 듯 홍조가 올랐다. 그의 커다란 눈동자 한 쌍이 반질반질한 청동거울처럼 둥실 떠올라 똑바로 나를 향했다. 나는 깨달았다. 연리는 이 산을 떠나고 싶은 거로구나. 산 아래로, 들판으로, 높이 세운 성벽 너머로, 혹은 강줄기 너머 대처로 나가고 싶어 하는 것이구나.

— 장수라면 큰 전장을 꿈꾸고 검이라면 큰 장수를 바라는 법. 사람이 새끼를 낳으면 대처로 보내라지 않아?

그러고 보니 장택에서도 흔히들 그렇게 떠들곤 했다. 흩어지는 와중에 섭능윤을 따라가는 내게 사람들이 어깨를 쳐주면서 했던 말도 비슷했다. 계집애지만 대처에 나가 좋은 혼처라도 찾을지 누가 알겠냐고. 이왕 구원을 받을 거면 주공 같은 호걸에게 받아 더 기쁘지 않으냐고. 나는 덜 좋은 혼처, 덜 기쁜 구원이 무언지 궁금했지만 눈치껏 묻지 않았다. 그저 샐샐 웃으며 말을 맞췄다. 아무렴요, 사람은 큰물에서 놀아야 하는 법이라지요. 생선도 큰물에 놓아기르면 웃자란다 하더이다.

모든 생선이 그럴 리 없을 텐데도.

"저기, 저기 말이야…… 요양. 우리 형님을 너는 알지? 형님은…… 어떤 분이서?"

그건 대답해줄 수 있었다. 나는 목청을 가다듬고 송경성이라는 걸출한 장수가 어떻게 세상에 모습을 드러내어 얼마나 대단한 전공을 세웠는지, 어떻게 절곡관을 함락시키는 데 한몫을 하였는지, 사람들이 그를 이르러 불세출의 기재라고 칭송할 때면 저자가 어떤 식으로 진동하는지 구구절절 늘어놓았다. 흡사 섭능윤의 치세를 치켜세우기 위해 이야기를 꾸며내던 상인들처럼 달콤하게. 내가 듣기에도 이야기는 한 번 끊임이 없이 매끄러웠고 송경성의 활약은 꼭 하늘이 그를 위해 모든 승리를 마련한 듯 들렸다. 연리의 얼굴이 점점 더 붉어졌고 이내 콧김이 씩씩 뿜어져 나왔다.

"형님은 정말 대단하구나!"

이야기를 꾸며내는 거라면 얼마든지 할 수 있었다. 나는 내친김에 송경성의 벗을 자처하는 이들이 얼마나 유명한지, 그들이 모시는 섭능윤이 어떻게 천하의 영웅 소리를 듣게 되었는지 늘어놓을 셈이었다. 입에 참기름이라도 머금은 듯 혀가 미끄럽게 굴러갔다. 그러나 그때, 촌집 문이 벌컥 열리고 노인들이 모습을 드러냈다.

"연리야!"

두 사람이 엄하게 부르자, 소년은 즉시 얼굴빛을 단정하게 바루고 몸을 돌렸다.

"어머니, 아버지. 이 손님의 이야기를 좀 들어보세요. 글쎄, 우리 형님이……!"

"들을 것 없다. 모두 뜬구름 잡는 세상 소문에 불과한 게야."

사실이다.

그러나 세상사 뜬구름 아닌 게 있는가. 나는 몰래 입을 삐죽거렸다. 곧 죽으면 썩어질 몸이면서 그럼 뭐 명성 따위가 항구하겠는가 아니면 소문이 감히 영원하겠는가. 두 노인은 나를 가만히 바라보다가 속을 알 수 없는 시선으로 이렇게 말했다.

"저희가 귀하신 객을 모시기에 마땅하지 않사오니 참으로 송구합니다."

"아뇨, 아뇨. 그러실 것 없습니다. 소인은 그저 답신을 한 장 써 주시면 가지고 얼른 돌아갈 마음뿐입니다. 우리 주인께서 오매불망 기다리고 계시지 않겠습니까?"

나는 웃는 낯을 꾸며 굽실거렸다. 그러자 노인 두 사람은 서로를 또 한참 바라보더니 한 사람이 눈을 꾹 감고, 다른 한 사람이 나를 향했다.

"당장 써드리자니 등불 기름이 없어 침침한 눈을 이기기 어렵겠네요. 손님, 죄송한 말씀이나 날이 밝으면 다시 오셔서 답신을 받아 가시지 않겠습니까?"

손님맞이를 이렇게 하는 법은 없었다. 찬물 한 바가지 못 얻어먹은 건 물론이려니와 마구간 구석 짚 더미라도 내주지 않는 집 구석이라니. 그야 산속에 지은 오두막엔 마구간조차 없었으나 낡은 집 한쪽이나마 내주려면 못 내줄 것도 없어 보였다. 그러나 그들은 단호히 나를 거절하며 다음 날을 기약했다.

'뭐야. 지금 나더러 이 산을 내려갔다가 내일 또 기어오르라는 말인가?'

이 몸이 선녀였기에 망정이지 한낱 촌 계집애였다면 그 얼마나 고된 길이 되었겠는가. 나는 내심 불편한 기색을 누르며 덕을 쌓는다 생각하며 얼른 기쁜 낯을 꾸며냈다.

"안 그래도 소인이 귀한 댁에 신세 지기 죄송하던 참입니다. 산 아랫동네로 내려가 하룻밤 자고 얼른 올라와 어르신들을 뵙겠습니다."

당장 서신 한 장 써주면 기쁜 마음으로 돌아가련만, 성가시게 되었다. 그러나 한탄해서 무엇하며 분쟁을 일으켜 또 무엇할 것인가. 나는 덕을 쌓아 어서 한 뼘 반 부족한 것을 메우리라 다짐하면서 냉큼 촌집에서 등을 돌려 세 사람을 떠났다. 그러고는 산하촌으로 내려가는 대신 숲을 거닐며 뭇 벌레들을 불러 내가 구름과 구름 틈새를 누비면서 무엇을 보았는지, 슬쩍 올려다본 상천의 궁전들이 얼마나 대단한 위용을 가지고 있는지 한껏 자랑을 해댔다. 개중 몇 녀석은 도를 깨우쳐 구름 위로 기어 올라와줄 것이며 그것이 내 덕분이 되리라는 내심을 품고 말이다.

그렇게 한참 동안 풀밭을 뒹굴며 어둠을 즐기자니 불길한 기운이 뒤통수로 확 끼쳤다. 나는 남천나무가 우거진 곁에 엎어져서 썩은 감 잎사귀로 덮인 흙을 파헤치다가 고개를 번쩍 들었다. 멀리까지 어두운 냄새가 났다.

어둠 너머로부터.

웃자란 나무와 붉은 흙과 괴석 위에 쌓인 돌탑 저편으로부터.

나는 달려갔다.

연리의 촌집 가까이 가자 연기가 피어오르는 것이 보였다. 피 냄새, 살육의 냄새가 풍겼다. 나는 드물게도 손을 벌벌 떨었다.

"아, 낭패로다. 무슨 일이 난 것이야."

하필이면 내 눈 앞에서 이 무슨 난리란 말인가. 몇 식경 전까지만 해도 멀쩡한 얼굴로 팔팔하게 살아 움직이던 이들에게서 죽음의 기운이 풍기는 것이 어디 보통 일이겠는가. 내 곁으로 벌레들이 먼저 신이 나서 쌩 하며 날아갔다가 쳉 하고 돌아왔다. 그러고는 파리떼가 앵앵 지절거렸다.

"중천의 선녀 나리, 글쎄, 사람이 죽었습니다!"

"그네들의 얼굴이 하마 새파랗답니다!"

"문간에 불이 붙었답니다!"

아이고야, 이대로라면 정말이지 두더지로 돌아가고 말 것이다. 이지를 잃고 시들어버린다면 차라리 다행할 것이나 두더지에게는 두더지의 몫이 또 따로 있는 법. 도로 두더지가 된 자신이 어떤 심경으로 막막한 어둠 속을 꾸물거릴 것인가. 대관절 다 헤아릴 수가 없을러라. 그리하여 나는 앵앵대는 벌레들을 떨치고 냉큼 집 안으로 뛰어 들어갔다.

부실한 문을 온몸으로 부딪혀 부수고 들어가자마자 흰 줄에 대롱대롱 목이 매달려 발버둥치는 연리가 눈에 들어왔다. 토사물과 피 위에서 버둥거리는 발길질에 먼지가 폴폴 피었다. 불티가 휘날려 눈 앞이 멀어졌다. 나는 얼른 달려가 연리의 목에 묶인 끈을 단숨에 끊어냈다. 연리는 컥컥거리며 바닥에 한쪽 어깨를 기대 쓰러지더니 바닥에 팔뚝을 대고 기듯이 꿈틀거렸다. 나는 그 곁에서 이미 목이 깊이 베여 숨이 끊어진 여자와 미약하게 마지막 숨을 몰아쉬는, 칼에 깊이 찔린 남자를 발견했다. 연리와 송경성의 부모였던 그 노부부였다. 나는 머리가 어지러웠다.

서신이 문제였는가.

한데 서신에는 섭능윤의 지극한 존경의 말뿐이었다. 송경성이 평 아무개라는 어떤 높으신 왕손의 자제이니 더 높이 쓰겠다고 적혀 있었지 않은가. 영광스러운 일을 두고 노부부는 왜 죽음과 불을 택했단 말인가.

연리도 이제 외로운 산 생활을 정리하고 대처로 나갈 수 있으리라 희망에 차 있었다.

그는 자기 부모에게 극진해 보였고 부모가 자식을 헤칠 이유 따윈 흔하지 않을 터였다. 서신이 아니라면. 서신만이 그날 저녁의 다른 점이었다.

아니면 침입자가 있었을까?

그러나 나는 방 안 어디에서도 침입의 흔적을 찾지 못했다.

그러는 사이 연리가 기듯이 아버지에게 다가가 몸을 흔들었다.

"왜요? 아버지, 왜 그러신 거예요?"

그는 아버지의 멎어가는 숨을 살려보려고 제 입을 붙여보고 옷가슴을 풀어헤쳐 맥이 뛰는 소리를 듣는 등 안간힘을 썼다.

"아이고, 데이고. 이것은 신령이 와도 불가한 노릇이지요."

"하믄요. 이미 끊어져버린 목숨입니다. 실낱같은 것이 방금 툭 떨어지고 말았답니다."

"하늘의 뜻을 거스르는 건 하늘조차 불가합지요."

왱왱대며 몰려든 벌레들이 지껄였다. 나는 검은 연기가 폭 치솟아 오르는 와중에 연리의 팔을 잡아끌었다.

"여기서 나가야 돼!"

공손한 말투를 잊고 외치자 그는 불길이 번져가는 문갑으로 다가가 소매를 흔들며 불길을 몰아내었다. 그리고 작은 서랍을 열더니 그 안에서 서신을 꺼내 손에 틀어쥐었다. 연리는 이제 눈을 부릅뜬 채로, 눈물이 줄줄 흐르는 채, 도리어 내 팔을 잡아당기며 바깥으로 뛰쳐나갔다.

"불을 끌까요?"

내가 묻자, 그는 고개를 흔들었다.

"내가 죽어야 한다고 여기신 거라면 그 뜻을 지켜드리고 싶어. 난…… 난 여기서 죽은 거야. 송연리는…… 어머니, 아버지랑 같이 죽은 거야."

죽지 않았는데 뭘 어떻게 이미 죽은 거란 말인가. 나는 입을 비죽거리면서도 아무 말 하지 않았다.

불길은 훨훨 날개가 달린 커다란 신천옹처럼 번져나가 작은 집을 홀랑 뒤덮었다. 연리의 얼굴로 주홍색 그림자가 이리저리 춤을 추었다. 그가 문득 나를 돌아보며 말했다.

"섬호(陝湖)로 가고 싶어."

"섬호?"

"형님에게서 서신이 도착하면 섬호로 왔거든. 아주 오랜만에 한 번씩, 산하촌 사람이 섬호에서 오는 상인으로부터 서신을 넘겨받아 우리 집에 가져다주곤 했어. 그러니까 아마 섬호에 간다면…… 그러면."

그러면 뭔가 알 수 있을지도 몰라, 라고 소년이 조그맣게 덧붙였다. 나는 그의 말이 나를 향한 도움 요청이라는 걸 즉시 알아듣고도 대답을 망설였다. 내 임무는 서신을 전달하는 것까지였다. 잘 받았다는 답신 한 장이면 진작 끝났을 일이 두 사람의 죽음과 화재로 이어지고 말다니, 절로 팔자 한탄이 나올 지경이었다.

"섬호가 어디인지는 알고 그런 말을 하십니까?"

나는 다시 예의 바른 척을 하며 투덜거렸다.

"잘은 모르지만 승산(升山)이 있는 능주(陵州)의 중심으로 더없이 번화하여 하늘 아래 그런 곳이 또 없다던걸."

"아하, 능강이 가로지르는 남도의 향기로운 고장을 말하는 거였군요. 이제야 기억이 납니다. 어렴풋이 떠오르고 말고요. 장택에도 오가는 상인들이 능강을 따라 복숭아꽃이며 사과꽃 향기를 물씬 묻히고 들어오곤 했지요. 이야, 섬호라니. 섬호에 갈 일이 있을 리야. 저 같은 촌 계집애가 무슨 섬호입니까."

"같이 가주지 않을래? 내가 줄 수 있는 건 없지만……."

"아니요, 아뇨. 저는 우리 주공께 바칠 답신 한 장이면 됩니다. 송 장군의 동생분이신 연리 도련님께서 몇 글자 적어주시지 않으렵니까?"

말하면서도 이게 쉽게 풀릴 리 없다고는 생각했다. 내 그간의 행로가 그러했으니 말이다. 섭능윤이 매단 그림자 같은 병사들을 질질 끌고 와서 이제 그런 감시도 끝났겠다, 싶었더니 보라. 일이 더 꼬이지 않았는가.

나는 검은 연기를 힐끔 올려다보다가, 불이 더 번지지 않도록 벌레들을 불러 구름을 좀 빌려 오라고 일렀다. 벌레들은 지신에게 가서 하소연하고 지신은 또 더 높은 신령에게 읍소하였는지 이내 산등성이가 새카만 구름으로 뒤덮였고, 툭툭 비꽃이 피기 시작했다. 발치를 적시는 찬 기운에 발가락을 옴쭉거리자니 연리가 위악적인 목소리를 가장하여 이렇게 말했다.

"못 써주겠는데."

"아니, 뭐라고요? 제게 왜 이러십니까, 연리 나리."

"그도 그럴 것이, 송경성의 부모와 동생은 아까 저 집에서 죄 죽어버린 거잖아. 그런데 죽은 송연리가 살아서 서신을 썼다 하면 그게 무엇이겠어. 너의 주공이 묻겠지. '자, 요양아. 이 서신을 적은 자는 어디 있느냐.' 그러면 요양은 내가 불길 속에서 죽었으나 그 후에 몇 글자 적어주었다고 답할 테야?"

"아이고, 이런. 몹쓸 도령 같으니라고."

기가 막혀 웃음이 샐샐 새어 나왔다. 연리는 새침을 떨면서도 꼭 쥔 두 주먹을 발발 떨어댔다. 빗방울이 눈물처럼 소년의 마른 뺨을 때렸다. 나는 검은, 한 치의 작은 빛도 새어 나오지 못할 것 같은, 막막한 비구름을 올려다보았다. 밤은 끝날 테지만 그게 지금은 아닐 성싶은 순간이었다.

"섬호로 가서 어쩌시렵니까. 죽은 송연리가 섬호에 가서 송경성 장군의 서신을 보고 싶다 하겠습니까?"

"몰라. 모르겠어…… 우리 부모님은 내가 죽길 바라셨는데."

연리가 떨리는 손가락으로 자기 목덜미를 더듬었다.

"그렇지만 나는 알고 싶어. 우리 형님이……. 형님이…… 아니, 아무튼, 나는 알아야만 하겠어. 그러니 요양, 나랑 같이 가줘……."

"송 장군의 서신을 보아 뭘 알고 싶으신가 모르겠습니다만, 알겠습니다. 이제 돌아갈 길도 막혔으니 끝까지 가보십시다. 송 장군의 서신을 본 후에는 꼭 송연리가 살았노라고, 살아서 요양에게 글월을 남기노라고 써주셔야 합니다."

"형님 서신을 보고 나면 내가 꼭 요양을 위해 글을 써줄게."

기쁜 얼굴로 소년이 답했다. 나는 섭능윤이 붙인 병사들이 뒤를 밟아 나타나기 전에 잿더미가 된 촌집을 떠나야겠다 생각했다. 그들이 어차피 곧 나를 쫓아오고 말 테지만 잠시 잠깐 길을 어지럽혀 섬호까지는 갈 수 있지 않겠는가?

나도 이제 앞으로 닥칠 일을 알지 못할러라.

이미 한 뼘 두 뼘으로 잴 일이 아니니 말이다. 정말로 곧 두더지가 될지도 모른다. 그네들을 죽인 것에 내 탓이 얼마쯤 들었을까? 상상하니 골이 지끈거렸다. 아니, 빌어먹을. 저 스스로 목을 찌르고 죽어 넘어진 걸 대체 나더러 뭐 어쩌란 말인가?

하나, 그렇게 따지자면 담 밖으로 던진 독을 주워 먹은 이들부터가 내 탓이 아니다.

상천의 도리는 지엄한 것이며 하늘의 잣대는 엄격하여 일견 성겨 보여도 그물코를 잡아당기고 보면 빠지는 것 없이 걸려 올라온다 한다. 그놈의 그물코에 나라는 두더지 한 마리도 덥석 붙들려 올라갈 터인가, 아닌가. 내가 쌓은 공덕이 중천을 지나 상천까지 오를 만한가 아닌가.

나는 원래 땅 아래 살았고, 나중에는 구름 틈새로 날아올랐으며, 이제는 구름 위로 갈 셈이었다.

송연리를 데리고 섬호까지 가는 일은 내 부족한 공덕을 조금이나마 채워줄 것인가, 아니면 지금껏 있었던 온갖 재수 없는 일들처럼 또 내 뒤통수가 얼얼하게 만들 것인가.

중천의 선녀에게도 장래란 섣달 밤처럼 깜깜한 것이렷다.

그림자를 따돌렸으니 그놈들이 맴맴 헛다리를 짚는 동안 섬호까지 쑥 들어가버리리라.

…하고 작정한 것을 비웃기나 하듯 능강을 타기도 전에 추적

자 무리에게 뒤를 잡히고 말았다. 능강 하류로 향하는 길목까지 가기도 전이었으니 동악을 완전히 벗어나지도 못한 채였다. 담성의 경계에서 산은 점점 울울창창했고 날은 맑아 아주 먼 곳까지 훤히 보였는데 나와 연리는 웬 병사 복장을 한 무리에게 둘러싸였으니 갑갑한 노릇이었다.

"병사 나리들께서 무슨 볼일이십니까?"

연리가 벌벌 떨면서 그저 빨리 놓아 보내달라 빌었지만 나는 그자들에게서 풍기는 장택 땅의 흙냄새를 맡을 수 있었다. 섭능윤이 달아 보낸 그림자들 가운데 일부가 틀림없었다. 아니면 그들로부터 사주를 받았거나. 주공이 도대체 뭘 바라서 서신을 들려 나를 동악까지 보내고, 또 무엇을 노려서 자기 수하들로 하여금 뒤를 밟게 했는지 나는 모른다. 그러나 그들이 지금 나와 연리를 살려 보낼 생각이 없다는 것쯤은 눈치챌 수 있었다.

"묻고 답할 것 없이 예서 눈을 감거라."

한 사내가 거친 목소리로 말하며 곧바로 검을 높이 치켜들었다. 왜냐. 왜 저 하잘 것이 없는 어린애를 잡아 죽이지 못해 안달인가. 연리가 무엇인데. 연리가 무엇을 할 수 있기에. 초조해하면서도 납작 엎드려 있던 나는 여러 자루의 칼날이 가을빛을 반사하며 반원을 그리는 순간, 발딱 일어났다. 양손에 냅다 흙을 움켜쥔 채로. 나는 야무지게 쥐고 있던 흙을 그들에게 흩뿌렸다.

"어억!"

예상하지 못한 반격에 놀랐는지 병사 한 사람이 칼을 떨어뜨렸다. 나는 그 칼을 주워 마구잡이로 휘두르며 연리에게 외쳤다.

"도망치시오! 어서! 어서!"

여러 개의 칼날이 정수리 바로 위를 스치는 바람에 모가지가 선뜩했다. 팔자가 워낙 좋았는지 나는 칼에 맞지 않았다. 우리는 데굴데굴 구르듯이 산기슭을 내달렸다. 달리고 또 달리며 뒤를 돌아보았다. 몸이 날랜 병졸들을 낡아빠진 옷을 걸친 촌아이들 두 사람이 어떻게 완전히 따돌릴 수 있겠는가. 나와 연리가 무사히 능강의 하구까지 당도한 것은 실은 내가 신통력을 쓴 덕분이다. 나는 몰래 지신을 불러 물 한 잔과 열매 한 줌을 바치면서 기원하고 벌레들을 불러 병사들의 눈을 공격하라고 이르기도 했다. 지신은 풀이라도 엮어 병졸들의 발을 묶어주었다. 다 그 덕분에 나와 연리가 무사히 계속 걸어갈 수 있었던 것이다.

아무도 모르는 이 선행을 하늘이 높이 산다면 당장이라도 나를 높이 들어 저 구름 너머 보랏빛 궁전으로 데려가고도 남음이 있을 터인데, 아직도 몇 뼘이 모자란 것인가. 아니면 정말로 한 뼘쯤, 한 티끌쯤 남아 넘칠 듯 넘치지 않는 술잔처럼 찰랑거리고 있을 뿐인가.

나는 답답증을 느끼면서도 걸음을 재촉했다.

능강 포구가 있는 호포(湖浦).

섬호만은 못할 터이나 눈 돌아가게 번성한 마을이 들어섰고 널찍한 길목에는 이리저리 어지러이 세워진 주루며 여관이 보였다. 산더미 같은 짐을 재주 좋게 실은 짐차가 지나가는가 하면 소 떼가 연신 길을 가로질렀다. 비색 비단옷을 떨쳐 걸친 한량들이 대낮부터 술에 불콰하게 취해 이 정자에서 저 누각으로 건너다녔다. 연리는 입을 혜 벌리고 벌레가 백 스무 마리쯤 들어가도 모를 듯한 멍청한 자세로 서서 주위를 휘휘 둘러보기만 했다. 나는 연리의 소매를 잡아끌었다.

"어디 좀 들어가서 목을 축이고 배를 채웁시다."

"하지만…… 사실 나는 돈이 한 푼도 없는데."

연리가 부끄럼을 탔다. 나는 새삼스러운 소리에 혀를 차며 소매에서 한 꿰미의 동전을 꺼내 보였다.

"내 한턱낼 테니 달아두었다가 꼭 갚아주십시오."

"갚고 싶어도 나는……."

소년이 말끝을 흐리다가 뭘 계산했는지 눈에 총기가 돌아와, 냉큼 고개를 끄덕였다.

"그래! 요양에게 꼭 갑절로 보태서 갚을게."

붉은 등과 노란 등을 내다 건 누각으로 걸어가 빈자리를 묻자 왁자지껄한 사람들 사이 등받이가 없는 둥근 의자 두 개가 나와 연리의 몫으로 주어졌다. 나는 연리와 바짝 붙어 앉아 모르는 사람들과 같은 탁자에서 미적지근한 국물을 나누어 마셨다. 사람들이 어린 여행객들에게 관심을 보일 적이면 섬호에 사는 친척에게 몸을 의지하러 간다 이야기하는 걸로 족했다. 특출하게 아름답지도 특출하게 몸집이 커다랗지도 않은 두 사람은 이러저러한 동정의 시선을 잠깐 받았을 뿐, 긴 시선을 끌지 못했다.

"이름이 무엇인가?"

저편에서 상인인 듯 머릿수건을 하고 등짐을 짊어진 중늙은이가 다가와 끼어 앉으며 물었다.

"이쪽은 요양이라 하옵고 저쪽은 연리랍니다."

송가라는 이야기를 삼갔으니 아무래도 좋은 일이라 여겨 솔직히 답했더니, 상인 사내는 연리를 가만히 들여다보다가 불쑥 말을 꺼냈다.

"이런 이야기 아나? 갑자기 생각이 나는데. 평씨 나라가 망할 적 이야길세."

이야기인즉슨 이러했다.

평씨 왕조가 섰던 나라는 진나라라고 하는데, 그게 조그맣게 어디 끼어 있다가 이웃한 대국의 군세에 떠밀려 망하게 되었다. 그때 충성스러운 가령(家令) 부부가 왕손을 빼돌려 도망을 쳤단다. 나는 그것이 평 아무개 왕족의 후예라는 송경성 장군 이야기인가 하고 고개를 들어 사내를 바라보았다. 그는 내 쪽은 쳐다보지도 않고 연리만을 뚫어져라 보는 채로 입술을 싸구려 술로 축이더니 기름이 떠 있는 국물 한 숟갈을 떠 마셨다. 그리고 다시 말했다.

"도망친 부부가 남쪽인지 서쪽인지 그도 아니면 동쪽인지 어딘가로 도망을 쳐, 산 깊은 골짝에 초막을 짓고 왕손을 금이야 옥이야 길렀겠지. 그 도련님이 살아 계시면 어디쯤이시려나. 요즘처럼 각지에서 깃발이 높이 서고 너나 할 것 없이 스러져간 나라의 대업을 잇겠다 떠들어대는 때라면 평씨 왕가의 자손도 한자리 차지할 법한데 말일세."

"그것이 어쨌단 말입니까? 어르신은 그 귀한 왕손을 모셔간 이들과 아는 사이십니까? 친척이라도 되시는가요?"

내가 묻자 사내는 꿈에서 확 깨친 것처럼 와르르 웃더니 덜 먹은 국그릇에 숟가락을 푹 꽂았다. 몸을 일으켜 등짐을 고쳐 매고 그는 고개를 흔들면서 내게 한 푼을 건넸다.

"이 많은 사람 중에 내 이야기를 들어준 것은 아씨 혼자뿐이니,

이걸 줌세. 이 주루 위층으로 가면 화 아무개가 술을 팔고 음률을 파는데, 아씨를 맞아줄걸세. 가서 한잔 얻어 자시게나."

사람들이 갑자기 시끌벅적 일어나며 자신도 이야기를 들었다, 너도 듣고 저이도 들었다, 하고 떠들었다. 화 씨라는 누군가에게 공짜로 얻어먹을 기회였으니 왜 안 그렇겠는가. 나는 내 손에 공으로 들어온 은전을 베풀어 공덕을 한 푼 더 쌓을까 했으나 그만 연리와 눈이 마주치고 말았다. 연리가 글쎄 비 맞은 개 꼴로 나를 돌아보고 있지 않겠는가. 배부르고 국을 마시고 왜 저런 얼굴인가 하면서도 나는 딱한 마음에, 그를 향해 손짓하고 말았다.

하기야 먹다 남은 밥을 흘려 준대도 우선은 내 탁자 아래의 개에게 주어야 옳지 않겠는가.

화 씨는 화백영(華白瑛)이라는 고운 이름의 여인네였다. 나는 그 여자와 눈을 맞추는 순간 구름 너머의 냄새를 맡을 수 있었다. 그랬다. 백영은 서늘한 흰 옥팔찌를 몇 개나 팔목에 걸고 흐늘거리며 악기를 연주하면서도 적강 선녀의 풍격을 완전히 잃지는 않은 여자였다. 백영은 금사 은사에 진주와 산호, 밀화를 꿰어 만든 대삼작노리개를 걸고 손가락마다 가락지를 낀 채 비단 보료에 기대앉아 있다가 나와 연리를 맞아주었다. 그녀의 기름한 눈매가 봄날 나비가 팔랑대듯 깜박깜박하면서 연리를 보다가 자기 시비를 불러 한 상 거하게 차려 내 오라 일렀다.

백영은 연리에게 밥상을 차려주고는 나를 내실로 불러 앉혀 싱글거리며 물었다.

"상천은 아니고 어디 중천에서 내려오셨는가? 보아하니……
뭐 토끼거나 그 비슷한 무엇일 테지?"

하필 토깽이 취급이라니. 나는 속이 상했지만 짐짓 아무렇지 않은 척했다.

"이래 봬도 두더지라오."

"호오…… 두더지라니, 각지를 돌며 누십 년 장사를 해 먹었지만 두더지는 또 처음이로군."

"두더지가 등선하기란 쉬운 노릇이 아님이야. 그보다, 적강 선녀께서 이리 사치하심은 무슨 연유인가? 상천으로 돌아가지 않을 작정이야?"

"한 치 쌓고 돌아서면 흐르는 땀이 식기도 전에 두 치 깎여 나가는 것이 이 속세일진대, 뭐 하러 고생을 자처하지? 선한 도리를 따르기란 바늘 밭을 맨발로 거니는 것처럼 어렵고 제아무리 피 흘려 도를 얻는대도 한 번 부는 봄바람에 십 년 공부가 도로아미타불이 되기 십상. 그러니 겨우 얻은 좋은 시절을 아니 즐기고 무엇하리오?"

"하지만 나는 한 뼘이고 두 뼘이고 재빨리 채워서 저 상천으로 기어오르고 말 것이야!"

"저런. 저런. 내 여기 앉아 헛된 꿈을 꾸는 도사 나부랭이를 백이고 천이고 실컷 보았소만 그중 누구 하나 저 구름 너머로 가지 못하더군."

백영은 담뱃대에 불을 붙여 달콤한 향기를 뿜어내더니 백옥 팔찌로 장식한 팔을 내게 뻗었다. 속이 비쳐 보이는 물항라 저고리가 붉은 등불빛에 온갖 색으로 반질거렸다. 내실의 비단 문 너머에서 교묘한 음률이 거품처럼 흘러넘쳤다. 나는 그만 정신이 혼곤하여 어쩔 줄을 몰랐다.

"그러지 말고 예 남지 그러나, 두더지 아씨. 자네도 이 황금의 강에 발을 담글 수도 있다네. 참고 견디어 굳이 풍찬노숙을 택한들 홍진의 삶이란 구차한 법. 필시 자네가 지을 죄와 내가 범한 죄가 다르지 않을 것이니, 구태여 갚아보려 용을 쓰다 다 허물어 맨손으로 똥 밭을 구르지는 말게나. 장담하지. 고난을 감수함은 오직 두 손과 두 발을 거칠게 할 뿐이란 것을."

백영의 말은 마침맞았다. 나는 섭능윤의 곁에서 공을 세워보려다 운수가 나빠 벌써 몇 사람이나 되는 목숨을 잃었다. 차라리 술잔을 벗 삼아 능라주단에 파묻혀 세월을 허비했다면 피를 볼 일은 없었을 것을.

"육 씨가 망한 진군주 이야기를 했다지. 평씨 왕가 말이야. 그러면서 자네를 내게 보낸 건, 두더지 아씨가 거느린 저 꼬마가 그와 관계가 있음을 알았기 때문이지. 영락한 왕손이 기를 쓰고 높이 오르지 않으면 도처에서 창칼이 날아들게 마련인데 자네는 그걸 감수하면서도 저이를 살리려는가? 언제까지? 그러면서 죄를 더 짓지 않을 자신은 있으신가? 권력이란 더러운 것일세. 어찌해도 피투성이로 구르게 되어 있지."

"영락한 왕손이라니. 뭐 잘못 알고 계시는군그래. 평 어쩌고 하는 작자의 아드님은 벌써 창칼을 드리우고 군공을 높이 쌓고 계시지. 연리는 그저 촌부가 키운 어린것에 불과해."

"글쎄……. 자네는 모르는가? 자네 말대로 송경성이 벌써 열여섯 방위에 그 이름을 떨치고 있지. 하여 천하 영웅을 자처하는 섭가가 그를 높이 쓰겠다고 다짐했다 들었어."

"그렇지. 연리는 형님의 군주가 저를 같이 불렀는가 하고 설레

더군."

"저런."

백영이 눈살을 찌푸리더니 아름답게 단장한 손끝으로 제 미간을 눌렀다. 그리고 내게 물었다.

"모르겠는가? 두더지 아씨. 평가위의 가령이 왕손을 품고 도망쳤지. 그런데 여기는 두 아들이 있다…… 그걸 진정 모르겠느냔 말이야. 가령 부부는 왕손의 친부모가 아니었지. 그들에게 천하 영웅 밑에서 군공을 세워 언젠가는 왕후장상이 될지도 모를 장군이 무슨 의미일지 생각해보게, 선녀 나리."

나는 영 이해할 수가 없어 멍하니 앉아 있었다. 담뱃대에서는 연기가 연신 퐁퐁 올라오고 음악 소리는 끊어질 듯 끊어지지 않았다.

"쯧쯧. 자네는 속세의 일에 아직 밝지 못하니 두루 상처를 입겠구려. 역시 다 그만두고 예 남는 것이 어떤가? 나쁘게 대하지는 않음세."

선녀의 말이 그럴듯하다.

남아서 영화를 누리는 편이 차라리 덜 잃는 길이 아닌가 싶다. 하지만 연리는…… 바깥에서 날 기다리고 있을 연리는 어떡하나?

"요양! 요양, 이만 가자!"

연리가 내실 문을 벌컥 열고 들어왔다. 주렴이 사방으로 흔들리며 요란한 소리를 냈다. 혼곤하던 나는 황량몽에서 깨어난 옛 사람처럼 벌떡 일어났다.

"가야지. 가야하고 말고."

온갖 세속의 사치스러운 것들에 파묻힌 채, 백영이 그런 나를 바라보며 싱그럽게 웃었다.

　백영이 남으라 하는 말에 고개를 저으며 '남아선 안 되지. 어서 가야지', 하면서 연리를 따라 길을 떠난 건 사실이다. 그러나 능산이 멀찍이 보일 즈음이 되니 나는 슬슬 몸이 근질거렸다. 이건 다 생각할 시간이 넉넉한 탓이었다. 백영이 내어준 뱃삯 덕분에 나와 연리는 몸 편안하게 능강을 따라 섬호까지 당도할 수 있었고, 덕분에 뱃전에서 흐르는 물결을 바라보며 생각에 잠길 시간이 차고 넘쳤던 것이다. 여유롭게 정신이 산란하니 무엇이 떠올랐겠는가.

　본전이다.

　나는 자꾸만 백영의 말을 곱씹게 되었다. 나는 본전도 잃고 있는 것이 아닌가. 또 내 앞에 내가 어찌하지 못할 죽음이 나뒹굴면 어쩌나. 아예 손쓸 방법도 없이 두더지가 되어 진흙 사이를 파헤쳐야 하는 게 아닐까.

　해서 나는 곧장 섬호로 들어가지 않고 괜히 능산 기슭을 배회했다. 그러면서 마음을 다졌다. 이대로 연리는 섬호로 가고 나는 능강을 따라 돌아가 백영의 주루에서 신세를 지면 어떨까 하는 욕심이 솟았기 때문이다.

　섬호는 코앞이었다. 연리는 무사히 섬호에 들어 자기 형님의 서신을, 물론 그것이 거기 있다면 말이지만, 하여간에 그 골칫덩어리를 손에 넣을 터다. 그러는 사이 지치지 않고 쫓아왔을 그림자들에게 목숨을 잃거나 발이 걸려 넘어져도 내가 곁에 없기만 하다면 내 탓은 아닐러라. 이치를 따져봐도 그것이 옳다. 괜한 연을 맺으면 괜한 진흙만 튀어 옮겨붙는 법. 나는 연리를 버릴 작정이었다. 섬호 앞에. 섬호가 훤히 바라보이는 능강 포구, 능산 기슭에.

하면 어떻게 연리를 버릴 것인가?

자, 이제 인연이 다하였으니 두더지와 인간이 각자 길을 가자, 할 수는 없었다.

나는 이제나저제나 틈을 엿보았다.

'할 만큼 하였으니 연이 다하면 과연 별래무양이려느니.'

마음을 먹고 보니 한시가 여삼추, 걸음걸음 어찌나 무거운지 당장이라도 '에라, 나는 더 못 가겠다' 하며 드러눕고 싶을 따름이었다.

그러다가 하늘이 무심하지 않아 드디어 때가 왔다.

바로 그림자들이었다.

섭능윤이 연리를 죽이라고 보냈던 무리가 지치지 않고 능산 기슭까지 쫓아왔던 것이다. 나는 익숙한 군장을 짊어진 무리를 보자마자 내심 쾌재를 불렀다. 그놈들을 끌어들여 내가 마지막으로 한번 막아내면 공은 내 몫이 되고 연리는 홀로 도망쳐, 섬호로 갈 것이다. 완벽한 결말이 아닌가. 연리의 눈에 나는 추적자 무리를 막아내고 목숨을 잃은 은인이 될 터이니까. 아무렴, 은인이고 말고. 나는 슬쩍 신통력을 발휘해 두더지로 돌아가 흙 아래 숨을 작정이었지만 그런 마음을 감춘 채 새침을 떨며 연리에게 말했다.

"가시오, 연리 나리."

"하지만…… 전처럼 같이 도망치자! 나도 흙을 뿌릴 수 있어!"

"같은 방법에 두 번 당할 만큼 호락호락한 무리가 아닙니다. 이 요양, 임무를 다하기 위해 연리 나리를 지키고 죽을 뿐이니 그저 나리가 오랫동안 이 몸을 기억해주시면 족하겠습니다. 자, 시간이 없습니다요. 어서 가세요!"

나는 연리를 반대쪽으로 힘껏 밀어내고 추적자들을 향해 몸을 내던졌다.

이것 참 기똥찬 발상이 아닌가.

한번 목숨을 구해주고 죽어버린 동행으로 남으면 그만이 아닌가. 죽은 척 흙 사이에 묻혀 두더지로 남았다가 다시 요양으로 변해 희희낙락 누각으로 돌아가 술잔을 기울인다면 그 어찌 아니 통쾌하리.

신이 난 나와 달리 연리는 흙더미 풀더미 위를 두르며 봉두난발을 한 채로 멀거니 이쪽을 바라보다가, 어둡고 축축한 시선으로 나를 보다가, 그러다가 화다닥 꽁지에 불붙은 개처럼 달렸다.

뛰어 내려갔다.

'그래, 가라. 가.'

나는 시원섭섭했다. 왜 섭섭한지 몰랐다. 그새 정이 들고 말았는가? 하여간에 연을 맺는 일은 이래서 위험하기 그지없다. 나는 노래하듯 흥얼거렸다. 가라, 연리야. 어여 가. 멀리 가라. 네가 산을 내려가고 나면 내가 벌레 떼를 불러 추적자들의 발을 한번 마지막으로 묶어주마. 그리고 나는 두더지가 되련다. 잠시 두더지 모습으로 돌아가련다. 따뜻한 흙 아래가 백영의 내실만큼 안락할 것이다.

그러나 그때, 내 눈에 불그스름하게 번쩍이는 것이 보였다.

나는 헛것을 본 줄 알았다.

한데 아니었다.

연리였다.

연리가, 색이 다 빠진 옷을 걸친 흙투성이 송연리가, 쏜살같이 이쪽으로 되돌아왔다. 손에 어디서 주웠는지 기다란 막대기 하나를 쥐고 아주 비장한 동작으로 달려들어 추적자들에게 몸을 확 던졌다.

"네가 죽으러 왔구나!"

추적자가 기뻐 외쳤다.

"그렇소! 죽겠소! 한낱 어린애를 죽이러 오는 이들이 어찌 천하를 논한답니까? 내 목숨을 잃더라도 귀신이 되어 당신네 주인이 얼마나 보잘것없는지 세상에 두루 알릴 것이오!"

기백이 좋다고 싸움에서 이길 수는 없는 노릇이다. 세상 이치가 그렇다. 단단한 것과 무른 것이 부딪히면 무른 것이 뭉개지고, 큰 것과 작은 것이 부딪히면 대개 작은 것이 부서지게 마련. 연리는 철저하게 짓뭉개지는 쪽이었다. 추적자의 칼이 연리의 어깨를 꿰뚫었고 그들의 발이 연리의 배를 걷어찼다. 그러는 도중에도 연리는 두 팔을 뻗어 몽둥이를 휘둘렀고 또 나의 몸을 감싸 자기 품에 넣어주려 애를 썼다. 요양, 요양, 그는 어린 새가 어미를 찾듯 울부짖었다.

"요양을 때리지 마시오! 죄도 없는 사람을 죽이지 말란 말이오!"

나는 어이가 없었다.

'어리석은 것.'

이 얼마나 어리석은 어린 것이란 말인가.

송연리가 어찌 나를 구하러 돌아왔는가. 내가 무엇인데. 내가 누구인데. 너는 내가 두더지인 것도 모르고. 선녀인 것도 알지 못하고.

나는 이것저것 가릴 새도 없이 벌레 떼를 불러들여 추적자들의 발을 묶고 시야를 가렸다. 벌레들이 왱왱거리면서 이리저리 구름처럼 몰려다녔다. 그러는 동안 연리는 떠밀려 깎아지른 언덕배기에서 데구루루 굴러떨어져 돌밭에 사지를 비튼 채 쓰러졌다.

그래서 나는 어떻게 했는가?

나는 열이 펄펄 올라 사지를 비틀고 다 죽어가는 아이를 둘러업고 섬호로 갔다. 섬호로 달려가 의원을 외쳐 찾자니 때마침 의원 노릇을 하는 여우가 하나 곰방대를 물고 저자에 나섰다가 나를 보고는 손짓했다. 손님이 올 줄 알았다는 투다. 망설일 새도 없이 여우의 뒤를 따라 달렸다. 땀을 뻘뻘 흘리는 내 곁에서 벌레들이 쟁쟁 귓가를 맴돌았다.

"운이 좋습니다, 선녀 나리."

"여우들은 꾀가 신통해서 무슨 병이든 잘 고친다더이다."

내 신통력으로는 연리를 다 고칠 수 없었다. 여우도 마찬가지였다. 여우는 연리를 이불 위에 길게 눕히고는 부러진 뼈를 맞추면서 얼굴을 찡그렸다.

"거 아주 박살이 났구만."

"선녀가 어쩌다 이런 꼴을 당했는지는 묻지 않소?"

내가 도리어 먼저 말을 붙이자 여우는 성가신 소릴 한다는 양 손을 홱 저었다.

"대처에 살면서 상천의 손님도 수두룩하게 보았는데 중천의 선녀 나부랭이야 뭘."

나는 자존심이 적잖이 상했지만 여우가 연리의 뼈를 열심히 맞추며 땀을 뻘뻘 흘리는 걸 보고 입을 꽉 다물었다. 여우는 층층 걸어붙인 소매로 자기 관자놀이를 훔치더니 내게 대놓고 요구했다.

"공덕을 좀 떼어줘야 약을 쓰지. 그쪽 같은 중천의 선녀 공덕이야 빤한데 그걸 좀 받고 약을 쓰면 내가 손해요, 알겠소?"

"손해날 손님을 왜 받소?"

"의원이 죽어가는 환자를 외면해, 그럼? 별 웃기지도 않는 소릴 다 듣네. 해서, 공덕을 내놓겠소 아니 내놓겠소? 나야 아무래도 좋소만 그래서야 이 환자는 살아 일어나질 못할 게야."

그런 소리를 듣고도 발을 뺄 순 없었다. 눈 앞에서 또 시체가 나가는 꼴을 어떻게 본단 말인가. 무엇보다도 연리다. 연리인데. 연리라서 그게 뭐? 나는 혼란스러워 눈을 꼭 내리감았다가 한참 만에 침음하며 겨우겨우 답했다.

"알았소. 공덕을 쪼개 내놓을 테니…… 연리를 살려주시오."

"진작 그렇게 나올 일이지. 캥!"

여우는 처치가 다 끝난 후 연리를 무명천으로 둘둘 감아 무슨 고치처럼 만들어놓곤 환자 곁에서 곰방대를 척 꼬나물었다. 그러고는 별반 관심도 없는 척한 것 치고는 내 하소연이며 그간의 일을 제법 열심히 주워듣고는 갑자기 캥, 하고 웃었다. 그냥 캥, 도 아니라 캥캥캥 아주 박장대소를 했다.

"아이고야, 송경성 장군의 서신을 받으러 왔어? 아이고, 참. 그게 그쪽이었구만. 아무려나…… 아주 헛걸음을 했네 그래."

"헛걸음이라니?"

"배를 타고 섭호로 왔으면 화백영을 못 만났는가? 바로 그 화

백영이가 소식통이니 서신을 가지고 있었을걸세. 한데 아무 말 없이 자네들을 예까지 실어 보냈구만. 몹쓸 사람 같으니라고."

나는 앞이 캄캄해서 그만 벌렁 넘어가고 말았다.

"백영이 어찌 그랬을까?"

"달라 하지 않는데 뭘 내줄 턱이 있나. 장사치 하는 일이 다 그렇다네. 오히려 자네들 향한 곳을 추적자들에게 팔아먹었겠지."

"그건 죄를 더하는 길인데."

"홍진에 발을 묻고 사는 것이 다 죄를 더하는 길이야."

여우는 이미 두 발이 진흙에 폭 파묻히고 나면 거기 한 줌 흙을 더한들 능강에 배 지나간 듯 무슨 표시도 나지 않는다며 흥흥 웃었다. 그러고는 연리를 치료하면서 꺼내두었던 구겨진 서신을 펼쳐 멋대로 한번 쓱 훑더니 곰방대로 재떨이를 내리치며 외쳤다.

"평남위의 자제분이었구만!"

그게 대체 뭐 어쨌다고 여기서 난리 저기서 난리인가. 따지고 보면 일의 시말이 다 그것이다. 송경성 장군이 평 어쩌고의 아드님이며 진나라의 왕손이라는 것.

"그래. 그렇다더군. 송 장군이 평 어쩌고의 아드님이란 말씀이지."

심드렁하게 대꾸하자 여우는 또 캥, 했다.

"그게 아니야. 중천의 선녀께서는 멍텅구리로군."

"뭐야?"

"왜 저이가 쫓기고 왜 저이의 부모라는 이들이 죽음을 택했겠는가."

"왜 택했는데?"

"아이고! 참."

여우는 곰방대를 아주 멀리 치워놓고는 팔짱을 딱 끼고 앉았다. 콧가에 기른 삐쭉한 수염을 보란 듯이 쓰다듬으며 여우가 풍성하게 자란 눈썹 아래, 사람을 가장하여 갈아 낀 누런 눈깔을 번뜩거리더니 이렇게 말했다.

"잘 생각해보게. 왕손이라면 공을 세워 일국의 왕이 될지도 모를 일. 그러나 촌부의, 혹은 기껏해야 망한 집안 가령의 아들이라면 어떨까. 제아무리 공을 세워도 하늘이 영웅을 위해 내린 칼 한 자루 취급을 받지 않는단 보장이 어디에 있겠는가."

"……그래서?"

"그래서는 무슨 그래서인가. 이 서신을 받았을 때 촌부들은 생각했을걸세. 아, 우리 아들이 왕손인 걸로 할 수 있겠구나. 저 진짜 왕손이 아니라 우리 아들이!"

"진짜…… 왕손……?"

"저기 누워 죽을 날 받아놓은 어린것 말이야."

"연리는 안 죽네!"

"하이고, 그래 안 죽소. 안 죽어. 팔이나 다리 한두 개쯤 못 쓰겠지만 목숨이야 꽉 붙어 있겠지."

내 공덕을 깎아 내놨는데 어찌 그렇단 말인가 따지자 여우는 살려놓은 것만 해도 신의(神醫)라고 두루 불릴 만하다면서 되레 큰소리를 쳤다. 나는 머릿속이 복잡했다. 그래서, 어떻단 건가. 결국은 뭔가.

송연리가 송가가 아니라 평가이며 진나라 왕손이다.

송경성은 그대로 송씨로, 진나라 가령의 아들이다.

가령 부부는 군주의 자식과 더불어 자기 자식을 키워내어 세상으로 놓아 보냈는데, 자식이 무명을 떨치기 시작하자 기대를 품었다. 이대로라면 제후가, 아니, 왕이 될 수도 있다. 전란의 시대에 아들은 하늘의 점지를 받았다. 그러나 평범한 어느 촌부의, 혹은 망국의 가령의 자제라면 그걸로는 이름을 떨치는 데 한계가 있다.

만약 아들이 가령의 자제가 아니라 왕손이라면…….

왕손인 걸로 친다면…….

"……사실을 아는 이가 죽어 사라지면 되는 일이라고 여긴 게야. 송 장군의 주공이 보낸 서신은 그걸 약조한 거나 다름없네. 입을 다물고 죽는다면 아들을 평가의 자제로 믿어주겠다고."

"겨우 그걸 위해 죽는다니. 겨우 그것 때문에 연리를 죽이려고 든다니."

"어느 영웅 곁에 진나라를 잇겠다느니 진나라의 유지를 받들어 왕손을 모시겠다느니 하며 모여든 이들이 수백이나 된다더군. 거기 어린애가 하나 이제 와서 끼어들면 곤란한 거지."

나는 누워 있는 연리의 얼굴을 바라보았다. 무명천에 뒤덮인 얼굴에서 눈 한쪽만 드러나 있었다. 눈꺼풀이 움찔거렸다. 푸르스름한 눈썹에 물기가 맺혔다가 이윽고 굴러떨어졌다.

홀린 듯이 내 목에서 중얼거림이 흘러나왔다.

"송 장군이 그걸 알았겠는가."

송경성도 그것을 아는가.

송경성은 그것을 이해했는가.

송경성마저 그것을 원하는가.

그렇구나. 연리는 그걸 알기를 바랐기에 형님의 서신을 필요로

한 것이다.

송연리는 과연 죽지 않고 살았다.

한참 만에 눈을 뜬 연리는 시야가 가물거리는지 한참이나 누워서 깜박깜박하다가 나를 돌아보고 겨우 웃는 얼굴을 꾸며냈다.

"요양…… 무사해서 다행이다."

"그 산중에서 대체 누가 연리 나리를 짊어지고 내려온 줄 아십니까? 소인까지 다쳤더라면 두 사람이 모두 능산 기슭의 외로운 뼈와 먼지로 흩어질 뻔했지 뭡니까."

연리는 깨어났지만 한쪽 팔과 한쪽 다리를 제대로 쓰지 못했다. 특히 그의 오른발은 괴상한 방향으로 뒤틀려 걷는 연습을 한참이나 하지 않을 수 없었다. 연리는 벽을 짚고 조심조심 걷다가 의지할 것이 없어지면 영락없이 고꾸라지길 반복했다.

그래도 살았으니 요행한 일이라고, 여우의 의원을 드나드는 사람들이 입을 모아 떠들었다.

여우는 섬호에서도 아주 잘 나가는 의원이었고, 자기 말마따나 신의라 불리기도 하는 모양이었다.

"좋을 만큼 머물다가 가시오. 한데, 꼬리를 붙이고 온 건 아니겠지?"

의심스러워하긴 했지만 그림자들이 따라올 기색은 보이지 않았다. 능산에서 연리가 영영 죽은 줄 알고 장택으로 돌아간 게 아닐까. 아무튼 영원히 여우 신세를 질 순 없었다. 연리부터가 형님의 서신을 꼭 봐야겠단 의지가 강했다.

그는 막대기를 짚고 춤추듯 휘청휘청 일렁일렁 제법 걸을 수 있게 되자, 나를 재촉해 백영을 만나러 가자고 했다. 나는 그동안

여우의 의원 일을 거들어주면서 박하디박하나마 몇 푼 더 손에
넣었기에 그걸 뱃삯으로 쓰자고 내놓았다.

이게 마지막이다.

"이게 마지막입니다. 백영에게 가서 서신을 받고 나면 헤어지
는 거요."

"그래. 도와줘서 고마웠어, 요양."

연리는 그사이 부쩍 어른이 된 것처럼 의젓하게 굴었다. 대처
에 나가 보고 싶어 하던 반짝이는 눈동자는 어디로 사라졌는지
섬호의 화치스러운 풍경에도 눈 하나 깜짝하지 않았다. 이국인들
이 재주를 넘고 커다란 짐승들이 산더미 같은 보물을 끌며 나아
가도 입을 헤 벌리기는커녕 조용히 벽 쪽으로 피해 설 뿐이었다.

'가여운 녀석.'

나는 여우에게 들었던 것들을 떠올릴 때마다 연리를 어떻게
대해야 할지 알 수 없어 그저 혀만 찼다.

나와 연리는 다시 배를 타고 하구로 내려갔다. 배가 뜨길 기다
리는 동안에도 별일이 없어 안심했다. 백영에게 돌아가는 길은
섬호로 오는 길보다 안락했고 백영을 다시 만나 서신을 받는 일
도 손쉽기 그지없었다.

백영은 여전히 사치스러운 것들에 파묻힌 채 내실에서 빈둥거
리는 중이었다.

"왜 진작 송 장군의 서신이 자네 손에 있다 말하지 않았어?"

묻자, 백영은 과연 파초 잎에 맺힌 이슬처럼 곱게 웃으며 붉은
입술을 벌려 이렇게 말할 따름이었다.

"묻지 않는 걸 왜 내놓아야 하지? 괜한 인연은 탈이 날 뿐인

것을."

나는 서신의 내용을 보지 않고 고스란히 연리에게 가져다주었다. 연리는 능강 포구에 앉아 서신을 무성의하게 펼쳐서 한 번 읽었다. 그리고 곧 두 번 읽었다. 한참 동안 그는 흐르는 물결을, 그리고 물살이 포말을 일으키며 포구에 맨 뱃전에 와 부딪히고 부서지는 광경을 바라보았다. 그러고는 웃는 듯 마는 듯 오묘한 얼굴로 나를 향해 중얼거렸다.

"역시 형님이야."

그리고 서신을 획 하고 흐르는 능강 물결에 던져 버렸다. 해서 나는 송경성이 서신에 뭐라고 적었는지는 영영 알 수 없게 되었다.

"약조했지. 마지막이라고. 요양, 약조대로 답신을 써줄게."

연리는 답신을 써줄 테니 가지고 형님과 형님의 주공이 있는 곳으로 돌아가라고 말했다.

"너에게 갑절로 은전을 갚으라고 적을 작정이야. 그러니 너는 내 형님께 가서 빚을 받아."

내 형님이라. 과연 송 장군이 연리의 형님으로 남아 있긴 한가. 나는 온갖 질문을 감추고 세상사 일 따위 하나도 모르는 두더지 꼬마처럼 의뭉을 떨었다. 연리가 거친 종이를 얻어 답신을 썼다. 요양이 얼마나 귀한 도움을 주었는지, 송연리가 어떤 신세를 졌는지, 소박하지만 구구절절하게. 인지상정이 있고 보면 연리의 서신을 보고 눈물 흘리며 열 푼이고 스무 푼이고 갚지 않곤 못 배길 터였다.

그리고 우리는 작별했다.

포구에서.

능강의 상류로 향하는 배들이 바라다보이는 곳에서 길게 자란 갈대가 맞바람에 눕는 광경을 바라보며 나와 연리는 반대쪽으로 걸었다. 나는 백영의 주루를 지나 한참을 더 걸었다. 이대로 끝이다. 이제 나는 연리의 죽음을 책임지지 않아도 좋다. 이제 나는 임무를 다하여 주공에게 돌아가, 과연 천하 영웅의 일에 힘을 보탠 일이 얼마쯤 내 몫으로 떨어질지 가늠해보기만 하면 된다.

나는 한 번 휙 돌아보았다.

저편 언덕배기로 연리가 비틀거리며, 어깨를 아래위로 흔들어대면서, 춤을 추듯이, 덜 불편한 다리 쪽에 힘을 싣고, 그렇게 걸어가고 있었다. 비틀린 발이, 소년의 낡은 옷자락이, 이내 동그란 수박 같은 머리꼭지가, 점점 언덕배기 너머로 사라졌다.

툭, 툭, 빗방울이 발치에 떨어졌다.

비꽃이 요란하게 피었다.

나는 몇 번이나 돌아보다가 아무것도 보이지 않게 된 다음 몇 리를 더 걷다가, 그러다가 비가 완전히 거세져서 시야가 새카매진 후에야 몸을 되돌렸다.

돌아서서 달렸다.

연리를 두고 갈 수가 없었다.

연리를 두고 떠날 수 없었다.

어째서?

나는 질문에 스스로 답할 수 없었다. 공교롭고 곤혹스러웠다. 그러나 달리지 않을 수 없었다. 나는 두더지의 지혜가 아니라, 선녀의 앎도 아니라, 그저 비가 내리면 비를 죄다 맞아야 하는 인간의 이지로 깨달았다. 연리는 죽으려는 것이다.

그 초막에서 원래 그랬어야 했던 것처럼 죽어 사라질 작정이다. 그가 형님을 용서했는가? 그가 형님을 이해했는가? 형님은, 천하의 명장이라는 송경성은 자기 주공과 부모의 마음을 알고 있었는가? 동생이 죽기를 바랐겠는가? 그 어떤 해답도 상관없이 연리는 모든 것을 다만 알길 바랐다. 알았으니 이제 죽는 것이다.

나는 몇 번이고 발이 미끄러지면서 달렸다.

다시 포구가 보였다.

쏟아지는 폭우 속에서 죽으러 가는 연리가 보였다. 빛바랜 등짝이. 강물에 허리까지 잠긴 채로 빗방울이 시작되는 방향을 올려다보고 멍하니 서 있는 한 사람의 소년이.

연리야.

나는 외쳤다.

연리 나리.

나는 달렸다.

죽지 마라, 연리야. 살아라. 살자꾸나.

더 이상 눈 앞의 시체를 늘릴 수 없기 때문조차 아니었다. 나는 연리를 살려야 했다. 연리가 몽둥이를 들고 나를 위해 달려와 나를 자기 품에 꼭 끌어안았기 때문만이 아니다. 삐걱거리는 몸을 움직여 죽으러 가고 있기 때문도 아니다. 그저 나는 연리가 죽는 것을, 연리가 폭우 아래 혼자 서 있는 것을, 보고만 있을 수가 없었다.

내 두 발은 진흙으로 더러워졌고 내 두 손은 생채기로 뒤덮였다.

나는 한때 흙 아래 살던 두더지였고 얼마 전에는 구름과 구름 틈새에서 유영하는 선녀였으며 원래는 구름 너머 보랏빛 궁전으로, 상아와 자개로 만든 아름다운 달 층계로 갈 요량이었다. 그러나 이제 나는 구름 아래에, 쏟아지는 폭우 속에 서 있다. 다시는 홀로 구름 위로 가지 못하리. 다시는 구름 위에서 내리는 비를 무심히 바라볼 수 없으리. 빗속에 연리가 있으니. 폭우 아래에 연리가 서 있으니.

"요양, 대체 왜 돌아왔어? 왜 요양이……."

연리가 새파랗게 질린 입술로 부르르 떨었다. 나는 추적자들을 향해 온몸으로 덤벼들던 연리가 그러했듯이 이번에는 내 품에 연리를 꾹 들이밀었다. 어깨에 닿은 이마가 불덩이처럼 뜨거웠다. 사방으로 물막이 쳐진 듯 비가 내렸다. 아무것도 들리지 않았다. 아무것도 볼 수 없었다.

"왜 요양이, 요양만이 나를 구하려고 해?"

"모르겠습니다. 모르겠다. 연리 나리…… 연리야. 나하고 살자. 같이 살아서 앞으로 가자."

쫓아오는 추격자들이 보였다.

빗방울의 세찬 기세 때문이 아니라 달리는 말발굽의 진동으로 지면이 울렸다. 시야는 검었고 막막했으며 영원한 밤이 시작되어 다시는 벗갠 하늘이 나타나지 않을 것처럼 무자비하게 비가 쏟아졌다.

"왜 살아야 하는데, 왜? 내가 없는 편이 좋다. 어머니와 아버지에게도…… 형님께도, 내가 없는 편이……."

연리가 집어던진 서신은 이미 물길을 타고 산산이 흩어져 먹으로 새긴 글자 한 자 남지 않았다. 사람의 글월이란 겨우 그런 것. 돌에 새긴 맹세도 세월이 가면 바스라지는 법. 나는 연리가 내게 남긴 서신을 꺼내 기름을 먹이지 않은 탓에 너덜거리는 그 것을 억지로 펼쳐 내밀었다.

"내게 신세를 졌다고 하지 않았어, 연리. 연리야. 그러니 살자. 여기가 아니라 다른 어디라도 가서."

"나는…… 나는……!"

"연리야."

나는 연리를 끌어 얼른 버려진 쪽배에 실었다.

"살아라. 사는 거다."

그리고 이제는 몇 마리 응답하지 않는, 거의 나를 떠나버린 벌 레들을 목 놓아 불러 뱃전을 밀어달라 청했다. 지신에게. 강의 신에게. 세상의 모든 빗방울 아래의 생물에게 연리를 살려달라 부탁했다. 배는 아주 천천히 움직이기 시작했다. 나는 빗속에서 노를 저었다. 왜 살아야 하는데. 연리가 물었다. 수십 년 수행을 한 두더지도 그걸 모른다. 눈 밝은 구름 위 선녀들도 그것을 모를 터였다. 나는 흙 아래에서 수십 년을 보냈고 구름과 구름 틈새에서 또 수십 년을 보냈으며 이제는 땅 위에서, 구름 아래에서, 진흙에 발을 적신 채 살아갈 작정이었다. 아무것도 모르는 채. 왜 내가 폭우 속에서 돌아서서 달렸는지 나 자신을 이해할 수 없는 채로.

나는 힘껏 노를 저어 배가 물살을 가로지르는 것을 지켜보았다.

물안개 너머 그림자들이 보였다. 불룩불룩 솟은 어깨 무리와 벌떡거리는 등판들이 보였다. 그들이 포구에 발이 묶여 이쪽을 멀거니 바라보는 동안 나는 점점 더 나아갔다.

하하.

작게 웃음이 터졌다. 연리는 몸을 웅크리고 뱃전에 등을 기댄 채 누워 있었다.

　살자, 연리야. 살자꾸나.

　나는 연리에게 자꾸만 말을 건네면서 점점 더 떨기 시작한 그 연약한 육신과 함께, 내 눈썹에서 툭툭 떨어지는 빗방울을 느끼며, 조금씩 조금씩 능강 저편으로 나아갔다.

〈끝〉

덧붙여 남기는 말.

〈그때는 귤이 없었단다〉, 〈당신은 아니라고 하지만〉은 모두 소설 창작을 배우러 여기저기를 기웃거릴 때 쓴 과제로 시작했다.

〈목하 작업 중입니다〉는 홍대기담 프로젝트로 썼던 이야기다. 여우는 참 좋다.

〈붉은.〉은 사운드 호라이즌의 노래 〈연인을 쏘아 떨어뜨린 날 (恋人を射ち堕とした日)〉을 듣고 써달라는 일종의 익명 리퀘스트로 시작했다.

〈요원〉은 안예은의 노래 〈파아란〉을 끝없이 반복해 들으며 시작했다. 제법 긴 이야기가 되고 말았는데 쏟아지는 빗줄기 아래 홀로 젖게 둘 수 없는 마음에 대해 쓰고 싶었다. 안예은의 곡들은 너무나 아름답다.

여러 기사를 보다가 쓰게된 이야기들도 있다. 비극이나 실재하는 고통이 다만 소재로 남길 바라지 않는다.

＊

생각하건대 재능 있는, 운 좋은, 훌륭한, 그런 작가가 되기는 어려울 지도 모르겠다. 버티다보면 언젠가 더 대단한 걸 쓰게 될지 어떨지 솔직히 알 수 없다. 타인의 성취를 눈부셔하며 나날을 보내는 부끄러운 욕심도 기어이 피할 도리가 없다. 질투와 동경은 앞으로도 나와 동행할 터이다. 하지만 적어도 씩씩하게 사랑할 수는 있기를. 때때로 곁불을 쬐고 날아가는 새처럼 아니면 자라지 않는 것 같지만 풍파에 조금씩 다듬어지기는 할 돌처럼 그저 예술의 너른 세계 어디쯤을 서성거리기를.

그냥 쓰고 그냥 읽는 평범한 하루를 또 원한다.

때로 운명의 선택이 나를 빗겨가도. 때로 이유 모를 모멸과 슬픔을 견뎌야 해도. 그래도 이야기가 있어서 괜찮기를 바란다. 이야기가 한때를 밝히기를. 이야기가 생채기 하나 남기기를. 기억 저편으로 밀려가기를. 그래도 괜찮기를. 더 나아지지 않아도 살아가기를. 우습거나 보잘것없거나 그저그렇거나 시시하거나 나약한 모든 순간마다 그 곁에 있기를. 그림자같기를. 발자국같기를. 그러니까, 어쩔 수 없이, 하릴없이, 무람없이, 감히, 나는 내가 쓴 이야기가 누군가에게는 그런 이야기이길 바라 마지 않는다. 그냥 이야기이기를.

책을 낼 수 있도록 도와준 모든 분들.

무엇보다도 이야기만큼 씩씩하고 예술만큼 너그럽고 또한 우리들 일상의 모든 순간만큼 용감한 독자에게 감사한다.

2025년 1월
김인정

그
때
는
귤
이
없
었
단
다

초판 1쇄 발행 2025년 2월 12일

지은이   김인정
펴낸이   박은주
디자인   김선예, 이수정
마케팅   박동준

발행처   (주)아작
등록   2015년 9월 9일 (제2023-000057호)
주소   07236 서울특별시 영등포구 의사당대로 38 102동 1309호
전화   02.324.3945-6   **팩스** 02.324.3947
이메일   arzaklivres@gmail.com
홈페이지   www.arzak.co.kr

ISBN   979-11-6668-862-1 03810